ROMAN DE BAÏBARS

Baïbars régna sur Le Caire et Damas au XIIIe siècle.

C'est la vie de ce sultan mamelouk, célèbre pour avoir arrêté l'invasion mongole et enlevé aux Croisés leurs principales forteresses, qui constitue l'argument historique du *Roman de Baïbars*, l'un des principaux cycles narratifs populaires.

Le Baïbars de papier diffère bien sûr considérablement de son modèle : beau comme un dieu, fils de roi et guerrier redoutable, il séduit "les cœurs des femmes et des hommes" et recrute volontiers ses "braves" parmi les grandes gueules des quartiers populaires qu'il amène à s'amender.

L'histoire du manuscrit n'est pas moins exceptionnelle que celle de son héros : il a été reconstitué par l'ancien conservateur du musée des Arts et Traditions populaires de Damas, qui avait passé des années à collecter les livrets, à une époque où disparaissaient les derniers conteurs.

A la recherche d'un éditeur, les deux grammairiens et traducteurs auraient abandonné, sans l'aide d'André Miquel qui proposa le *Roman de Baïbars* à Pierre Bernard, fondateur de Sindbad. Celui-ci acheta les quatre cents fascicules, et le travail d'édition commença, avec la parution du premier volume chez Sindbad en 1985.

Babel entreprend aujourd'hui de rééditer cette saga épique et picaresque, dont la totalité compte près de soixante volumes…

A suivre !

LES ENFANCES DE BAÏBARS

"Cet homme sera un jour roi d'Egypte, de Syrie et de tout l'Islam." En attendant, le jeune Mahmoud, malheureux prince vendu comme mamelouk, connaît mille épreuves. Adopté par une riche veuve de Damas, il s'initie aux arts guerriers et aux jeux des truands. Son grand cœur et sa vaillance l'entraînent dans ses premières aventures.

LES ENFANCES DE BAÏBARS

Collection dirigée par Sabine Wespieser et Hubert Nyssen

Les manuscrits du *Roman de Baïbars* ont été collectés par M. Chafîq Imâm, ancien directeur du musée des Arts et Traditions populaires de Damas (palais Azem). Ses conseils nous ont été d'un grand secours pour l'établissement du texte et sa compréhension. Qu'il trouve ici le témoignage de notre reconnaissance.

Première publication : Sindbad, 1985

ISBN 2-7427-1768-4

ROMAN DE BAÏBARS / 1

LES ENFANCES DE BAÏBARS

roman traduit de l'arabe et annoté
par Georges Bohas et Jean-Patrick Guillaume

BABEL

BABEL / SINDBAD

Naguib Mahfouz, *Le Voleur et les chiens*, n° 209.
Mohammed Dib, *Au café*, n° 210.
Tayeb Salih, *Saison de la migration vers le Nord*, n° 230.
Jacques Berque, *Les Arabes* suivi de *Andalousies*, n° 250.
Mohammed Dib, *Le Talisman*, n° 256.
Edouard Al-Kharrat, *Alexandrie, terre de safran*, n° 291.
Roman de Baïbars
   Fleur des truands, n° 328.
   Les Bas-Fonds du Caire, n° 329.
   La Chevauchée des fils d'Ismaïl, n° 330.

SINDBAD
est dirigé par Farouk Mardam-Bey

PRÉSENTATION

Il y avait à Damas, au temps jadis, un homme qui n'aimait rien tant qu'écouter les conteurs publics. Cet homme, précisons-le tout de suite, était originaire de la ville de Homs, dont les habitants jouissent de la réputation (au demeurant injustifiée) d'être particulièrement naïfs, pour ne pas dire plus. Un soir, donc, notre homme se rendit au café de son quartier, paya les dix *paras* (environ deux sous d'avant 1914), qui lui donnaient droit à une tasse de café et à un narguilé, et s'installa confortablement pour attendre le conteur attitré de l'établissement. Celui-ci ne tarda pas à arriver, il s'assit à son pupitre surélevé et, après avoir raconté quelques histoires drôles ou édifiantes pour mettre le public en haleine, il ouvrit son livre et se lança dans le récit des aventures du preux chevalier Antar et de ses amours contrariées avec la belle Abla.

Le conteur, évidemment, était un homme de métier. Aussi, pour être sûr que le public reviendrait au complet le lendemain, eut-il soin d'achever sa prestation quotidienne à un moment particulièrement dramatique : Antar, capturé par les sbires du roi de Perse, venait d'être jeté, chargé de chaînes, au fond d'un cachot obscur. Parvenu à ce point du récit, le conteur referma son livre et chacun s'en retourna chez soi.

Cette interruption ne fut pas du tout du goût de notre Homsi, que le triste sort de son héros favori plongea dans l'affliction la plus profonde. Il s'en revint chez lui, le cœur serré, plein d'inquiétude ; il pensait au chagrin qu'aurait la pauvre Abla lorsqu'elle apprendrait cette triste nouvelle et cette idée le mettait au bord des larmes. Lorsqu'il fut arrivé, sa femme vint lui apporter son dîner. "Comment, malheureuse ! s'écria-t-il. Ce pauvre Antar est en prison et tu voudrais que moi, je dîne comme si de rien n'était !" et, d'un coup de pied, il envoya le plateau du repas valser à l'autre bout de la pièce. La femme, qui avait le tempérament aussi vif que son mari, se rebiffa ; il la fit taire d'une gifle et il alla se coucher sans dîner.

Mais, une fois dans son lit, comment aurait-il fermé l'œil ? L'inquiétude le tenaillait à tel point que, las de se tourner et de se retourner, il se leva au beau milieu de la nuit et s'en fut frapper à la porte du conteur. Celui-ci, qui dormait du sommeil du juste, finit par entendre et descendit ouvrir. "Eh bien, qu'est-ce qu'il y a ?

— Comment, qu'est-ce qu'il y a ? Tu n'as donc pas de cœur, malheureux ? Tu as laissé Antar dans sa prison et tu dors comme si de rien n'était ! Allez, vite, fais-le sortir que je puisse trouver le sommeil !"

Et le Homsi tempêta, supplia, menaça, tant et si bien que l'autre dut s'exécuter et achever, pour cet unique auditeur, l'épisode laissé en suspens. Quand ce fut fait, le Homsi le remercia avec effusion, rentra chez lui tout guilleret, se raccommoda avec sa femme et s'endormit tranquillement.

Cette anecdote (fausse assurément, mais combien plaisante !) est rapportée par le *Dictionnaire des métiers de Damas* à l'article "conteur public" ; elle illustre bien la fascination que les récits des conteurs pouvaient exercer sur leur public, et aussi bien les "ruses du métier" qu'ils employaient pour la créer et l'entretenir. Sans doute, cette fascination n'est plus aujourd'hui ce qu'elle était ; nous avons pu voir, en 1977, l'un des derniers conteurs publics de Damas, celui du café de Bâb El-Amâra, disputer une maigre assistance à la concurrence déloyale d'un gigantesque poste de télévision qui trônait au beau milieu de la salle. Aujourd'hui, l'alliance de la technologie moderne et du mélo égyptien ont eu définitivement raison de cet irréductible ; il a pris sa retraite, et la voix qui racontait les exploits du preux Antar, du roi Saïf et de Baïbars s'est tue à jamais.

Rançon inévitable du progrès, sans doute, et il serait bien malvenu, au nom d'un exotisme de pacotille, de déplorer la réserve avec laquelle beaucoup, en Syrie et ailleurs dans le monde arabe, considèrent ce genre de littérature, y voyant le produit d'une époque révolue, d'un passé arriéré et quasi médiéval, avec lequel il est nécessaire de rompre. Et pourtant, cette réserve n'est pas incompatible, chez certains – et pas uniquement chez les plus âgés –, avec une secrète tendresse pour les belles histoires qu'il n'y a pas si longtemps on allait encore écouter au café du quartier ; et plus d'un ami syrien, interrogé par nous, s'est montré parfaitement capable de se remémorer des épisodes entiers du *Roman de Baïbars*, et souvent même de les reproduire dans cette langue particulière des conteurs, qui n'est ni la langue "classique" ni la langue parlée, et se distingue par l'usage de certaines formules stéréotypées tout à fait caractéristiques.

A peu près complètement disparue aujourd'hui, cette profession était encore florissante au début de ce siècle, comme le signale le dictionnaire déjà cité. "En effet, ajoute l'auteur (non sans peut-être une certaine hypocrisie), les gens, dans l'ensemble, ont plus d'inclination à écouter des histoires qu'ils n'en ont pour l'étude de la science religieuse ; tant est grande leur impiété." Il ajoute que chaque café avait son conteur attitré, et que celui-ci empochait chaque soir la moitié des bénéfices faits par le patron. Preuve que le conteur était considéré comme un élément indispensable à la prospérité de l'établissement, et que l'on venait au moins autant pour l'écouter que pour consommer.

Ce n'était pas d'ailleurs la seule source de revenus ; il arrivait aussi qu'il soit invité à se produire en représentation privée, chez un particulier, à l'occasion d'une fête familiale ou pendant les nuits de ramadân. Dans ce dernier cas cependant, selon l'arabisant anglais Lane qui a beaucoup pratiqué ceux du Caire dans les années 1830, étant assurés d'un gain fixé à l'avance, ils fournissaient des prestations en général inférieures à celles qu'ils donnaient dans les cafés. Toujours d'après Lane, ces conteurs étaient divisés en plusieurs catégories, selon le cycle romanesque particulier dans lequel ils étaient spécialistes, les trois principaux étant :

– Les *Cho'arâ* (littéralement "poètes") qui rapportaient les aventures de Banou Hilâl, cette tribu de l'Arabie centrale qui, après de nombreuses pérégrinations, finit par envahir la Tunisie, puis toute l'Afrique du Nord à partir du Xe siècle ; ce cycle a la particularité de contenir des parties chantées, ou plus exactement psalmodiées avec accompagnement de *rabâb*, sorte de viole basse à une corde. Lane évalue le nombre des *Cho'arâ* à une cinquantaine pour Le Caire. Il semble en revanche que ce cycle n'ait pas été tenu en grande estime par le public de Syrie, tout au moins dans les villes ; on lui reprochait un côté exagérément pathétique, voire pleurnichard.

– Les *Mohaddisîn* (littéralement "rapporteurs de traditions") spécialisés dans le *Roman de Baïbars* sur lequel nous reviendrons longuement. Lane estime leur nombre à une trentaine.

– Les *Antariyyeh*, spécialistes du *Roman d'Antar*, guerrier légendaire de la période préislamique, fils d'un émir de la tribu de Abs et d'une esclave noire qui, par ses exploits extraordinaires, obtient son émancipation et réussit, après d'infinies péripéties, à épouser sa cousine Abla qu'il aime d'un amour partagé. Le personnage d'Antar, tout à la fois guerrier, amant et poète, est l'un des plus attachants de la littérature populaire arabe ; l'idéal chevaleresque et courtois qu'il incarne a souvent été rapproché de celui de nos romans de chevalerie.

Cette catégorie de conteurs, beaucoup moins nombreux que les précédents (cinq ou six selon Lane), ne récitaient pas par cœur mais lisaient un texte ; il leur arrivait parfois d'aborder d'autres cycles, comme celui de Dhû l-Himma qui a pour thème les rivalités entre tribus arabes au début de la période islamique ainsi que les guerres menées par les musulmans contre Byzance, ou encore celui de Saïf Ibn Dhî Yazan, roi légendaire du Yémen, où le fantastique joue un rôle particulièrement important. Lane cite encore, parmi le répertoire occasionnel de ces conteurs, les récits des *Mille et Une Nuits*.

Le lecteur français s'étonnera peut-être de voir la place extrêmement modeste qu'occupait ce recueil si apprécié en Occident dans le répertoire des conteurs professionnels. Et il est de fait que les *Nuits*, si elles présentent des similitudes avec les grands cycles que nous venons d'énumérer (en ce qui concerne, notamment, certains procédés narratifs, voire certains thèmes), ne s'en distinguent pas moins de façon très nette, à la fois par leur structure, leur origine et leur inspiration.

Les *Mille et Une Nuits*, on le sait, sont constituées de contes ou récits indépendants, articulés les uns aux autres par le recours systématique au procédé d'enchâssement, de récit-dans-le-récit ; chacun de ces contes est, en général, basé sur une intrigue unique et souvent assez simple. Les romans populaires, quant à eux, se présentent sous forme de récits linéaires mettant en scène un ensemble de personnages principaux (dont en général l'un se détache particulièrement du reste), intervenant à des degrés divers dans une multitude d'intrigues étroitement imbriquées les unes dans les autres et menées de front. Tout l'art du conteur consistera précisément à agencer ces différentes intrigues de façon à supprimer les temps morts et à maintenir un suspense quasi permanent. Par exemple, pendant que Baïbars est à la poursuite d'un ennemi quelconque, Chîha poursuit de son côté une mission parallèle ; ils pourront se rencontrer brièvement, se prêter main-forte l'un à l'autre, ensuite le récit suit la fin de l'aventure de Baïbars, laissant le lecteur dans l'incertitude quant au sort de Chîha, et ainsi de suite.

Il n'est pas interdit de penser qu'une structure de ce type s'accordait davantage aux conditions techniques dans lesquelles les conteurs exerçaient leur métier ; nous avons vu que leur souci principal était de maintenir le suspense d'une séance à l'autre. Il est vraisemblable qu'une telle tâche devait être beaucoup plus facile à réaliser avec les romans qu'avec les contes des *Mille et Une Nuits*, dont la dimension extrêmement variable aurait dû poser des problèmes de programmation assez difficiles à résoudre. Sans doute Schéhérazade y est-elle arrivée, mais il ne faut pas oublier que d'abord elle y jouait sa tête et qu'ensuite elle n'a jamais existé. Les cycles romanesques s'opposent encore aux *Nuits* par leurs origines. Ces dernières, en effet, intègrent des récits de provenances très diverses, et dont les plus anciens sont tirés d'un fonds indo-iranien. Les romans, au contraire, sont pour la plupart d'origine exclusivement arabe, soit ancienne comme les cycles de Saïf et d'Antar, soit plus récente comme celui des Banou Hilâl – au vrai assez difficile à dater mais dont les parties les plus tardives ne sont pas antérieures au Xe siècle – ou celui de Baïbars.

En outre, il semble bien que le genre lui-même se soit constitué à partir d'une élaboration romanesque de la "geste des Arabes", c'est-à-dire des récits traditionnels rapportant les guerres et les alliances entre les tribus de l'Arabie préislamique, ainsi que les hauts faits des guerriers célèbres. C'est probablement de là que vient, dans les romans, la prépondérance de l'élément "épique" qui fait largement défaut aux *Nuits*. Mais peut-être la différence la plus profonde, la plus radicale, tient à la conception du monde et de l'action humaine reflétée par ces deux types de littérature. Sans doute ont-elles en commun l'idée que les actions accomplies par les personnages sont strictement déterminées par avance, qu'elles ne font rien d'autre que réaliser un programme immuable, auquel ni les protagonistes ni le conteur lui-même ne peuvent rien changer. Ce programme – qui est souvent énoncé dans ses grandes lignes au commencement du récit, notamment dans cette version de Baïbars, par le biais d'un songe prémonitoire – est assimilé, dans l'univers du récit, à l'ordre prédestiné du monde tel que l'a fixé la toute-puissance divine. Cette idée s'accorde, sans doute, avec le dogme de l'islam, mais il serait naïf d'y voir une simple transcription de quelque proposition théologique ; c'est bien plutôt la forme que prend le "pacte narratif" unissant le conteur à son public. Le conteur, en effet, n'invente pas, il transmet, "sur la foi de ceux qui l'ont précédé", un récit traditionnel dont son auditoire connaît, en général, les grandes lignes de l'action et les principaux personnages ; et c'est précisément cette adhésion à une tradition partagée qui "authentifie" sa parole. Au moment même où il commence à raconter, le parcours que suivra son récit est fixé pour lui de façon aussi immuable et contraignante qu'il l'est pour les personnages. Il pourra, sans doute, introduire certaines variations mineures ; celles-ci, adoptées par d'autres conteurs et ajoutées à d'autres, pourront produire, par accumulation, des transformations sensibles, mais cela ne peut être sensible qu'à long terme ; dans l'instant même où il parle, il n'est que le transmetteur d'une parole immuable parce que immémoriale. Autrement dit, la prédestination, dans l'univers du récit, n'est pas exactement celle que les théologiens de l'islam ont décelée dans le monde réel ; elle est simplement le produit des conditions dans lesquelles s'est élaborée et transmise la littérature populaire arabe.

Il n'en reste pas moins que les *Nuits* d'une part et les romans de l'autre élaborent, à l'intérieur de ce cadre général, deux types de vision du monde très différents. Les personnages des *Nuits* sont généralement représentés comme les jouets d'une fatalité inexorable qui les fait passer brutalement du bonheur au malheur, et inversement, sans qu'ils aient mérité ni l'un ni l'autre ; tout se passe comme si le programme du conte se réalisait à travers eux, à leur insu, parfois même contre leur volonté et en tout cas indépendamment d'elle. Peut-on même parler de volonté ? Le prince Camarezzamân, en dépit des instances de son père, refuse obstinément de se marier. Pourquoi ? Interrogé sur ce point, il ne peut opposer à l'impérieuse nécessité de la continuité dynastique que de vagues lieux communs sur la ruse et la fourberie des femmes. En fait, il n'en sait rien lui-même, et son refus n'a d'autre fonction que de l'amener à épouser celle que le programme du conte lui destine.

Les actions des personnages, et même les mobiles qui les font agir, leur semblent imposés du dehors, comme confisqués par l'impérieuse nécessité du récit ; le parcours qu'il leur faut suivre est, dès l'origine, balisé jusqu'à son terme ; ils n'ont d'autre choix que de s'abandonner à leur destin. Dépossédés de leur capacité d'agir efficacement, il ne leur reste en propre que leur affectivité, leurs sentiments, leurs passions. Aussi semblent-ils se mouvoir dans une sorte de vide moral, sans qu'aucun code règle leur conduite. Non pas qu'ils soient amoraux au sens où peuvent l'être, par exemple, les protagonistes des romans picaresques ; chez ceux-là, l'amoralisme est revendicatif ; il représente une protestation contre le code dominant dont il dénonce l'hypocrisie. Mais tout simplement parce que la question éthique, dans leur univers, ne peut en aucune façon être posée ; il y a un tel divorce entre le personnage et ses actions qu'il ne peut absolument plus se poser en sujet. Et les actions elles-mêmes ne sont ni bonnes ni mauvaises, elles sont seulement toutes nécessaires, et à un degré égal, à la réalisation du programme.

Les héros des romans incarnent, quant à eux, une solution à peu près inverse : ce destin qu'ils n'ont pas choisi et qu'ils ne peuvent aucunement modifier, ils s'en accommodent, non pas par le dégagement, la retraite dans la subjectivité et l'affectivité, mais au contraire en l'assumant totalement, en s'y identifiant sans réserve ; c'est précisément en cela qu'ils sont des héros. La prédestination, ici, ne prend pas la forme d'une fatalité aveugle et arbitraire, du moins aux yeux du personnage qui la subit ; c'est plutôt une "grâce efficace" qui, renforçant la détermination du héros, lui permet tout à la fois d'incarner, sous la forme la plus haute, un code de valeurs morales, et de mener à bien sa mission.

Car – et c'est là une autre différence avec les *Nuits* – le destin du héros a, le plus souvent, une portée qui dépasse les accidents de sa trajectoire individuelle ; parfois même il a à accomplir une mission qui touche directement à l'histoire du salut. Ainsi, Antar, qui vit quelques décennies avant la naissance du Prophète de l'islam, doit "humilier les grands de la terre" et "aplanir les sentiers" (c'est, littéralement, ce que dit le texte) pour préparer la voie à l'avènement de l'islam ; ses expéditions, qui le mènent de l'Inde à l'Espagne et de Constantinople à l'Ethiopie, constituent une sorte de "répétition générale" des conquêtes musulmanes du VIIIe siècle. Baïbars, de la même façon, est celui qui doit venir à la période la plus noire et à la plus dramatique de l'histoire de l'islam, afin de protéger la Communauté des croyants contre les infidèles qui l'encerclent de toutes parts, mais aussi pour la purger de la corruption qui la mine de l'intérieur, du fait de la tyrannie et de la rapacité des puissants.

Dans certains cas, le code d'honneur dont le héros est la plus haute, mais non l'unique, incarnation peut même fonctionner comme ressort de l'action : c'est par suite d'une promesse extorquée par le fourbe Mâlik, le père d'Abla, qu'Antar est amené, par un jeu de circonstances complexes, à affronter, presque seul, les armées du roi de Perse ; chaque exploit, par le jeu des alliances et des guerres de sang, en entraîne un autre qui dépasse le précédent. Mais c'est aussi le sens de l'honneur – perverti et borné sans doute, mais réel – qui pousse Mâlik à refuser de souiller sa lignée par une alliance avec un bâtard, un ancien esclave de surcroît ; et cette fidélité à un engagement pris par lui-même l'amènera à accepter la ruine et l'opprobre d'avoir – crime impardonnable – rompu la solidarité du clan et de s'être allié avec les ennemis de sa propre tribu. Et tout le roman des Banou Hilâl peut être considéré comme une illustration des effets destructeurs de l'"honneur bédouin" ; choc des amours-propres toujours à vif, fidélité inébranlable au point d'honneur, quelles qu'en soient les conséquences, abandon aux pulsions destructrices, c'est là tout l'esprit de la *jâhiliyya* préislamique.

Le code reflété par le *Roman de Baïbars*, s'il se différencie de celui des romans bédouins par une référence plus étroite aux valeurs islamiques, n'en est ni moins clairement défini, ni moins contraignant ; fidélité absolue à la Communauté des croyants, et notamment à ce qu'elle a de plus sacré, à savoir la lignée du Prophète, soumission aux chefs légitimes de cette communauté (le roi El-Sâleh, le vizir Châhîn), mais refus de reconnaître l'autorité des puissances tyranniques (Charaf El-Dîn, Aïbak), protection des faibles et des humiliés, indifférence envers les barrières sociales arbitraires, l'idéal incarné par le héros n'est au fond pas tellement éloigné de celui des cent huit brigands du Liang-Shan-po, "férus de justice et insoucieux des richesses", dont nous devons à M. Jacques Dars de pouvoir lire en français les aventures ô combien savoureuses ; Baïbars aime lui aussi à lier connaissance avec les “braves”, ces grandes gueules des quartiers populaires, un peu frustes, pas toujours très honnêtes, et souvent en délicatesse avec la justice pour diverses peccadilles, mais braves garçons dans le fond, et toujours prêts à s’amender – moyennant quelque finance – pour participer à la mission de leur chef de file : faire régner la justice. Mais tous les truands ne sont pas bons ; ici encore c’est l’adhésion au code qui distingue les “braves” parmi lesquels Baïbars recrute ses premiers compagnons, non seulement d’un establishment hypocrite et corrompu, dont Charaf El-Dîn est le plus beau fleuron, mais aussi de la racaille : des bandits sans foi et sans honneur qui vivent de proxénétisme et de racket, les caïds de village qui, sûrs de leur impunité, terrorisent la campagne, les Bédouins pouilleux, arrogants et poltrons qui exploitent les paysans en leur extorquant ce qu’ils nomment cyniquement “l’impôt de fraternité”, et enfin la cohorte des tyranneaux subalternes, fonctionnaires vénaux et cruels, aussi durs aux petits qu’ils sont serviles envers les grands. C’est par l’élimination de ceux-là que commencera l’œuvre de justice de Baïbars ; bien qu’il soit promis aux plus hautes destinées, il lui faudra, pour commencer, descendre dans les bas-fonds de la société et s’ouvrir les yeux sur le monde tel qu’il est, tel que le vivent chaque jour les humbles artisans et commerçants du souk, les ouvriers des sucreries, les domestiques, les palefreniers, bref les petites gens, sur qui il aura plus tard à régner.

Cet aspect distingue nettement le *Roman de Baïbars* des autres romans populaires ; ces derniers se déroulent dans un univers perçu comme lointain, à la fois historiquement et culturellement ; c'est l'univers fabuleux des origines, du désert, de la démesure, à peu près aussi éloigné du monde où vivent les citadins auxquels ces romans sont destinés qu'il l'est du nôtre. Distance culturelle qui est totalement absente de Baïbars, dont l'univers n'est pas perçu comme sensiblement différent de celui des auditeurs.

De tous les grands cycles romanesques, c'est en effet celui qui a été composé le plus tardivement, se déroulant à la période la plus récente. C'est, de ce fait, le plus "historique" des romans populaires arabes, en cela au moins que l'on est assuré que son héros et certains de ses personnages ont réellement existé, et que certaines des actions que le *Roman* leur attribue ont réellement été accomplies par eux.

Contemporain des dernières croisades, le Baïbars historique (1223 ?-1277) régna sur l'Egypte et la Syrie de 1260 à sa mort, après avoir pris une part décisive à la bataille de Mansoura, ou saint Louis fut fait prisonnier (1250) et à celle d'Ayn Jalout (1260), qui donna un coup d'arrêt décisif à l'invasion des Mongols de Hûlâgû, petit-fils de Gengis Khan. Son règne marqua l'établissement du sultanat mamelouk en Egypte et en Syrie, qui dura jusqu'à la conquête de ces régions par les Ottomans au XVIe siècle.

Dans la mesure où le *Roman* fait référence – non sans lui imposer quelques distorsions – à ce cadre historique, quelques précisions sur ce point ne seront sans doute pas superflues. Ce sultanat mamelouk, que Baïbars contribua à fonder et à affermir, représente un développement particulièrement remarquable d'une institution spécifique à l'islam médiéval : l'esclavage militaire, dont les origines remontent au IXe siècle, et dont l'objet était de fournir au pouvoir central une force qui, n'étant liée à aucun intérêt particulier, serait tout entière à sa dévotion. Mais une telle solution présentait évidemment un risque : que l'élément militaire ainsi constitué, profitant de son rôle prépondérant, confisquât le pouvoir à son profit, et ce d'autant plus que, si les esclaves militaires pouvaient effectivement éprouver un certain attachement pour la personne du souverain qui les avait achetés, ils n'en avaient généralement aucun pour son successeur.

Ce fut précisément ce qui se produisit à la fin de la dynastie ayyoubide (rappelons que celle-ci, fondée par Saladin à la fin du XIIe siècle, régnait sur l'Egypte et la Syrie) : le roi El-Mâlik El-Sâleh Ayyoub (qui apparaît dès le début du *Roman*) fut amené, pour des raisons de politique intérieure, à se constituer un corps de mamelouks particulièrement important. Celui-ci était cantonné dans la caserne Bahriyya (qui deviendra dans le *Roman* le palais du vizir Châhîn près du lac Balâmâ).

Ces mamelouks (en arabe le terme signifie simplement "esclave", sans avoir nécessairement une connotation militaire) étaient tous d'origine turco-mongole, et nés hors de l'Islam. Achetés à un âge assez jeune (environ dix ou douze ans), ils avaient suivi une formation tout à la fois intellectuelle, religieuse et surtout militaire ; celle-ci, particulièrement intense, était axée sur l'équitation, l'archerie et le maniement de la lance. Au terme de cette période d'entraînement – très longue et très dure – ils avaient été affranchis par le roi qui, au cours d'une cérémonie solennelle, leur avait offert un cheval et un équipement. Devenu homme de rang, le mamelouk pouvait alors, s'il en avait les capacités, obtenir de l'avancement et se voir confier le commandement de dix, de quarante ou de cent mamelouks ; tout mamelouk ayant une responsabilité de commandement avait le titre d'émir et touchait, sur les fonds de l'Etat, des subsides lui permettant de subvenir aux besoins de ses subordonnés et de leurs montures.

Etroitement encadrée, soumise à un entraînement constant, bien équipée, cette armée, qui ne fut jamais nombreuse, était probablement en son temps une des meilleures du monde. Elle était caractérisée par un esprit de corps particulièrement étroit, favorisé par les longues années d'apprentissage en commun, et aussi par le sentiment de dévouement personnel que les mamelouks éprouvaient pour le souverain qui les avait achetés, puis affranchis, et leur montrait, en toutes choses, sa confiance et son affection. Mais cet esprit de solidarité ne pouvait exister qu'entre les mamelouks d'une même "promotion". Cette caractéristique devait jouer un rôle essentiel dans l'équilibre politico-militaire du sultanat mamelouk : les mamelouks du roi précédent étaient les ennemis naturels de ceux du roi en titre, qui les avait le plus souvent écartés des places honorifiques et lucratives qu'ils occupaient sous le précédent règne. D'autre part les mamelouks du souverain actuel avaient tout à redouter d'un changement de règne, dans la mesure où le nouveau souverain serait naturellement amené à favoriser ses propres mamelouks relativement à ceux de son prédécesseur. Une telle situation ne pouvait qu'entretenir le loyalisme des mamelouks du souverain en titre, tout en excluant une alliance générale de tous les mamelouks contre le pouvoir en place.

Ce système avait encore une particularité remarquable, en cela que les mamelouks représentaient une aristocratie militaire non transmissible : pour être mamelouk, il fallait être né hors de l'Islam, avoir été acheté dans son enfance, puis affranchi par le souverain. Il en résultait que les fils de mamelouks ne pouvaient eux-mêmes être considérés comme des mamelouks ; ils bénéficiaient sans doute de quelques privilèges comme "fils de famille" mais ceux-ci s'éteignaient à la génération suivante, qui retombait dans la "roture". Beaucoup de descendants de ces farouches guerriers firent d'ailleurs carrière dans les lettres ou les sciences religieuses.

Corps entièrement fermé, se reproduisant par recrutement extérieur, cette aristocratie se tenait dans un isolement volontaire de la population locale. Vivant dans le monde clos de la Citadelle du Caire, le "centre névralgique" du royaume, elle cultivait soigneusement sa différence, marquée notamment par l'usage de la langue turque. Cette différence se manifestait même dans les noms qu'ils portaient, qui étaient toujours d'origine turque ou mongole, généralement composés de deux noms communs (ainsi Baïbars signifie "prince-tigre", Edamor "lune-fer"). C'était là un privilège auquel ils étaient extrêmement attachés, à tel point que leurs détracteurs leur reprochaient souvent de mépriser le nom du Prophète et de ses compagnons et de préférer leurs propres appellations aux consonances barbares. D'autre part, quand un sultan mamelouk particulièrement pieux voulut changer son nom d'origine et se faire appeler Mohammad, ses compagnons s'y opposèrent avec la dernière vigueur et il dut abandonner ce projet.

Tels étaient donc ces mamelouks qui, à la mort d'El-Mâlik El-Sâleh, en 1249, confisquèrent le pouvoir à leur profit. Ce coup d'Etat se fit, à l'origine, selon un scénario tout à fait classique : le successeur désigné du roi, son fils Turanchâh, fut assassiné au bout de quelques mois de règne, les mamelouks mirent à sa place un enfant de six ans, désignant l'un des leurs, Aïbak, comme régent. Celui-ci épousa la veuve de l'ancien roi, Chajarat El-Durr, conformément à une coutume turque qui s'était alors répandue en terre d'Islam. Une période assez confuse suivit, marquée par la rupture entre

Aïbak et ses anciens compagnons, les mamelouks Bahriyya, qui allèrent se mettre au service des princes ayyoubides de Syrie. En 1257, Aïbak fut assassiné, dans son bain, à l'instigation de Chajarat El-Durr ; cette nouvelle Clytemnestre subit le même sort que l'ancienne, mais beaucoup plus rapidement. Le fils d'Aïbak monta sur le trône, mais son règne fut de courte durée, et bientôt les mamelouks mirent à sa place l'un des leurs, Qutuz. L'argument principal avancé par ce dernier en faveur de ce changement de régime était de taille : les Mongols, sous le commandement de Hûlâgû, petit-fils de Gengis Khan, étaient aux portes du royaume, et il était nécessaire de mettre sur le trône un souverain énergique et capable de leur résister. En 1258, ils avaient pris et saccagé Bagdad, déposant le dernier calife. Celui-ci ne représentait plus à l'époque qu'une puissance de second ordre, mais restait, au moins symboliquement, la tête de la communauté islamique tout entière.

Hûlâgû se présentait comme le fléau de Dieu, l'instrument de la vengeance divine – ce qui semble une constante idéologique des envahisseurs d'Asie centrale, d'Attila à von Ungern-Sternberg – et de fait, cette invasion fut accompagnée d'atrocités particulièrement systématiques. Celles-ci, d'ailleurs, entraient dans le cadre d'une stratégie parfaitement consciente ; elles visaient à créer un sentiment de terreur et d'impuissance rendant impossible toute résistance organisée. Plus d'une ville, à commencer par Bagdad, se rendit d'ailleurs sans combat.

Et, sans doute, parmi les populations musulmanes, le choc psychologique était d'autant plus fort que, pour la première fois, le centre même du territoire islamique tombait aux mains des "infidèles" et des "païens". Les mosquées furent détruites et même, pendant un certain temps, Bagdad abrita un temple bouddhique ; le christianisme nestorien ayant fait de nombreux adeptes parmi les Mongols (à commencer par la propre épouse de Hûlâgû), les communautés chrétiennes d'Orient furent systématiquement favorisées par les nouveaux conquérants.

La seule puissance qui demeurât alors intacte et capable de résister était le sultanat d'Egypte et de Syrie ; et sans doute aussi les mamelouks, qui étaient ethniquement et culturellement (à la religion près) proches des Mongols, étaient-ils moins accessibles à la vague de terreur qui les précédait. Ils furent aussi favorisés par la chance : en 1260, Möngke, le chef suprême de l'Empire mongol, mourut, et son frère Hûlâgû se hâta de venir réclamer sa succession. Quelques mois plus tard, l'avant-garde de l'armée qu'il avait laissée sur place, après avoir pris Alep et Damas, fut écrasée par les mamelouks à Ayn Jalout, en Palestine, arrêtant ainsi définitivement l'invasion.

La bataille avait été menée et remportée par Qutuz ; son triomphe fut de courte durée. Baïbars, en effet, qui avait joué un rôle particulièrement important sur le champ de bataille, s'estimant frustré de la récompense qui devait lui revenir, l'assassina quelques jours plus tard ; il fut aussitôt désigné à sa place, en vertu d'une coutume turco-mongole selon laquelle un souverain assez incapable pour se laisser assassiner mérite pleinement de l'être et que le trône doit revenir à son meurtrier qui a fait par là la preuve de son courage et de son habileté.

Ce Baïbars était d'ailleurs une personnalité de premier plan, et il fut sans doute l'un des souverains les plus remarquables de la dynastie. Son règne, relativement long, fut marqué par la poursuite de la guerre contre les Mongols, mais surtout par l'expulsion définitive des croisés. Ceux-ci – les "Francs", comme on disait alors – avaient sans doute perdu une part importante de leurs possessions en Palestine, mais occupaient toujours la côte. Retranchés dans une série de villes fortifiées, ils constituaient toujours un danger potentiel, par l'accueil qu'ils pouvaient fournir à une nouvelle invasion franque venue de la mer. D'ailleurs, quelques années plus tôt, la croisade de saint Louis, débarquée à Damiette, n'avait été arrêtée que de justesse, dans sa marche vers Le Caire, à la bataille de Mansoura – où Baïbars avait commandé l'avant-garde musulmane. Devenu roi, il s'employa à réduire et à démanteler les places franques de la côte.

Un épisode extrêmement mineur de ce règne occupe, dans le *Roman*, une place de choix : il s'agit des relations entre Baïbars et les *fidaouis* ismaéliens, plus connus en Occident sous le nom de *Hachichins* ou *Assassins.* Il s'agit de la secte fondée au XIe siècle par Hasan al-Sabbâh, en qui l'on a vu l'un des plus anciens théoriciens (et praticiens) du terrorisme politique. Il s'agit, en fait, d'une secte chiite dissidente, fortement marquée par la philosophie gnostique et caractérisée tout à la fois par une intense espérance messianique et par un rigoureux activisme politique : il faut, en abattant les puissances tyranniques, préparer la voie au *Mahdi* qui doit, incessamment, apparaître pour faire régner la justice et la paix parmi les hommes.

Par une série d'audacieux coups de main, les Ismaéliens s'emparèrent de nombreuses places fortes dans la zone montagneuse au sud de la Caspienne, et notamment d'Alamout, qui devint le centre de la secte, et le lieu de résidence de son chef, le Vieux de la Montagne. De ces bases – véritables nids d'aigle à peu près imprenables – partaient tout aussi bien les "missionnaires" qui avaient pour but de recruter des fidèles et d'entretenir les réseaux de complicités clandestines nécessaires à la survie de la secte, que les *fidaouis*, les "volontaires de la mort", chargés d'éliminer les ennemis. Ces attentats, perpétrés en général de façon à frapper vivement l'imagination et à entretenir le mythe de l'invincibilité de la secte, tout en déstabilisant le pouvoir en place, créèrent une véritable psychose parmi la population. En plusieurs endroits, l'on procéda au lynchage systématique des membres ou des sympathisants présumés de la secte.

C'est vraisemblablement dans cette ambiance fiévreuse que naquirent un certain nombre de rumeurs plus ou moins fantaisistes sur la puissance terrifiante du Vieux de la Montagne, qui, disait-on, avait dissimulé dans l'entourage de tous les rois du monde – et y compris en Europe – un homme de main qui n'attendait qu'un signe pour passer à l'action. Ces rumeurs – dont on trouve déjà la trace chez des auteurs européens du Moyen Age, comme Joinville et Marco Polo – furent reprises et amplifiées au siècle dernier, très souvent dans le cadre de polémiques qui n'avaient rien d'historique : l'on voyait dans les “Assassins” l'exemple type des “sociétés secrètes” – comme les jésuites ou les francs-maçons – dont le rôle dans l'histoire ne pouvait être que détestable. De là se constitua autour de la secte une espèce de “roman noir” – l'expression est de Henry Corbin – où puisèrent plusieurs auteurs de fiction.

La réalité est en fait plus prosaïque. Les Ismaéliens ne purent jamais réaliser leur objectif de départ, qui était une réforme tout à la fois du dogme et de la société islamique. Ne pouvant non plus être entièrement éliminés, ils finirent par trouver un *modus vivendi* tacite avec les pouvoirs en place. Bien souvent même, ils durent acheter la complicité ou la neutralité de tel ou tel souverain local en lui prêtant leurs services pour éliminer un rival. Comme beaucoup de groupes terroristes, ils finirent par jouer le rôle de tueurs à gages.

Ils n'en représentaient pas moins un danger potentiel. Aussi, lorsque les Mongols arrivèrent dans la région, les gouverneurs locaux – avec une rare inconscience politique – sollicitèrent leur concours pour prendre les places fortes de la secte. La forteresse d'Alamout tomba ainsi, sans combattre, en 1256.

Essentiellement implantée en Iran, la secte avait cependant établi une "filiale" dans la chaîne côtière de Syrie du Nord ; c'est de là que provenaient les "Assassins" rencontrés par Joinville, ainsi que les *fidaouis* du *Roman.* Ceux-ci ne devaient leur sécurité qu'aux services de tueurs à gages qu'ils rendaient aux souverains de la région. Mais l'autonomie dont ils jouissaient s'amenuisait de jour en jour ; Baïbars, monté sur le trône, devait lui porter le coup de grâce. Il commença d'abord par leur imposer un chef à sa dévotion, puis, à la première velléité de rébellion, s'empara de leurs dernières forteresses, les privant ainsi de l'indépendance qu'il leur restait. Il continua cependant à les employer à l'occasion. Mais la secte ne devait plus jamais retrouver son ancien rôle ; elle survit aujourd'hui dans quelques villages de Syrie du Nord dont les habitants, paisibles cultivateurs, sont les descendants des tueurs fanatiques du Vieux de la Montagne.

Telles sont, dans leurs grandes lignes, les données historiques à partir desquelles s'est élaboré le *Roman.* Le lecteur pourra se rendre compte à quel point cette élaboration s'éloigne du point de départ. Ces distorsions, cependant, ne sont pas toujours fortuites, ni entièrement assignables à l'"ignorance" et à l'"inculture" des conteurs et de leur public.

Certains cas, sans doute, sont difficilement explicables, comme l'assimilation des Mongols aux "Mages adorateurs du feu", c'est-à-dire aux Persans zoroastriens d'avant la conquête islamique ; assimilation qui va d'ailleurs très loin, puisque Halawoun (c'est-à-dire Hûlâgû dans la transcription arabe) est représenté comme descendant de Chosroès, fondateur de la dynastie perse sassanide, et comme ayant sa capitale à Tabriz, qui était effectivement capitale de l'Empire iranien au XIXe siècle. Il est possible que l'assimilation des Mongols aux Iraniens, et des Iraniens aux "adorateurs du feu" soit un thème de propagande ottomane, dans la mesure où l'Empire turc se posait en défenseur de l'islam sunnite contre l'Iran chiite. Nous serions là, en fait, devant un aspect du *Roman* relevant d'une conjoncture historique particulière, et qui se serait préservé dans la tradition postérieure.

Car la version du *Roman* dont nous parlons ici est marquée d'un bout à l'autre par un violent sentiment antiturc, qui se manifeste notamment par l'abaissement systématique du rôle des mamelouks, assimilés à l'aristocratie militaire ottomane. Soudards épais parlant un jargon ridicule, ces prétendus défenseurs de l'Islam, qui ont failli à leur rôle, sont tout juste bons à s'emplir les poches et à fomenter contre Baïbars, à qui ils vouent une haine jalouse et imbécile, toutes sortes de complots sordides qui finissent par se retourner contre eux. En outre, malgré leurs rodomontades, ils sont d'une incompétence et d'une mauvaise volonté rares devant l'ennemi ; régulièrement battus, ils ne doivent en général leur salut qu'à l'intervention opportune des Ismaéliens. Ceux-ci, dépeints comme des montagnards farouches et passionnément attachés à leur indépendance, sont les seuls vrais guerriers du *Roman.* C'est seulement lorsque Baïbars, monté sur le trône, les aura soumis à sa loi qu'il deviendra invincible.

Pire encore, les émirs mamelouks, dans toute la première partie du *Roman*, sont manipulés par le principal ennemi de l'Islam, le "prêtre maudit", Jaouane, qui a réussi à s'infiltrer jusque dans le conseil du roi, où il occupe la fonction de grand cadi. C'est lui qui, profitant de leur aveuglement et de leur bêtise, les entraîne dans mille complots contre Baïbars, quitte à les abandonner allégrement lorsque ceux-ci échouent.

Du reste, l'armée n'est pas le seul corps de l'Etat infiltré par ce diabolique conspirateur ; son influence s'étend à toute la société, depuis les éboueurs du Caire jusqu'au conseil du roi, semant partout le désordre et la corruption. Il est le cerveau qui, dans l'ombre, coordonne toutes les attaques contre les héros du *Roman*, et notamment contre Baïbars en qui il a reconnu le restaurateur de la puissance de l'Islam annoncé par le *Livre de prophétie des Grecs*. Mais le "grand Satan" Jaouane échouera dans toutes ses entreprises. Il ne pourra même pas éviter la mort qui lui est destinée et qui lui viendra de son "double", Chîha, son ancien élève, un jeune prince bédouin enlevé dans son enfance, mais resté secrètement fidèle à la foi de ses pères. Aussi diaboliquement rusé, et aussi dénué de scrupules que son ancien maître devenu son ennemi juré, celui-ci parviendra en outre, par sa volonté indomptable, à être reconnu comme chef suprême des Ismaéliens ; et fera, auprès de Baïbars, fonction de chef des services secrets et responsable des "missions spéciales".

Tous ces éléments – et bien d'autres encore – sont purement imaginaires. Mais leur fonction n'est pas seulement romanesque. Ils constituent plutôt un essai d'interprétation, par un public populaire arabe du XIXe siècle, de son vécu quotidien : affaiblissement inexorable de l'Empire ottoman qui semble de moins en moins capable de contenir la pression des "puissances" occidentales, destruction progressive des structures économiques traditionnelles et, surtout, choc psychologique devant l'infériorité croissante de la Communauté des croyants, "la meilleure communauté qui ait été lancée parmi les hommes", vis-à-vis des infidèles. Une première solution consiste à chercher les "responsables" d'un état de choses ressenti comme anormal : la collusion plus ou moins consciente d'une aristocratie militaire incompétente, qui a failli à sa tâche mais entend préserver ses privilèges, avec une "conspiration mondiale" visant à détruire la communauté de l'intérieur.

C'est l'alliance du chef des armées Aïbak et du faux cadi Jaouane, en plein conseil du roi ; c'est la trahison des émirs en plein champ de bataille, qui fera tomber Baïbars aux mains des Perses, et l'amènera à deux doigts de changer de camp.

Mais, plus profondément, cet ensemble de glissements, par lesquels les événements du XIIIe siècle sont interprétés par référence aux conditions du XIXe, est aussi l'expression d'un espoir : si les Francs d'autrefois ont fini par être vaincus et chassés, ceux d'aujourd'hui le seront bien un jour. Et, de cet espoir, le roi El-Sâleh est l'incarnation dans tout le début du *Roman* : ce "fou de Dieu", qui vit à la fois dans le monde quotidien, celui de l'apparence, et dans le monde secret où est manifestée la trame cachée des événements terrestres, a, d'avance, percé à jour toutes les manifestations. De par les pouvoirs surnaturels qui lui ont été accordés par Dieu, il pourrait, sans doute, aplanir d'emblée toutes les difficultés. Mais, chez lui, la prescience totale empêche toute action : les choses doivent se dérouler selon l'ordre prévu de toute éternité, et cet ordre est bon. Car ce n'est que lorsque les ténèbres sont les plus épaisses que doit triompher la justice.

Il nous reste, avant de céder la place au conteur, un dernier mot à dire sur le texte que nous avons suivi. Celui-ci est un manuscrit écrit vraisemblablement dans la première moitié du XIXe siècle, à

Alep. Il représente l'une des façons de raconter le *Roman* ; ce n'est pas la seule. Il existe en effet d'autres textes rédigés à des époques différentes et présentant d'importantes différences avec celui-ci. Dans la mesure où il s'agit d'une œuvre populaire, de transmission à la fois orale et écrite, il nous a semblé qu'il n'y avait pas lieu de chercher, à travers la multiplicité de ces variantes, un "prototype" qui représenterait le "texte authentique" du *Roman*, comme on le fait pour les œuvres savantes où l'on s'efforce de déterminer ce que l'auteur a vraiment écrit. Il n'y a pas de "texte authentique" ou plutôt tous les textes le sont. Le choix d'une version plutôt que d'une autre ne saurait donc être motivé que par ses qualités littéraires ; de ce point de vue, celle que nous présentons ici est très nettement supérieure à toutes les autres. Elle comporte, malheureusement, certaines lacunes ; nous nous sommes efforcés de les combler à partir d'autres versions du *Roman*. Nous nous sommes attachés, dans notre traduction, à rendre la souplesse de l'écriture, qui use, avec bonheur, de toutes les ressources de la langue écrite et parlée – celle-ci étant habituellement bannie de l'usage écrit – y compris de certains "jargons" spécialisés, tels le sabir turco-arabe des mamelouks ou la *lingua franca* des Francs ; ceux-ci n'ayant pas de correspondant exact en français, le résultat est nécessairement quelque peu arbitraire, mais permet tout de même de rendre cette extraordinaire diversité linguistique qui est l'un des charmes du *Roman*.

Il nous est parfois arrivé de rencontrer des passages particulièrement obscurs, des allusions à des faits oubliés, ou des mots disparus de l'usage ; nous nous sommes efforcés d'en donner un équivalent en harmonie avec le contexte, faisant grâce au lecteur de nos scrupules philologiques ; notre unique souhait est de faire partager au lecteur français du *Roman de Baïbars* le plaisir que nous avons eu à le lire dans l'original.

JEAN-PATRICK GUILLAUME

LES ENFANCES DE BAÏBARS

Le songe du sultan

On raconte… mais Dieu seul connaît l'insondable et la sagesse que recèlent les histoires des peuples du passé. Gloire à Celui qui a fait des vies des anciens une leçon pour leur descendance !

[Le transmetteur a dit :] Moi, le transmetteur, sur la foi de ceux qui m'ont précédé et se sont chargés de transmettre cette histoire merveilleuse, rapporte qu'au début le siège du pouvoir fut instauré à Damas par notre seigneur Moâwiya. La dynastie qu'il fonda fut celle des Omeyyades[1]. Les sultans qui occupèrent le trône furent au nombre de vingt-quatre ; le premier fut Moâwiya et le dernier Abdel-Malek Ibn Marwân. Par la suite le pouvoir passa aux Abbassides dont la capitale était Bagdad. Leur dynastie compta quarante sultans dont le premier fut El-Saffâh et le dernier El-Muqtadi Billâh. Puis l'empire des Abbassides passa aux mains des Kurdes Ayyoubides dont la capitale était Le Caire. Le premier qui occupa le trône fut Chouqayr et le dernier un roi nommé El-Sâleh Ayyoub El-Najmi.

Or le roi El-Sâleh Ayyoub – que la miséricorde de Dieu soit sur lui – était un grand *wâli*[2] : heureux et prospère, craint de tous les rois francs qui lui versaient tribut, il avait agrandi le territoire de l'Islam. Tous les grands de son royaume étaient des Kurdes. Il avait dans son conseil un grand vizir qui se nommait l'agha Châhîn El-Afram ; il en avait fait son vizir du côté droit. Son vizir du côté gauche se nommait Aïbak le Turkmène. Il y avait aussi un cadi nommé Salâh El-Dîn El-Irâqi. Ce cadi, bien qu'il fît profession d'islam, était en réalité un chrétien. Le roi El-Sâleh en avait eu révélation mais l'avait laissé faire pour que s'accomplisse le dessein de Dieu.

[Le transmetteur a dit :] Le roi El-Sâleh Ayyoub se refusait à dépenser l'argent du trésor pour sa subsistance et il fabriquait des calottes en drap de laine qu'il vendait, tirant ainsi sa subsistance d'un profit licite, car, nous l'avons dit, c'était un homme de bien, comme a dit le poète :

Ceux-là dont le sommeil a fui la paupière
savent la vérité : rien ne dure sur terre ;
ils sont les Bienheureux, ils sont les Initiés
et quand ils meurent, dans les plis du suaire
par la corruption leur corps n'est point touché.

Celui qui a transmis cette histoire merveilleuse a dit que le roi El-Sâleh Ayyoub régna sur l'Egypte, occupant le trône de notre seigneur Joseph, fils de

Jacob – la paix soit sur lui. Il était obéi de tous car il se montrait équitable envers ses sujets et son pouvoir était respecté dans toutes les provinces.

Or, une certaine nuit que le roi El-Sâleh Ayyoub reposait sur sa couche, il eut un songe qui le terrifia. Il s'assit, se leva, fit ses ablutions, accomplit la prière de la fin de la nuit, récita les versets pour la gloire de Celui qui est exempt de toute faute et de toute souillure. Muhammad – que la prière et le salut de Dieu soient sur lui. Ensuite il partit siéger à son conseil. Lorsque tous furent rassemblés, au grand complet, le conjureur de sort récita ses formules. L'invocateur fit ses invocations terminant par quelques versets du Coran, le *Chaouich alam* proclama :

— O roi, ne sois point orgueilleux ! Le pouvoir suprême n'appartient qu'à Dieu, l'Unique, le Vainqueur.

— Gloire à Celui qui donne Son pouvoir à qui Il veut parmi Ses créatures ! dit le roi.

Alors lui revient à l'esprit le songe qu'il avait eu dans la nuit. Il se tourna vers son vizir le Hâjj Châhîn et lui dit :

— Frère, j'ai eu cette nuit un songe qui m'a rempli de terreur et d'effroi.

— Seigneur, répondit Châhîn, tout ira bien s'il plaît à Dieu ! N'aie crainte ni souci, agis suivant le conseil du poète – et vous, auditeurs, priez sur le meilleur des prophètes !

— O Hâjj Châhîn, reprit le roi, je ne raconterai mon rêve qu'à un homme averti et versé dans l'interprétation des songes car, ô vizir, par ma vie, le songe que j'ai vu est étrange et effrayant, insaisissable et mystérieux.

— A ta convenance, ô Serviteur des Villes saintes[3] !

Il y avait en ce temps-là un homme fort savant et respecté nommé le cheikh Mohammad *efendi* Ibn Daqîq El-Id[4]. Si on l'appelait ainsi, c'est parce que son père était meunier et vendait de la fleur de farine ; or, les gens du Caire avaient coutume pour la fête du sacrifice de préparer toutes sortes de mets et, pour la fête de la fin du jeûne, ils se contentaient de préparer de délicieux gâteaux ronds, composés de sucre, de beurre clarifié et de fleur de farine et fourrés de dattes, qu'ils faisaient cuire au four. Il y avait au Caire un meunier appelé le cheikh Ahmad qui vendait de la fleur de farine et la plupart des gens du Caire se fournissaient chez lui car il était honnête et ne trompait pas sur la marchandise ; la farine qu'il produisait était bien blanche, c'est pourquoi on l'avait surnommé Bayyâ Daqîq El-Id[5]. Quand il mourut, il laissa un enfant mâle du nom de Mohammad. Quand ce dernier eut atteint l'âge d'homme, il fréquenta assidûment El-Azhar[6] en quête de science. Il travailla avec tant de zèle que le Dispensateur de toutes choses lui accorda d'acquérir en deux ans les sciences juridiques, la grammaire, la médecine, les sciences de la nature, l'arithmétique et la clef des songes, si bien qu'il devint le génie et la merveille de son temps, comme l'a dit le poète :

La science rend illustre une maison obscure
l'ignorance transforme un palais en masure
chaque fils a ses droits, qu'il te faut respecter
s'il est noble et vaillant ; mais s'il est faible et lâche
éloigne-le plutôt, et fixe-lui sa tâche :
donne-lui tes chameaux et moutons à garder.

Comme ce jeune homme surpassait ses contemporains, les habitants du Caire le nommèrent cheikh de la mosquée d'El-Azhar et l'appelèrent le cheikh Mohammad Ibn Daqîq El-Id.

Ainsi donc, lorsque le roi El-Sâleh Ayyoub eut ce songe et demanda à son vizir de lui trouver quelque savant cheikh qui pût le lui interpréter, le vizir pensa au cheikh Mohammad Ibn Daqîq El-Id. Sur-le-champ il ordonna à l'un de ses mamelouks de se rendre à la mosquée d'El-Azhar pour demander au cheikh Mohammad de venir au conseil parler au vizir. Le mamelouk se rendit aussitôt à la mosquée. Il aperçut le cheikh assis sur son estrade en train d'enseigner ce que Dieu – qu'Il soit exalté – lui avait appris. Le mamelouk attendit patiemment que le cheikh eut terminé son homélie, puis il s'avança et le prit par la main en disant : "Ordre t'est donné d'aller parler au vizir l'agha Châhîn au conseil, à la Citadelle." Le cheikh répondit : "J'entends et j'obéis ! marche devant et je te suis."

Le mamelouk revint porter au vizir la réponse du cheikh. Le vizir patienta un instant et vit arriver le cheikh Mohammad Ibn Daqîq El-Id.

Quand il fut devant le roi, s'exprimant avec élégance, il présenta son compliment et pria Dieu de le maintenir dans la gloire et la prospérité.

Salut à ce palais, à l'hôte de ces lieux,
illustre rejeton d'ancêtres glorieux
du trône de tes pères héritier légitime
– le trône de l'Empire à la gloire sublime –
siège de la justice et soutien de la paix,
que le Seigneur en toi perpétue Ses bienfaits.
Qu'Il te tienne à l'abri des malheurs, des alarmes,
et qu'Il donne toujours la victoire à tes armes ;
que Sa prière soit sur son Prophète élu
dont pour tous les humains la lumière a paru.

[Le transmetteur a dit :] Quand le cheikh Mohammad eut terminé son poème, le sultan lui ordonna de s'asseoir. On apporta le café, il le prit, il le but et se délecta. Le sultan l'avait fait asseoir auprès de lui car c'était un homme de science et il était digne de respect.

— O cheikh Mohammad *efendi*, lui dit-il, j'ai eu hier un songe qui m'a rempli de trouble et de terreur et m'a tenu éveillé jusqu'au matin.

— Tout ira bien s'il plaît à Dieu, ô roi, qu'as-tu vu en songe ?

— J'étais sur une colline élevée, entouré de mon armée et des grands de mon royaume, soudain je vis un feu s'allumer du côté du levant. Il bouchait l'horizon et se dirigeait vers moi et mon armée. Rempli de crainte et de terreur, je m'affligeais de ce spectacle. Et tandis que je me tenais perplexe voici qu'apparurent du côté du couchant deux corbeaux noirs qui s'élevaient de la mer et se dirigeaient vers moi. Alors que j'étais au comble de l'étonnement je vis arriver du levant, de derrière le rideau de feu, une troupe de lions et à leur tête un animal gigantesque, plus gros qu'un taureau. Ils se jetèrent sur le feu en vomissant des flammes jusqu'à ce que le feu fût éteint, puis ils passèrent leur chemin. Je dis : "Louange à Dieu ! Seigneur, Tu m'as sauvé ainsi que mon armée du feu qui allait nous dévorer." Cependant j'étais toujours inquiet à cause des corbeaux quand soudain j'aperçus un vol d'oiseaux de toutes espèces qui se jeta sur les corbeaux et les chassa à grands coups de bec. Je compris alors que ce n'était qu'un rêve.

Quand le cheikh Mohammad eut entendu le récit du songe du roi El-Sâleh Ayyoub – le saint, l'extatique – il lui dit : "Tout ira bien s'il plaît à Dieu, ô Commandeur des croyants ; je vais t'interpréter ta vision. Pour ce qui est du feu, cela signifie que ton pays sera envahi par les Mages adorateurs du feu[7] ; celui qui causera leur déroute et éteindra leur feu viendra des pays du Levant et entrera en Egypte sous les traits d'un mamelouk. Il aura une armée. Il se peut qu'il hérite de la royauté après toi : seul Dieu et Son prophète le savent.

Quant aux corbeaux noirs qui sont venus du côté du couchant et sortis de la mer, cela veut dire que bientôt les Francs et leurs rois attaqueront ton pays ; leur déconfiture sera provoquée par des hommes qui viendront des montagnes au même moment que le mamelouk dont j'ai parlé. Leur capitaine sera un homme venu des pays du couchant qui deviendra illustre entre tous. Dieu et Son prophète en savent plus, et seul connaît l'inconnu Celui à qui rien n'est caché. Cependant, je te conseillerais, ô roi, d'acheter des mamelouks et s'il plaît à Dieu tu t'en trouveras bien."

Alors le cheikh se leva, prit congé du roi et s'en alla après que le roi l'eut récompensé ; puis le roi El-Sâleh Ayyoub se tourna vers le Hâjj Châhîn et l'interpella en ces termes : "As-tu entendu ce qu'a dit le cheikh d'El-Azhar ?

— Oui, ô puissant roi, que Dieu rende éternels les bienfaits qu'Il t'a accordés et fasse miséricorde à tes parents et aux nôtres.

— Je veux que tu nous achètes quelques mamelouks que tu choisiras à ta guise.

— J'entends et j'obéis, ô Commandeur des croyants."

Les fortunes du *khawâja* Ali

Sur-le-champ le vizir envoya quérir tous les marchands de mamelouks qui se trouvaient au Caire et leur dit : "Sa Majesté le sultan, notre maître, veut acheter quelques mamelouks triés sur le volet, savants, habiles et compétents, pour les utiliser dans les services du gouvernement et en faire des émirs et des vizirs. Il lui faudrait quelque chose comme cent esclaves, pas davantage." Quand les marchands de mamelouks eurent entendu les propos du grand vizir, le Hâjj Châhîn El-Afram, ils dirent tous d'une seule voix : "Seigneur, nous ne sommes pas experts dans l'achat de mamelouks d'élite qui pourraient convenir à Sa Majesté le sultan, nous sommes des petits marchands et n'achetons que des mamelouks ordinaires[8]. S'il te faut un marchand habile, expert en beaux mamelouks, qui s'entende à les trier comme le changeur habile à séparer les fausses pièces des vraies, tu n'en trouveras pas ici, mais nous pouvons t'en indiquer un parmi les habitants de Damas. Il se nomme le *khawâja*[9] Ali Ibn El-Warrâq. C'est notre maître à tous ; il est, lui, expert, savant et habile." Le vizir ordonna alors qu'on le fît venir. Ils répondirent : "C'est un homme ruiné, criblé de dettes ; il ne sort plus de sa maison où il vit dans la misère avec sa nombreuse famille."

[Le transmetteur a dit :] Les marchands de mamelouks avaient dit la vérité et s'ils avaient parlé du *khawâja* Ali au ministre c'était pour lui venir en aide car ils le connaissaient pour un membre de leur corporation ; il était, de fait, de bonne famille, mais la fortune l'avait trahi et il était tombé dans la misère, comme dit le poète :

Au milieu d'l'opulence
j'ai connu les tracas
je prenais du bon temps
et j'étais comm' un roi
c'est bien beau tant qu'ça dure
mais ça ne dure pas
et la vie tourne tourne
c'est comme une noria
un coup t'es plein tu montes
un coup t'es vide en bas.

[Le transmetteur a dit :] A les entendre faire l'éloge du *khawâja* Ali Ibn El-Warrâq, le vizir Châhîn saisit l'intention cachée de leurs propos : ils voulaient venir en aide à leur compagnon. – Ainsi en allait-il à cette époque, les gens se rendaient service et le Seigneur leur donnait à la mesure de leurs bonnes intentions, comme il a été dit : c'est à la mesure de vos intentions que vous recevrez.

— Va pour le *khawâja* Ali, dit le vizir, s'il a quelque dette, nous la paierons et s'il est dans la misère nous le renflouerons ; nous lui donnerons tout ce qu'il voudra. Quant à vous, vous pouvez vous retirer.

Les marchands de mamelouks s'en furent. Le vizir attendit la fin du conseil, retourna à son palais et y passa la nuit. Le lendemain, il se rendit au conseil et s'assit à sa place officielle.

— Eh bien, vizir, lui dit le roi, quand aura lieu l'achat des mamelouks ?

— Seigneur, Dieu t'accorde à jamais Ses bienfaits et t'épargne le tourment et l'affliction ! Sache que j'ai convoqué les marchands de mamelouks présents au Caire. Il s'est avéré qu'ils ne sont pas experts dans l'achat de mamelouks qui puissent convenir au sultan mais ils m'ont appris qu'ils ont un maître à Damas nommé le *khawâja* Ali Ibn El-Warrâq qui s'y entend à acheter des mamelouks d'élite pour le service des rois. Mais à présent, cet homme, à ce qu'on m'a appris, est criblé de dettes, vit dans la misère avec sa nombreuse famille, ruiné, ne sortant plus de chez lui. C'est ce que m'ont dit les marchands.

A ces mots El-Sâleh Ayyoub ordonna au Hâjj Châhîn de lui rédiger un firman à l'intention de Charaf El-Dîn Issa El-Nâsser, pacha de Damas, lui ordonnant de payer les dettes du *khawâja* Ali Ibn El-Warrâq et de lui donner tout ce qu'il demanderait, puis de l'envoyer en Egypte. Aussitôt le vizir rédigea le firman et le donna au roi qui le parapha pour l'authentifier et y apposa son sceau. Il le remit à l'un des émirs de son conseil nommé Ahmad Ibn Bazdaghân en lui ordonnant de se mettre en selle, de prendre avec lui cinquante cavaliers et de partir pour Damas remettre le firman du sultan à Charaf El-Dîn Issa El-Nâsser et de ramener au Caire le *khawâja* Ali Ibn El-Warrâq. Ahmad Ibn Bazdaghân prit donc cinquante cavaliers, se mit en selle et sortit du Caire en direction de Damas. Après avoir traversé les déserts et les steppes, les plaines et les défilés, il arriva à

Damas. Il entra au palais de Charaf El-Dîn Issa El-Nâsser et lui remit le firman du sultan. Charaf El-Dîn bondit sur ses pieds, tous les nobles de Damas et tous ceux qui assistaient au conseil firent de même ; il prit le firman des mains d'Ahmad Ibn Bazdaghân, le porta à son front, le décacheta sur-le-champ, le lut, en saisit le sens et la portée. Il le remit ensuite au secrétaire du conseil en lui ordonnant d'en donner lecture à toute l'assistance. Il le prit et lut ce qui suit :

"Au nom de Dieu – premiers mots jamais écrits.

La plus éminente des prières sur le plus noble des Arabes et du genre humain tout entier.

De la part de Sa Majesté qui parle et ne ment point, qui donne sa parole et ne trahit point, qui compte parmi ses titres de gloire d'être le serviteur de la sépulture du chef des descendants d'Adnân[10], sultan des deux terres[11] et *khâqân* des deux mers[12], serviteur des deux villes saintes et de la mosquée El-Aqsa[13].

Le roi El-Sâleh Ayyoub El-Najmi,

A notre cousin très cher, Charaf El-Dîn Issa El-Nâsser,

L'objet de la présente est de te faire savoir qu'il se trouve dans ta province, à Damas, un marchand de mamelouks nommé le *khawâja* Ali Ibn El-Warrâq. Or il nous est parvenu qu'il est criblé de dettes, réduit à la misère, avec une famille à nourrir ; nous souhaitons que tu paies toutes ses dettes, que tu lui verses la gratification qu'il te demandera et que, sans l'humilier ni le maltraiter, tu nous l'envoies au plus tôt avec les plus grands honneurs, en compagnie du porteur de la présente, Ahmad Ibn Bazdaghân. Agis promptement et salut !"

Après la lecture du firman, Charaf El-Dîn s'exclama : "J'entends et j'obéis à mon cousin, le Commandeur des croyants !"

Pendant qu'Ahmad Ibn Bazdaghân s'asseyait, Charaf El-Dîn, gouverneur de Damas, convoqua son grand écuyer : "Pars sur l'heure t'enquérir du *khawâja* Ali Ibn El-Warrâq, lui dit-il, et amène-le au conseil." L'écuyer partit, emmenant avec lui une vingtaine de ses hommes à la recherche du *khawâja* Ali Ibn El-Warrâq.

[Le transmetteur a dit :] Ce dernier devait bon nombre de pièces d'argent tant au boucher qu'à l'épicier, au boulanger, au droguiste, au marchand de tabac, au confiseur et à bien d'autres encore. Il était aux abois – Puisse Dieu épargner un tel sort au croyant qui professe Son Unicité !

Il se sentait tellement honteux devant ses créanciers qu'il restait cloîtré chez lui et ne mettait plus le nez dehors de crainte de rencontrer l'un d'entre eux : celui-ci ne manquerait pas alors de porter plainte contre lui. Toutes les fois qu'on frappait à sa porte il disait à sa femme : "Va leur dire que le *khawâja* Ali n'est pas là."

Il en vint à vendre son mobilier : matelas, couvertures, marmite, bassine, plats en cuivre et ainsi de suite, tant et si bien que sa maison se trouva bientôt aussi vide qu'une mosquée désolée où ne restent qu'une natte et une lampe. Et ce matin-là il n'y avait plus rien à manger, ni pour lui ni pour sa famille. "Eh l'homme ! lui dit sa femme, va donc nous chercher de quoi acheter un *ratl*[14] de farine pour nourrir les enfants, car hier ils se sont couchés sans dîner et si nous, nous pouvons supporter la faim, les enfants ne le peuvent pas.

— Femme, répondit-il, où veux-tu que je trouve cette somme ? Il n'y a plus personne pour me faire crédit et me prêter ou me donner un sou. Et puis, si je sortais, j'ai grand-peur que mes créanciers ne m'aperçoivent, ne portent plainte contre moi et me fassent emprisonner.

— Que faire alors ? car l'homme peut tout supporter, hormis la faim, cette pousse-au-crime."

(Dieu en préserve nos entrailles, par Lui, l'Un, l'Unique, le Sans-Pareil, qui ne connaît ni la faim ni la soif.)

[Le transmetteur a dit :] Pendant que le *khawâja* Ali se querellait avec sa femme pour savoir s'il allait sortir ou non, voilà qu'on frappa à la porte à grands coups. "Bonté divine, s'écria-t-il, et à sa femme : Va voir qui est à la porte, je pense – Dieu seul sait tout – que l'un de mes créanciers a porté plainte contre moi auprès des autorités.

— Qui est là ? demanda la femme.

— Envoie-nous le *khawâja* Ali ! répondit une voix.

— Dis-leur que je n'y suis pas, souffla-t-il à sa femme.

— C'est impossible, répondit-elle, sors au-devant d'eux, montre-leur dans quel état tu es, que peuvent-ils te prendre ? Le failli ne risque pas d'être mis à mort. Peut-être en te voyant auront-ils pitié de toi. Comme dit le proverbe : De chagrin est mort le gibet, car le failli lui a échappé. Et moi je te dirai : Suppose que quelqu'un porte plainte contre toi devant les autorités et qu'il dépose contre toi devant le gouverneur et que ce dernier te dise : "Paye ce que tu dois." Tu répondras : "Je n'ai pas de quoi." Au pire, ils te mettront en prison pour quelques jours et ensuite ils te relâcheront ou alors ils t'imposeront de payer ta dette par mensualités ou encore, s'il n'y a vraiment plus aucun espoir, ils t'inscriront comme indigent et ils te laisseront aller. Ça vaut mieux que d'être à la fois endetté et emprisonné chez soi, car la maison est une autre prison." Que Dieu ne contraigne personne à rester à la maison, par La Mecque et Jérusalem !

Elle s'employa à lui dorer ainsi la pilule tant et si bien qu'il finit par prendre son mal en patience et dit : "En Dieu est mon secours !" Alors sa femme lui dit : "Va donc ouvrir la porte et vois qui te demande."

Aussitôt il se leva et s'avança vers la porte, deux pas en avant, un pas en arrière, tant et si bien qu'il finit par l'ouvrir. A la vue des sbires du gouverneur, son cœur fut rempli d'épouvante : il faut dire que ceux-ci terrorisaient la population par leurs exactions. "Tout ira bien, s'il plaît à Dieu ! Qui a porté plainte contre moi ?" dit le *khawâja* Ali en les voyant.

Ils répondirent : “Nous n’en savons rien mais c’est Charaf El-Dîn El-Nâsser qui te fait mander auprès de lui.

— J’entends et j’obéis !” répondit-il, et il les accompagna en récitant ces vers :

J’ai confié mon destin
à celui qui le tient
Il est Dieu mon Seigneur
rien n’est égal à Sa grandeur

Et je vais mon chemin
le cœur plein de chagrin
car en ce jour j’ai peur
d’être livré au gouverneur.

[Le transmetteur a dit :] Le *khawâja* Ali partit donc avec les sbires du gouverneur à travers les rues de Damas et les gens, le voyant en cette compagnie et pensant que quelqu’un avait porté plainte contre lui, se mirent à le suivre en l’interpellant : “Voleur ! tu as mangé notre argent, nous irons te voir pendre !

— Le prix de ma viande ! criait le boucher.

— Le prix de mon pain ! criait le boulanger.

— Le prix de mon beurre ! criait l’épicier.

— Le prix de mon tabac ! criait le marchand de tabac.

— Je n’ai pas un sou, leur disait le *khawâja* Ali, faites ce que vous voudrez, vous pouvez toujours vous époumoner, vous n’êtes que des roquets ; n'allez pas croire que j'ai peur de vos cris, comme dit le *mawwal*[15] :

D'argent n'ai mie
et or, bernique,
mais rhétorique
et plus encore philosophie.

Quand l'heur' du dîner sonne
J'ai mon cul à lécher
et je ne crains personne
hormis Celui qui m'a créé.

Le roi et ses gendarmes
ne peuvent rien sur moi,
même s'ils me condamnent
je me moque bien de tout ça.

En fait de ronds, j'ai rien de plus
que le trou de mon cul."

Ayant entendu le *khawâja* Ali les gens dirent : "Dieu lui vienne en aide et lui porte secours !" Quant au grand écuyer, il l'emmena au palais de Charaf El-Dîn et on le fit entrer dans la salle du conseil pendant que les créanciers restaient devant la porte. Quand ils furent en présence de Charaf El-Dîn le grand écuyer dit : "Seigneur voici le *khawâja* Ali Ibn El-Warrâq."

A sa vue, celui qui était venu le chercher, Ahmad Ibn Bazdaghân, se leva pour l'accueillir et dit à l'un des gens de sa suite : "Emmène-le au hammam !" Ce qui fut fait sur-le-champ, alors que lui n'y comprenait rien et se demandait ce qui lui arrivait.

— Que va-t-on faire de moi ? demanda-t-il à ceux qui l'entouraient.

— Ta fortune est faite, lui répondit-on. Le roi El-Sâleh Ayyoub t'a fait appeler auprès de lui, au Caire, pour te nommer au poste de fournisseur officiel, afin que tu lui achètes des mamelouks. A cet effet il a envoyé un firman au pacha de Damas, Charaf El-Dîn Issa El-Nâsser, lui ordonnant de payer tes dettes, de t'équiper pour ton voyage, de t'accorder en gratification la somme que tu voudras et de t'envoyer au Caire avec le *qubadji*[16] qui est venu te chercher." A cette nouvelle le *khawâja* Ali fut transporté d'allégresse. Il loua le Créateur – qu'Il soit exalté – et Le glorifia.

Ensuite il entra au hammam, se dévêtit et alla s'asseoir dans la salle chaude. Quand il eut bien sué, les garçons de bain le frictionnèrent au gant de crin, le savonnèrent, prenant soin de son confort, le soulageant ainsi de ses peines. Quand il sortit, il eut droit aux serviettes de soie ; il s'assit sur la banquette, on lui apporta des rafraîchissements, il prit, il but, il fut transporté d'aise et loua le Créateur – qu'Il soit exalté. Pendant ce temps Charaf El-Dîn lui avait envoyé un splendide habillement dont il se revêtit. Plongeant la main dans sa poche, il la trouva pleine d'or ; il donna au maître du hammam et aux garçons ce que Dieu lui inspira de donner ; ils le remercièrent et appelèrent sur lui la bénédiction divine. Sortant du hammam, il vit à la porte un cheval sellé et bridé, entouré de dix mamelouks. Il se mit en selle et s'avança, escorté par les mamelouks, jusqu'au palais de Charaf El-Dîn Issa El-Nâsser. Il vit alors une grande assemblée de nobles et de notables ainsi que le *qubadji-bâchi* qui était venu le chercher de la part du Commandeur des croyants. Au moment où le *khawâja* Ali Ibn El-Warrâq arriva au conseil, il salua les personnes présentes qui lui rendirent son salut. On le fit asseoir à la place d'honneur, après quoi, on amena les plateaux et l'on servit le repas. Ils mangèrent à leur suffisance. On desservit, chacun se lava les mains – vous et moi, prions sur Tâhâ[17] le prophète, le guide. On fit passer les coupes, ils burent, s'en trouvèrent bien et louèrent le Créateur, qu'Il soit exalté !

Puis Charaf El-Dîn se tourna vers le *khawâja* Ali Ibn El-Warrâq et lui dit : "Dis-moi, *khawâja,* à combien s'élèvent tes dettes ?

— Seigneur, répondit le *khawâja* Ali, la plupart de mes créanciers sont ici, demande-leur, ô émir Charaf El-Dîn."

Charaf El-Dîn s'adressa alors aux nobles de Damas : "Que ceux à qui le *khawâja* Ali doit de l'argent se fassent connaître afin que nous leur payions leur dû."

L'un d'eux s'avança et dit : "Le *khawâja* Ali me doit deux mille piastres, en vertu d'un document en bonne et due forme.

— C'est vrai, répondit le *khawâja* Ali.

— Dieu lui en fasse remise et efface sa dette car je n'ai pas besoin de ces deux mille piastres et je lui en fais grâce."

Sur ce, il sortit le document et le déchira en présence du conseil. Un second s'avança et dit : "J'ai sur le *khawâja* Ali une créance de mille piastres mais je lui en fais grâce et renonce à tous mes droits sur elle." Puis s'avancèrent un troisième, un quatrième et un cinquième qui pareillement firent remise de ses dettes au *khawâja* Ali. Aucun d'eux n'accepta de lui prendre un sou. Tous lui firent remise et attestèrent solennellement qu'il ne leur devait plus rien. Ensuite Charaf El-Dîn envoya chercher les autres créanciers. Certains se firent rembourser et d'autres refusèrent. La plupart des notables qui occupaient un office au conseil lui firent remise de ses dettes, car ils savaient qu'il allait rencontrer le sultan et ils calculaient qu'en présence du roi il pourrait bien dire du mal de l'un ou de l'autre. Quand il en eut fini avec les principaux créanciers, Charaf El-Dîn lui dit : "Dois-tu encore quelque chose à quelqu'un ?

— Oui, répondit-il, je dois encore à divers fournisseurs, l'épicier, le boucher, le boulanger, le laitier et quelques autres."

Charaf El-Dîn les fit tous venir sur l'heure et paya à chacun son dû rubis sur l'ongle, sur quoi les créanciers s'en furent et l'émir Charaf El-Dîn, se tournant vers le *khawâja* Ali Ibn El-Warrâq, lui dit : "De quelle somme as-tu besoin pour subvenir aux dépenses de ta maison d'ici ton retour du Caire ?"

Voyant que le *khawâja* Ali restait coi, le *qubadji-bâchi* du roi, Ahmad Ibn Bazdaghân, celui qui était venu le chercher, se tourna vers l'émir Charaf El-Dîn et lui dit :

— La misère lui a obscurci l'esprit et il ne sait pas ce qui pourra suffire à l'entretien de sa maison ; le moins que tu puisses faire c'est d'être généreux et de lui donner cinquante bourses[18].

— Par la vie du sultan, je lui donnerai ce qu'il voudra.

Et il lui fit remettre sur-le-champ par le *khâzin-dâr*[19] la somme de cinquante bourses. L'autre empocha la somme et se dirigea vers sa maison non sans avoir fait emplette de tout ce dont il avait besoin en fait de nourriture et de boisson.

Pendant ce temps-là sa femme et ses enfants étaient restés à l'attendre sans savoir ce qui lui était arrivé, en larmes, le cœur affligé, le ventre affamé. Et voilà que soudain le *khawâja* Ali entra avec ses provisions. Ils le virent et se jetèrent sur lui en lui demandant ce qui lui était arrivé. Il leur raconta ce qui s'était passé et que le sultan l'avait convoqué chez lui. Ils en furent tous réjouis, louèrent le Créateur pour Ses bienfaits et, sans plus tarder, se mirent à manger et à boire. Ainsi réconfortés, ils levèrent les mains vers Celui qui connaît le secret des paroles murmurées et Le prièrent d'accorder longue vie au roi. Ils louèrent le Tout-Puissant pour les bienfaits qu'Il avait répandus sur eux,

Lui, le Généreux, le Compatissant, Source inépuisable de tout bien, comme a dit le poète :

N'attends rien des humains : nul n'est plus généreux que ton Seigneur. Ses bienfaits vont à qui Il veut.

Ils passèrent cette nuit au comble du bien-être et de la joie. Au lever du jour, le *khawâja* Ali se mit en route pour aller chez Charaf El-Dîn. Il passa la journée au conseil. Lorsqu'il voulut se retirer, il quitta la salle du conseil et on lui avança une splendide monture. Il monta en selle et se mit en route, escorté de dix mamelouks. La nouvelle s'était répandue et, dans toute la ville de Damas, on n'entendait plus parler que du *khawâja* Ali Ibn El-Warrâq. Tout le monde savait que le roi El-Sâleh Ayyoub le faisait venir auprès de lui pour en faire son fournisseur de mamelouks. En le voyant passer entouré des mamelouks à son service, du plus proche au plus éloigné, tout le monde en parlait. Lorsque ses anciens créanciers l'apercevaient, ils lui disaient : "O gracieux seigneur Ali, serviteurs ! S'il te faut quelque chose tu n'as qu'à nous le demander, nous sommes à ton service et nous nous ferons un plaisir d'obéir au moindre de tes ordres. Ne sommes-nous pas frères et compagnons depuis toujours ? Tout ce que tu voudras, nous te le donnerons."

Mais lui les remerciait de leur complaisance et leur disait : "Mon seul souhait est de vous voir en bonne santé."

Et pendant ce temps-là il pensait : “Ainsi va le monde, chacun cherche à se mettre du côté du plus fort. On ne saurait en blâmer les hommes car rien ne se produit que par la volonté du Créateur, qu’Il soit exalté et glorifié.” Sur ce, il loua le Seigneur pour les bienfaits qu’Il lui avait accordés. Rentré chez lui, à peine s’était-il assis auprès de sa femme que soudain on frappa à la porte.

Il alla ouvrir et vit le domestique du cadi qui tendit une bourse contenant mille pièces d’or et lui dit : “Mon maître le cadi Khayr El-Dîn te salue et te fait dire qu’au cas où, au cours d’un entretien, le roi t’interrogerait sur son compte tu répondes : il prie pour ta santé et rend la justice conformément à la loi de Muhammad. – Va dans la paix de Dieu, répondit l’autre en empochant les pièces d’or, fais savoir à ton maître que je suis son serviteur.” Il rentra, s’assit et quelques instants plus tard on frappa à nouveau à la porte. Il sortit et vit le domestique du collecteur d’impôts qui lui offrit une bonne somme d’argent en lui recommandant de dire quelques mots en faveur de son maître auprès du sultan. Il prit l’argent et l’autre s’en fut. Peu de temps après arriva quelqu’un de la part du mufti qui lui demanda de recommander ce dernier au cheikh El-Islam[20].

“Bien volontiers”, répondit-il. Un moment après se présenta quelqu’un de la part du syndic[21] des descendants du Prophète qui lui offrit aussi une bonne somme pour qu’il le recommande au sultan. Cela continua ainsi jusqu’à ce que tous les notables lui eussent fait porter argent, cadeaux, présents pour qu'il les recommandât. Quant à lui, il répondait invariablement : "Je suis votre serviteur", tant et si bien qu'il eut, tant en argent qu'en cadeaux, de quoi remplir deux coffres.

Le troisième jour, il se présenta au conseil et Ahmad Ibn Bazdaghân lui dit : "Prends tes dispositions, règle tes affaires et tiens-toi prêt à partir."

En trois jours le *khawâja* expédia ses préparatifs et le quatrième jour il se présenta au conseil après avoir tout réglé et fait ses adieux à sa famille.

Alors Ahmad Ibn Bazdaghân prit congé de Charaf El-Dîn et de tous les nobles de Damas, et, sur-le-champ, ils se mirent en selle et sortirent de la ville. Charaf El-Dîn et tous les nobles de Damas sortirent avec eux pour leur faire leurs adieux et les escortèrent sur une distance d'une parasange[22] au-delà des murs de la ville ; après quoi, ils leur remirent des présents et chargèrent les voyageurs de les rappeler au bon souvenir du roi. Puis ils s'en revinrent à Damas tandis que le *khawâja* Ali Ibn El-Warrâq et Ahmad Ibn Bazdaghân prenaient la route du Caire. Ils traversèrent les campagnes et les déserts, les plaines et les montagnes, et à chaque village qu'ils traversaient on les recevait avec tous les honneurs pendant quelques jours. (Le voyageur traverse bien des pays, celui qui reste entend bien des histoires, et notre Prophète, au jour de la Résurrection, intercédera pour tous ceux qui auront prié sur lui.)

Ne dites pas : Les Seigneurs ne sont plus
qui suit la voie arrivera au but.

Quand ils arrivèrent au Caire, ils se présentèrent au palais de l'agha Châhîn El-Afram. Ahmad Ibn Bazdaghân se rendit auprès du vizir, baisa le sol devant lui et dit : "Seigneur, le *khawâja* Ali Ibn El-Warrâq est arrivé ! – Fais-le entrer que je le voie en personne."

Il sortit et amena aussitôt le *khawâja* Ali devant le vizir.

Dès qu'il fut en présence du vizir El-Hâjj Châhîn, il le salua, dit son compliment du mieux qu'il put, croisa respectueusement les bras, se redressa et s'immobilisa.

"Tu es bien le *khawâja* Ali Ibn El-Warrâq ? demanda le vizir. – Oui", répondit-il. Sur quoi le vizir le fit asseoir et lui dit : "Je veux te présenter au Commandeur des croyants, le roi El-Sâleh Ayyoub. Dieu a étendu Sa protection sur son royaume et il règne conformément à Sa loi. Je te recommande de te comporter avec civilité en sa présence et, quoi qu'il te dise, de répondre : à vos ordres. – J'entends et j'obéis à toi comme à lui, ô grand vizir", répondit le *khawâja* Ali. Le vizir ordonna à ses pages de conduire le *khawâja* Ali à la maison d'hôtes et leur recommanda de le servir avec le plus grand empressement. Le lendemain matin, lorsque le Très-Généreux éclaira le monde de Sa lumière, faisant lever le soleil sur la crête des collines et le fond des vallées, et que l'on célébra le souvenir de notre seigneur Muhammad, parure des gens de bien qui nous guide sur la voie du salut – Priez sur lui, vous tous qui m'écoutez, et vous obtiendrez le succès. Le lendemain donc, le vizir Châhîn se leva pour se rendre au conseil et prit place, selon son rang, à la droite du roi. Quand le conseil fut réuni au grand complet, les paupières du roi s'alourdirent et il s'assoupit – gloire à Celui dont l'œil ignore la torpeur et le sommeil, l'Unique, le Dispensateur de tout bienfait ! Au bout d'un moment, le roi s'éveilla et après avoir dit : "Il n'est d'autre divinité que Dieu et notre seigneur Mohammad est l'envoyé de Dieu", il se tourna vers son vizir Châhîn et s'adressa à lui en ces termes : "O Hâjj Châhîn, tu m'avais dit qu'il y avait à Damas un marchand de mamelouks nommé le *khawâja* Ali Ibn El-Warrâq. Nous avons envoyé un message à Charaf El-Dîn Issa El-Nâsser pour lui ordonner de nous envoyer cet homme mais je ne l'ai toujours pas vu arriver et je n'en ai reçu aucune nouvelle. O Hâjj Châhîn, l'Heure approche." Le vizir, qui n'avait pas saisi le sens profond des paroles du roi, dit : "Il est arrivé et se trouve présentement à la maison des hôtes. Si tu l'ordonnes, je l'enverrai chercher." Le roi ordonna aussitôt qu'on le fît comparaître. Arrivé en présence du roi, il présenta son compliment du mieux qu'il put, fit des vœux pour que le roi jouisse d'une gloire et d'un bonheur éternels et que lui soient épargnés les tourments et l'affliction, comme il se doit. Après quoi il récita ces vers à la louange du sultan :

Que l'aube en se levant te voie toujours heureux
écrasant les complots de tous tes envieux
que tes jours à jamais soient fastes et prospères
et que tes ennemis à jamais désespèrent.

Le roi dit : "Tu es bien le *khawâja* Ali Ibn El-Warrâq ?

— Oui, répondit-il.

— On m'a dit que tu t'entends à acheter des mamelouks qui conviennent aux rois et aux sultans.

— J'essaierai d'être digne de ta confiance, ô Serviteur des Villes saintes.

— Je veux que tu m'achètes quelques mamelouks de choix que je ferai entrer au conseil comme vizirs, émirs et écuyers.

— A tes ordres, sur ma tête et mon œil.

— Il m'en faudrait quelque chose comme soixante-dix ou quatre-vingts."

Le roi sortit une bourse de sa poche et reprit : "O *khawâja* Ali, prends cette bourse et avec ce qu'elle contient tu m'achèteras un esclave pour mon service personnel, car sur cette somme il n'y a pas un sou qui provienne du trésor des musulmans. Je t'ordonne de ne pas l'ouvrir, de ne pas regarder ce qu'elle contient et de n'en parler à personne. Conserve-la précieusement et n'enfreins pas mon ordre car il t'en cuirait... Trouve-moi un mamelouk qui sache lire le Coran, qui soit un garçon intelligent et instruit, et achète-le avec cette bourse, à l'arabe[23], sans rien y ajouter et sans rien y soustraire." Le *khawâja* Ali regarda du côté du vizir, le Hâjj Châhîn, et lui exprima par signes : "Cette bourse est bien petite, comment trouver à ce prix un mamelouk qui convienne au roi ?

— Ne le contredis pas", lui conseilla le vizir le Hâjj Châhîn, toujours par signes.

Le *khawâja* Ali prit donc la bourse de la main du roi et la déposa dans sa poche intérieure. "O *khawâja* Ali, dit alors le roi, où as-tu l'intention, s'il plaît à Dieu, d'aller chercher les mamelouks ?

— A Brousse, à Koufa[24] ou ailleurs, seigneur, car, ô Commandeur des croyants, ce sont des ports où arrivent des mamelouks géorgiens de premier choix.

— Fort bien", dit le roi, et il ordonna au vizir Châhîn de lui rédiger un édit pour toutes les régions par lesquelles passerait le *khawâja* Ali stipulant que nul mamelouk ne pourrait être vendu ou acheté sans lui avoir été présenté, afin qu'il puisse en faire l'acquisition s'il le jugeait bon. Il fit aussi rédiger un firman adressé à Massoud Beg Ibn Otmân, gouverneur de Brousse, qui était cousin du vizir Châhîn[25], pour lui recommander le *khawâja* Ali.

Quand ce fut fait, le sultan ordonna au *khâzindâr* de verser au *khawâja* Ali la somme qu'il demanderait. L'autre s'exécuta, après quoi le *khawâja* Ali pria El-Sâleh Ayyoub (que Dieu lui fasse miséricorde) de lui permettre de finir de régler ses affaires. Le roi le lui permit et lui souhaita bon succès. Il quitta le conseil et se rendit au palais du vizir le Hâjj Châhîn. Tous les marchands de mamelouks vinrent le saluer ; il se trouvait que tous les nobles et les notables du Caire leur avaient commandé des mamelouks de choix et que les marchands de mamelouks attendaient le départ du *khawâja* Ali pour faire le voyage en sa compagnie. Le *khawâja* Ali passa la nuit au palais du vizir Châhîn et le lendemain il lui fit ses adieux et quitta Le Caire en direction de Damas accompagné des marchands de mamelouks.

L'orphelin de Brousse

Ils marchèrent et arrivèrent à Damas. A la nouvelle de l'arrivée du *khawâja* Ali, Charaf El-Dîn Issa El-Nâsser sortit à leur rencontre entouré des nobles et notables de la ville.

Jour mémorable que celui de son entrée à Damas !

Il retrouva sa maison ; sa femme le salua, se réjouit de son arrivée et lui demanda de ses nouvelles ; il lui raconta ce qui lui était arrivé. Ce fut l'occasion de fêtes et de joyeuses veillées, où parents et amis vinrent le saluer. Pendant ce temps, les marchands de mamelouks qui étaient venus du Caire avec lui étaient descendus au caravansérail. Après quelques jours passés chez lui, la santé du *khawâja* Ali s'altéra et il tomba malade ; belle illustration du proverbe : “Malheureux qui s'enrichit, s'il n'en tombe malade, en meurt." Son mal empira sérieusement. Les marchands de mamelouks vinrent lui rendre visite et lui dirent : "Le temps passe et nous voici bien en retard. Nos dépenses dépassent largement ce que nous avions prévu et nous avons mangé revenu et capital. Nous avons abandonné nos maisons et la route est encore longue. Ce séjour à Damas ne nous apporte rien car nous n'avons rien à faire ici. A force de t'attendre et de prier le Seigneur de te rendre la santé nous avons perdu beaucoup de temps et tu sais que nous sommes un groupe de gens qui vivons à la merci de Dieu – qu'Il soit exalté ! Bref, nous espérons que tu ne nous tiendras pas rigueur si nous poursuivons notre voyage en quête des bienfaits de Dieu.

— Il n'y a pas de mal, partez dans la paix de Dieu et qu'Il vous ait en Sa garde ; quant à moi, s'il plaît à Dieu, une fois guéri, je vous rejoindrai."

Les autres, sans plus attendre, lui firent leurs adieux et quittèrent Damas en direction de Brousse et des contrées avoisinantes. Arrivés en cette ville, ils entreprirent de se réassortir en mamelouks.

Le *khawâja* Ali garda la chambre quatre mois pleins, après quoi le Seigneur permit qu'il recouvrât la santé, et il guérit et se releva glorifiant le Seigneur – qu'Il soit exalté. Il se rendit au hammam, se remit à manger et à boire, et, Dieu le protégeant, il se rétablit complètement, distribua des aumônes aux pauvres et leur donna à manger, fit lire le récit de la naissance du Prophète[26]. Sa famille, ses proches et ses amis lui firent fête. Quand il se vit tiré d'affaire, il commença à prendre ses dispositions pour le voyage ; au bout de trois jours, ses affaires étant réglées, il se mit en selle. On se dit adieu, et il quitta Damas en direction de Homs et Hama. Au moment où il passait la porte de la ville de Hama, il vit les marchands de mamelouks qui en sortaient emmenant avec eux plus de six cents mamelouks. Quand ils le virent, ils le saluèrent et le félicitèrent d'être arrivé à bon port et d'avoir recouvré la santé. "*Khawâjas*, leur dit-il, vous ne nous avez pas laissé un seul mamelouk dans toute la région de Brousse et de Koufa ! Ils lui dirent :

— Nous aurions bien aimé que tu soies avec nous ; si tu le veux nous te donnerons ces mamelouks, ce n'est pas avec toi que nous allons lésiner.

— Que Dieu vous bénisse et vous fasse prospérer, repartit le *khawâja* Ali, quant à moi, s'il plaît à Dieu, je trouverai bien ce qu'il me faut, comme dit le poète :

Si mon sort est heureux, le Seigneur soit béni
et s'il est malheureux, me laissant l'existence
j'implorerai pardon à Sa Toute-Puissance
des péchés qu'écrivant et parlant je commis."

Il leur fit ses adieux et ils partirent. Par les déserts et les steppes, les plaines et les défilés, le *khawâja* Ali poursuivit sa route nuit et jour. Toutes les fois qu'il passait par un village les gens le recevaient avec grand honneur. Quand il fut arrivé à la ville de Brousse, il se présenta au palais de Massoud Beg Ibn Otmân et lui remit le firman du sultan ainsi que la lettre du Hâjj Châhîn. Massoud Beg prit le firman, le baisa et le porta à son front, puis le passa au scribe qui lut : "Au nom de Dieu le Miséricordieux, le Compatissant – premiers mots jamais écrits –, la prière et le salut sur le plus noble des Arabes et du genre humain tout entier, de la part de celui qui parle et ne ment point, qui donne sa parole et ne trahit point, le roi El-Sâleh Ayyoub El-Najmi à Massoud Beg Ibn Otmân. Le porteur de la présente, le *khawâja* Ali Ibn El-Warrâq, est chargé d'acheter des mamelouks pour notre compte. Facilite-lui la tâche autant que possible. Salut !"

Après la lecture du firman, il ouvrit la lettre du grand vizir l'agha Châhîn El-Afram et lut : "De la part du Hâjj Châhîn à notre cousin, Massoud Beg. Sache que nous t'avons envoyé le *khawâja* Ali Ibn El-Warrâq avec mission d'acheter des mamelouks de premier choix pour notre seigneur le sultan El-Sâleh Ayyoub. Nous te demandons de faire proclamer dans Brousse qu'aucun mamelouk ne soit vendu sans avoir été présenté au *khawâja* Ali, afin qu'il puisse en faire l'acquisition s'il le juge bon. Veuille le recevoir avec honneur et mettre à sa disposition l'argent nécessaire. Aide-le et facilite-lui la tâche autant que possible. Tout ce que tu feras pour lui, ce sera comme si tu le faisais pour nous. Salut !"

Après lecture de cette lettre Massoud Beg souhaita la bienvenue au *khawâja* Ali et le fit installer dans la maison d'hôtes. Le lendemain, il fit rassembler chez lui les marchands de mamelouks présents à Brousse et leur dit : "Amenez-moi des mamelouks de premier choix pour notre maître El-Sâleh Ayyoub."

Ils répondirent : "O Beg, par Dieu, il n'y a pas dans la ville de Brousse un seul mamelouk à vendre, qu'il soit de premier ou de second choix. La cause en est que, voici quelque temps, est arrivée chez nous une troupe de marchands de mamelouks qui a emmené tous les mamelouks qui se trouvaient à Brousse et dans la région : à ce jour, il n'en reste plus un seul, qu'il soit blanc ou noir."

A ces mots, le *khawâja* Ali fut fort contrarié et dit : "Il n'est de force et de puissance qu'en Dieu, le Très-Haut, le Très-Grand. Chienne de vie ! Avec un peu de chance je serais déjà sur la route du retour après avoir conclu mon affaire – mais chaque chose en son temps !"

Massoud Beg le consola en le distrayant par de plaisants propos.

Le *khawâja* resta ainsi au palais de Massoud Beg, attendant la venue d'un contingent de mamelouks qui devaient arriver par mer : les marchands de Brousse le lui avaient promis, ils seraient bientôt là. Il patienta donc. Mais, comme dit le proverbe : A force d'attendre on attrape la jaunisse. Il croupit dans cette attente trois longs mois : châbân, ramadân et chawwâl, ne sachant que faire, jusqu'au jour où, alors qu'il était assis à la porte du palais de Massoud Beg, il vit arriver un vieillard chenu, courbé sur son bâton, qui s'approcha de lui et l'interpella en ces termes : "*Khawâja* Ali, je suis courtier en mamelouks et j'ai une bonne nouvelle pour toi.

— Quelle bonne nouvelle, mon oncle ?

— Il vient d'arriver au port un navire contenant soixante-treize[27] mamelouks qui n'ont pas leur pareil ; tu en seras ravi et enchanté. Si l'affaire t'intéresse, viens avec moi jusqu'au port jeter un coup d'œil." Le *khawâja* Ali se leva immédiatement et ils descendirent au grand trot jusqu'au port. Ils trouvèrent le marchand qui avait amené ces mamelouks assis sur le quai, attendant un acheteur qui lui prendrait son stock et lui permettrait ainsi de repartir et d'en ramener un autre. Il avait laissé les mamelouks dans le navire et était descendu à terre pour guetter le chaland. C'est donc à ce moment que le courtier, accompagné du *khawâja* Ali Ibn El-Warrâq, arriva. Le marchand reconnut aussitôt ce dernier et le salua.

— Que nous ramènes-tu, *khawâja* Tâj El-Dîn ? demanda le *khawâja* Ali.

— Je ramène des mamelouks, seigneur Ali.

— Quelle erreur, frère, tu aurais bien mieux fait de ramener des servantes, car, *khawâja* Tâj El-Dîn, à ce moment, est à Brousse, les mamelouks ne valent plus un sou et ne trouvent plus preneur. Il y en a tant qu'on n'arrive pas à les écouler. Si j'avais su que tu ramenais des mamelouks, je ne me serais même pas dérangé : je suis venu, frère, parce que je croyais que tu ramenais des servantes.

Grande fut l'amertume du marchand : "Que n'ai-je amené des servantes !" se lamentait-il. Eh oui, le *khawâja* Ali n'était pas tombé de la dernière pluie et il connaissait bien son métier. Il lui avait raconté ce boniment pour qu'il ne se montre pas trop rapace et n'aille pas surfaire ses prix. S'il lui avait dit dès le début : J'ai besoin de mamelouks, le marchand l'aurait tenu à la gorge. Tant il est vrai que tout métier requiert art et astuce. Le marchand dit alors : "*Khawâja* Ali, mon frère, tu achètes des servantes mais aussi des mamelouks, je t'en prie, prends chez moi ce qu'il te faut comme mamelouks, tu prendras les servantes chez d'autres. Rends-moi ce service, ne sommes-nous pas amis depuis longtemps ? Je ne serai pas difficile et je te ferai un prix. – Allons toujours les voir, dit le *khawâja* Ali, peut-être que je pourrai t'en débarrasser."

Le marchand emmena le *khawâja* Ali et le courtier, les fit embarquer dans le caïque et ils montèrent à bord. Quand le *khawâja* Ali vit les mamelouks, il fut transporté d'aise, car ils lui parurent excellents.

— Te plaisent-ils, *khawâja* ? demanda le marchand.

— Si tu en demandes un prix raisonnable et si tu nous fais remise de quelques piastres par tête, je les prendrai afin de t'obliger, pour l'amour de Dieu, qu'Il soit exalté.

Ils s'assirent et le marchandage commença par l'entremise du courtier jusqu'à ce qu'ils s'entendent sur une somme et concluent. Le *khawâja* Ali acheta donc les mamelouks, en paya le prix au marchand qui le félicita pour cet achat ; après quoi il fit débarquer les esclaves. Le marchand s'en revint à son navire, déploya les voiles et s'en fut.

Le *khawâja* Ali emmena ses mamelouks au palais de Massoud Beg. Ils étaient au nombre de soixante-treize[28]. Ensuite il donna cinquante pièces d'or au courtier. Celui-ci les prit, tout content, après avoir remercié le *khawâja* Ali de sa générosité en lui disant :

— Tu m'as comblé de bienfaits, *khawâja* Ali.

— Va en paix, cheikh. Dieu seul est généreux et nous sommes Ses serviteurs. Puisse-t-Il nous faire prospérer dans la foi.

Le courtier partit chez lui, emportant ses pièces d'or. Quant au *khawâja* Ali, il partit se coucher, tout content de sa réussite. Le lendemain matin, comme il était assis devant la porte du palais, il aperçut le vieux courtier qui se dirigeait vers lui. Du plus loin qu'il le vit, il lui souhaita la bienvenue et lui fit apporter un siège.

— *Khawâja* Ali, dit-il, après s'être assis, j'ai une autre bonne nouvelle.

— Quelle est cette nouvelle, mon père ?

— Il y a chez Massoud Beg deux mamelouks qui n'ont pas leur pareil ni au Caire, ni à Damas, ni en aucune contrée de l'Islam. L'un s'appelle

Qalaoun et l'autre Edamor. Quand tu es arrivé, Massoud Beg te les a cachés de peur que tu n'ailles les lui demander et que tu ne les emmènes. Seulement garde bien ce secret et ne va pas dire qui t'a mis au courant.

— Honte à ma barbe si je divulgue jamais cette affaire !

Sur-le-champ il lui donna vingt pièces d'or. Le courtier les empocha et s'en fut. Le *khawâja* Ali fit entrer ses mamelouks et les présenta devant Massoud Beg, qui les trouva fort à son goût et félicita le *khawâja* Ali d'avoir si bien servi le sultan. Il ordonna de leur réserver un local. On leur arrangea une belle salle, confortablement meublée et on leur présenta, matin, midi et soir, les meilleurs mets. Quelques jours plus tard, le *khawâja* Ali alla voir Massoud Beg pour lui parler des mamelouks qu'il avait chez lui, Qalaoun et Edamor. Il lui dit :

— O Beg, nous avons acheté des mamelouks, il n'en manque que deux pour satisfaire la commande du roi et j'aimerais les prendre chez toi.

— Mais je n'ai pas de mamelouks à te donner, répondit Massoud Beg.

— Si, rétorqua le *khawâja* Ali, tu as deux mamelouks, les meilleurs qu'on ait jamais vus, ce sont Qalaoun et Edamor.

— Comment le sais-tu ?

— Ne te mets pas en colère, la nouvelle en est connue au Caire du sultan et de ton cousin le Hâjj Châhîn, et en fait, si je suis venu du Caire, c'est à cause d'eux.

— Il n'est de puissance et de force qu'en Dieu le Très-Grand, le Tout-Puissant, soupira Massoud Beg et il ordonna à ses mamelouks de faire venir Qalaoun. Ils l'amenèrent devant lui. Massoud Beg lui dit :

— Viens, mon fils, baise les mains à ton maître, le *khawâja* Ali.

— Qui c'est celui-là de maître pour que moi baise les mains, *echta walla*, par Dieu, ça me plaît pas comme ça, un maître étranger j'en veux pas[29].

Furieux contre lui Massoud Beg cria : "Traître, va lui baiser la main", mais l'autre ne bougea pas d'un pouce et refusa obstinément de baiser la main au *khawâja* Ali. Celui-ci dit alors :

— Il n'est pas nécessaire qu'il me baise la main, l'important c'est que tu me le vendes.

— Je te le vends à condition que tu l'emmènes au Caire chez mon cousin le Hâjj Châhîn.

— Sur ma tête et mon œil, puisse Dieu te le rendre et multiplier ton bien !

— Mais où est donc Edamor, reprit Massoud Beg, qu'on me l'amène !

Lorsqu'il se présenta devant lui, le *khawâja* Ali le jugea supérieur encore à Qalaoun. Il salua et se tint debout les bras croisés, en signe d'obéissance. Massoud Beg lui dit :

— Je veux t'envoyer au Caire chez mon cousin le Hâjj Châhîn, qu'en dis-tu ?

— C'est ton affaire, ô mon maître, répondit Edamor, les esclaves il est à vous et l'argent il est à vous et mon âme il est votre rançon et l'oreille et l'œil aussi.

— Bravo ! lui dit Massoud Beg, va donc baiser la main de ton maître le *khawâja* Ali.

— Sur ma tête et mon œil ! répondit Edamor, et, sur-le-champ, il s'avança, lui prit la main, la baisa et la posa sur sa tête. Sans plus attendre, le *khawâja* Ali conduisit Edamor et Qalaoun chez les mamelouks. Une fois arrivés, ils s'assirent avec eux et les mamelouks se divisèrent en deux groupes, les uns autour de Qalaoun et les autres autour d'Edamor.

Le lendemain, quand Dieu fit lever le jour, le *khawâja* Ali envoya réserver pour eux le hammam afin qu'ils se remettent des fatigues du voyage. En outre, le *khawâja* Ali voulait les voir afin de s'assurer qu'ils étaient dépourvus de tares physiques car le roi El-Sâleh lui avait bien recommandé de n'acheter que des esclaves en parfaite santé, exempts d'infirmités et de défauts. Quand le *khawâja* Ali entra au hammam il dit au patron :

— Envoie-moi quatre garçons de bain expérimentés pour s'occuper de ces mamelouks et voir comment ils sont conformés car ce sont les mamelouks du sultan El-Sâleh Ayyoub.

— A tes ordres, *khawâja* Ali.

Il envoya chercher quelques garçons habiles et expérimentés dans le maniement du gant de crin et du savon et ordonna aussitôt de nettoyer le hammam à grande eau. Ils le lavèrent, le récurèrent, le parfumèrent de vapeurs d'encens et d'ambre.

Pendant ce temps, les mamelouks étaient arrivés et avaient pris place dans le vestibule du hammam. Le *khawâja* Ali leur ordonna de se dévêtir et de descendre se laver quatre par quatre. A la fin, quand il ne resta plus qu'Edamor et Qalaoun, Qalaoun se dévêtit, révélant un corps pareil au cristal le plus pur. Ses cheveux dénoués lui tombaient jusqu'aux fesses. Il se ceignit d'un pagne et entra au hammam. Tous ceux qui le voyaient étaient saisis par l'élégance de son allure.

En entrant Qalaoun fut assailli par une odeur nauséabonde. Se retournant il aperçut dans un renfoncement un jeune garçon amaigri, roulé dans une couverture de feutre, car il était affligé du mal de ventre et était tout pâle.

— Qui es-tu, garçon ? lui demanda-t-il.

— Je suis étranger et malade.

— On ne t'a pas dit que le hammam est pour les mamelouks du roi aujourd'hui ? Pourquoi tu restes ici à nous empester ? Pouah, *bala versen*[30] ! et il lui cracha au visage.

Le jeune homme s'écria : “Tu me craches au visage, tu ne crains donc pas Dieu le Très-Haut ? Il nous a créés l'un et l'autre et toujours le mal revient à son auteur. Dieu te rendra le mal que tu me fais, car bientôt, s'il plaît à Dieu, tu cracheras ton sang à pleine gorge.”

En entendant ce moribond lui adresser de telles paroles de malédiction, la fureur le prit ; il empoigna une de ses socques et s'apprêta à lui donner une raclée, quand soudain Edamor entra. A ce spectacle il arrêta le bras de Qalaoun et l'empêcha de frapper, puis lui demanda ce qui se passait. Qalaoun lui dit :

— Regarde ce petit crevard-là, il nous empeste !

— Que Dieu le guérisse et guérisse tous les musulmans malades, rétorqua Edamor, car, à sa mine, on voit bien qu'il est étranger.

Le jeune homme dit alors à Edamor :

— Cette grande brute m'a craché au visage et m'a injurié !

— Tu as mal agi, Qalaoun, dit Edamor, ne crains-tu pas Dieu dans ton exil ?

— De quoi te mêles-tu, laisse-moi tranquille, *hayde*[31] ! Va-t'en !

— C'est à moi que tu dis ça, bâtard ? Ils s'invectivèrent, leurs mains se portèrent promptement à leurs pieds, chacun empoigna une de ses socques et ils commencèrent à se battre, frappant à grands coups à la tête et au corps. Ils faisaient un tapage épouvantable et on entendait résonner les coups de socques à l'entour. A ce bruit le *khawâja* Ali Ibn El-Warrâq entra et les vit qui se bagarraient. Il les sépara et leur demanda ce qui se passait. "Maître, dit Edamor, tu vois ce garçon malade, Qalaoun lui a craché au visage et a tenté de le frapper et de l'expulser du hammam. Je lui ai fait des remontrances : Frère, ne crains-tu pas Dieu, le Très-Haut, dans ton exil ? Et s'Il t'affligeait du même mal que lui ? Il s'est mis en colère à cause de ce que je lui avais dit et s'est mis à frapper." Le *khawâja* Ali s'avança pour voir le jeune homme malade. Quand il le vit, Dieu lui inspira de l'affection pour lui, cela afin que le destin s'accomplisse et que chaque chose trouve sa place, par la permission de Dieu – qu'Il soit exalté.

— Qui es-tu, mon garçon ? lui demanda-t-il.

— Un mamelouk, seigneur.

— Comment t'appelles-tu ?

— Mahmoud.

— Qui est ton maître ?

— Un acrobate lutteur de foire nommé le derviche Mahmoud El-Azdachîri.

Le *khawâja* sortit, prit une trique et se mit à en frapper Qalaoun. Il le rossa comme on rosse un chien qui a chié dans la Basilique-aux-Idoles[32]. Il appela à grands cris le patron du hammam et lui demanda qui était le maître du malade.

— Je ne sais pas où il est, répondit l'autre, je sais seulement qu'il a amené ce mamelouk il y a quinze jours et l'a abandonné dans le hammam en nous disant de le laisser dans le couloir pour qu'il se réchauffe un peu, car il souffrait d'un refroidissement. Il est parti et on ne l'a toujours pas revu.

— Pars à sa recherche, dit le *khawâja* amène-le-moi et dis-lui que s'il veut le vendre je suis prêt à l'acheter.

Le patron partit à la recherche du derviche Mahmoud et se dirigea vers l'entrée du souk. C'est à ce moment précis que le derviche Mahmoud apparut. Il s'arrêta devant l'échoppe d'un parfumeur et lui demanda si l'on avait sorti du hammam un mamelouk mort.

Le parfumeur répondit : “Bon derviche, ton mamelouk est encore en vie ; je suis allé au hammam aujourd’hui et je l’ai vu. Mais que Dieu lui vienne en aide car il est de plus en plus mal en point.”

Il faut dire que le derviche avait coutume de venir chaque jour à la porte du hammam demander si son mamelouk était toujours en vie, après quoi il s’en retournait discrètement car il craignait d’être vu par le patron du hammam et que celui-ci ne lui dise : “Viens donc me débarrasser de ton mamelouk !”

Ce jour-là donc, il était venu comme d’habitude interroger le parfumeur. Celui-ci lui avait dit : “Il n’est pas mort.” Il s’apprêtait à s’en aller comme de coutume quand le patron du hammam l’aperçut et lui sauta au collet :

— Viens toucher le prix de ton mamelouk car il s’est présenté aujourd’hui un acquéreur prêt à payer comptant.

— Je n’y tiens pas, répondit le derviche, va toi-même le vendre et Dieu bénisse le gain que tu en tireras.

— Cela ne se peut pas, d’abord le *khawâja* qui veut l’acheter ne m’en versera pas le prix à moi ; ensuite, grâce à Dieu, je n’ai besoin de rien et c’est au propriétaire à disposer de son bien[33]. Tu es un derviche qui vit à la merci de Dieu, quoi que le *khawâja* te donne ce sera toujours ça de gagné !

En réalité, le derviche craignit que le patron du hammam n’eût inventé ce stratagème pour l’attirer au hammam et lui rendre son mamelouk. Après tout, c'était un derviche étranger, sans feu ni lieu, qu'aurait-il pu faire d'un tel mamelouk ?

Il n'eut d'autre issue que d'accompagner le patron. Au bout de quelques pas il s'arrêta et dit : "Frère, je n'arrive pas à croire que quelqu'un veuille acheter ce mamelouk ; tu veux simplement te moquer de moi et me le faire reprendre car il doit empester le hammam et faire fuir les clients.

— Par le Nom terrible, je ne te dis que la vérité", répondit le patron du hammam. L'autre le crut alors et, rassuré, suivit le patron. Quand il les vit, le *khawâja* Ali lui dit :

— O bon derviche, vends-tu ce mamelouk ?

— Oui, répondit l'autre.

— Combien ?

— Ce que bon te semblera.

— Non, dis-moi combien tu veux et je te paierai.

— Je te vends pour ce que tu me donneras, à l'arabe.

A ces mots, le *khawâja* Ali se rappela soudain la bourse que le roi El-Sâleh Ayyoub lui avait donnée. En effet, depuis qu'il l'avait reçue du roi et mise dans sa poche intérieure, il n'y avait plus pensé. Il la sortit donc et la donna au derviche en disant :

— Vends-tu ce mamelouk en échange de cette bourse ? Je la tiens d'un homme de rang auguste, prends-la et que ton gain soit béni !

— Je le vends avec les bénédictions de Dieu le Très-Haut, puisse-t-Il t'accorder le bonheur suprême, au nom de Celui que glorifient les oiseaux et les bêtes sauvages.

Le *khawâja* Ali dit : “Marché conclu ! Que ce gain soit pour toi une source de bénédictions.”

On dit qu’il y avait dans cette bourse quarante pièces d’argent que les Quarante[34] avaient offertes au roi El-Sâleh Ayyoub lors de son couronnement au Caire.

Le derviche prit la bourse et dit : “Par Dieu, tu as acheté un trésor, prie Dieu qu’Il le guérisse de sa maladie.”

De bonne grâce il prit la bourse et la mit dans sa poche intérieure. A partir de ce moment, ses gains se multiplièrent et Dieu améliora sa situation ; on dit même qu’il n’eut pas besoin de cet argent et qu’il n’eut pas à en distraire une seule pièce. Le *khawâja* Ali demanda à ses mamelouks :

— Qui veut se charger de faire la toilette de ce garçon ? Il sera payé de sa peine et le Seigneur des seigneurs le récompensera.

— Moi, dit Edamor en s’avançant. Il dépouilla le garçon de ses guenilles que le *khawâja* Ali ordonna de jeter dans la chaudière du hammam. Edamor transporta le jeune homme à l’intérieur et lui dit :

— Ne sois pas triste, notre seigneur éprouve ceux qu’Il aime. Ce mal qui t’afflige t’est venu en expiation de quelque faute et te vaudra quelque avantage spirituel.

Dès ce moment naquit entre eux une amitié profonde, tandis qu’une hostilité farouche s’installait entre le jeune Mahmoud et Qalaoun. Les garçons de bain s'occupèrent de lui, lui passèrent le gant de crin, le savonnèrent. Edamor l'arrosait d'eau chaude avec l'écuelle. Ils le nettoyèrent de toute sa crasse et il en sortit avec l'éclat d'une perle fine. On apporta des serviettes de soie et on l'en couvrit. Edamor l'emporta et l'installa sur la banquette pour un moment. Le *khawâja* Ali commanda pour lui des vêtements de drap qu'on lui fit revêtir : c'était l'uniforme des mamelouks. On le hissa sur une mule car il était tellement brisé par son mal qu'il ne pouvait marcher. Que Dieu ne bénisse pas la maladie, car la santé s'en vient par onces et s'en va par quintaux. Le *khawâja* Ali rassembla les mamelouks et s'en fut après avoir payé les garçons et le patron du hammam. Arrivés au palais de Massoud Beg Ibn Otmân, Qalaoun se tourna vers l'un de ses compagnons qui se nommait Alay El-Dîn et lui dit : "*Echta vallah ballah*[35], de ma vie moi jamais vu comme ça un imbécile comme notre maître, le *khawâja* Ali, il a acheté ce mamelouk malade, lui toujours chier sur les cuisses."

Quant à Edamor, il prit soin de Mahmoud : il le servait et lui apportait à boire et à manger.

Sur la route du Caire

Pour en revenir au *khawâja* Ali Ibn El-Warrâq, il commença à faire ses préparatifs pour le voyage. Comme il devait transporter soixante-seize mamelouks, il fit faire trente-huit bâts de bois. Il loua des mules et embaucha des guides pour les conduire. Il fit monter les mamelouks deux à deux sur les bâts. Or, par le décret et la volonté du Seigneur, Qalaoun et Mahmoud le malade se trouvèrent installés sur le même bât : ainsi en avait décidé la providence divine. Quand les mamelouks furent prêts à partir, le *khawâja* Ali prit ses affaires qu'il avait soigneusement préparées, fit ses adieux à Massoud Beg et se mit en route. Ils marchèrent sans s'arrêter, par monts et par vaux, nuit et jour, un paysage en chassant un autre, ce qui porte la créature à proclamer plus que jamais la formule de l'Unicité divine, le témoignage qu'il n'est de divinité que Dieu et que notre seigneur Muhammad est l'envoyé de Dieu, témoignage qui est la plus noble des paroles et la meilleure des actions.

Pour en revenir à Qalaoun et Mahmoud, à peine étaient-ils installés dans leur bât que ce dernier dit :

— Frère Qalaoun !

— Quoi tu veux, la Colique ?

— Je dois faire mes besoins.

— Tes besoins ? Et moi alors ? Eh bien descends, *Allâh bala versen.*

Il fit arrêter le guide, Mahmoud descendit, fit ses besoins, remonta. Une demi-heure ne s'était pas écoulée qu'il dit :

— Qalaoun, fais arrêter le guide, je n'y tiens plus, je dois faire mes besoins.

— Bon Dieu ! La journée commence bien ce matin avec toi, vilain chiard !

Il le fit descendre à nouveau, Mahmoud fit de l'eau. Le guide le fit remonter et il repartit. Il était à peine assis qu'il dit :

— Qalaoun !

— Que la douleur torde tes tripes, quoi veux-tu encore ?

— Je veux faire mes besoins.

Il le fit descendre de la sorte quatre ou cinq fois. Qalaoun était excédé. Il le fit descendre encore une fois, et, tandis que le guide l'attendait, il dit :

— Avance, chef !

— Attendons le retour du jeune Mahmoud que nous le fassions remonter.

Qalaoun lui cria : "Marche ou je te tue !"

Effrayé, le guide se remit en marche. Qalaoun s'assit au milieu pour que le bât ne penchât pas. Ils repartirent donc aussitôt et marchèrent pendant trois heures, laissant Mahmoud en rase campagne.

Le *khawâja* Ali, monté sur un cheval qui allait l'amble, ne cessait d'aller de l'un à l'autre pour surveiller ses mamelouks ; il arriva près de Qalaoun. Au premier coup d'œil, il vit qu'il était assis au milieu du bât et que Mahmoud avait disparu.

— Où est ton compagnon Mahmoud ? demanda-t-il.

— Il est tombé voilà trois heures. Dieu fasse qu'il soit mort !

A ces mots le *khawâja* Ali entra dans une rage terrible ; il lui fit mettre pied à terre et le frappa jusqu'à lui faire cracher du sang ; après quoi, il le laissa, se mit en selle et revint sur ses pas. Il dit aux guides de tête : “Restez là pendant que je retourne chercher le jeune Mahmoud.”

Il poussa son cheval jusqu’à ce qu’il arrivât à l’endroit où était Mahmoud. Il l’aperçut, étendu à terre, la tête reposant sur une pierre. A côté de lui se tenait un énorme lion dont la tête était grande comme une coupole et plus encore. Le *khawâja* Ali se dit en lui-même : “Hélas, hélas, pauvre Mahmoud, le lion l’aura mangé.” Quand le fauve vit arriver le *khawâja* Ali, il s’enfuit devant lui. Le *khawâja* Ali s’étonna fort de ce que le lion n’eût point fait de mal à Mahmoud. Il se précipita vers lui et le trouva étendu sans connaissance ; la sueur emperlait son front comme des gouttes de rosée. Alors le *khawâja* Ali sut que ce garçon était sous la protection de la Providence, car le lion avait veillé sur lui sans lui faire le moindre mal. Il l’éveilla de son sommeil et lui dit :

— Qui t’a fait tomber, mon garçon ?

— C’est mon compagnon Qalaoun ; je t’en prie, ne m’oblige plus à partager sa monture.

— Soit, comme tu voudras.

Il le fit monter en croupe derrière lui et ils revinrent vers la caravane. Il trouva les guides qui l’attendaient. Il fit descendre le mamelouk qui voyageait avec Edamor, le fit monter à côté de Qalaoun tandis que Mahmoud voyagea en compagnie d’Edamor. Il fit percer le fond du bât dans lequel voyageait Mahmoud et lui dit :

— Si tu veux faire tes besoins, fais-les par ce trou, ainsi tu n’auras pas à descendre.

— C'est tout à fait ce qu'il me faut, dit Mahmoud.

Quant à Edamor, il fut ravi de l'avoir près de lui, il en prit soin ; s'il demandait de l'eau il lui versait à boire, telle une mère tendrement attentionnée. Il ne cessa de le consoler et de le distraire en lui disant : "Dieu est généreux, ainsi va le monde, l'homme doit se montrer persévérant car tout vient à point à qui sait attendre. Ce monde n'est que flux et reflux, tout passe, rien ne demeure si ce n'est le Vivant, l'Eternel."

Cheminant ainsi de village en village, ils arrivèrent en vue d'Alep (que Dieu écarte d'elle toute peine et tout dommage au nom du Prophète au noble lignage). Ils s'arrêtèrent à Ard Al-Halabiyyeh en un lieu appelé aujourd'hui Ain El-Midân. Ils dressèrent les tentes et les mamelouks s'y installèrent.

Le vice-roi d'Alep était à cette époque El-Muzaffar. Ce jour-là, car tel était le décret de la Providence, il sortit pour se distraire de ses soucis et passa près du campement. Il s'informa et on lui répondit que c'était le *khawâja* Ali Ibn El-Wârraq de Damas qui s'en revenait de Brousse après avoir acheté des mamelouks pour le Commandeur des croyants El-Sâleh Ayyoub et qu'il les emmenait au Caire.

"Pourquoi n'irais-je pas jeter un coup d'œil sur les mamelouks et saluer le *khawâja* Ali ?" se dit El-Muzaffar. Et il se dirigea sans plus attendre vers les tentes. On annonça au *khawâja* Ali l'arrivée du vice-roi d'Alep, El-Muzaffar. Le *khawâja* se porta à sa rencontre, le salua et le fit entrer dans sa tente. El-Muzaffar s'assit et se mit à converser avec lui de la façon la plus affable, car le *khawâja* Ali était de l'entourage du sultan et en ce temps-là les grands de ce monde n'avaient ni morgue ni orgueil.

— Eh bien, *khawâja* Ali, dit El-Muzaffar, qu'as-tu dans ces tentes ?

— Seigneur, ce sont des mamelouks que j'ai achetés à Brousse et que j'emmène au Caire pour le roi El-Sâleh Ayyoub.

— J'aimerais bien les voir, dit El-Muzaffar.

— Mais bien sûr, j'entends et j'obéis !

Le *khawâja* Ali se mit aussitôt sur ses pieds, fit sortir des tentes tous les mamelouks, les mit en rang et les présenta tous un par un à El-Muzaffar. Ils lui plurent fort et il en fut transporté d'aise. Il s'assit encore un moment, puis se leva pour partir. On lui fit avancer son cheval et il monta en selle. Jetant un coup d'œil aux alentours il vit son fils Imâd El-Dîn Abou l-Khaych qui se tenait à l'entrée de l'une des tentes. En effet, quand son père était sorti de la ville il l'avait suivi et, le voyant entrer chez le *khawâja* Ali, il s'était approché du campement. La Providence avait décrété qu'il arrivât à la tente où reposait Mahmoud, toujours malade. A son entrée, Mahmoud se leva car, à sa mise, il l'avait reconnu pour un fils de pacha. Ce n'est qu'au prix d'un grand effort qu'il put se mettre sur ses pieds ; ses genoux tremblaient comme les roseaux un jour de grand vent, tant il était faible. Il s'avança pour baiser la main d'Imâd El-Dîn Abou l-Khaych. Lorsque El-Muzaffar aperçut son fils devant la tente où se trouvait Mahmoud, il alla voir ce qu'il faisait là. Se penchant, il vit Mahmoud en train de baiser la main d'Imâd El-Dîn.

— Qui est celui-là ? dit-il en se retournant vers le *khawâja* Ali.

— Un mamelouk que je ne t'ai pas montré car il est malade, très affaibli et ne peut marcher.

Et le *khawâja* Ali lui raconta l'histoire de Mahmoud et comment il l'avait trouvé au hammam et l'avait acheté alors qu'il était malade. A ce récit, El-Muzaffar qui était resté en selle mit pied à terre et s'avança vers Mahmoud. “Mon garçon, lui dit-il, montre-moi ton front.”

Mahmoud s'exécuta. Et l'autre, après l'avoir examiné, s'exclama : “Toujours la volonté de Dieu s'accomplit ! Que les prières de Dieu soient sur notre seigneur Muhammad !” Se tournant vers son fils Imâd El-Dîn il lui dit : “Tu as commis une faute terrible en lui donnant ta main à baiser car, par Dieu, bientôt humble et chétif, c'est toi qui baiseras la terre devant lui, car, ô mon fils, cet homme sera un jour roi d'Egypte, de Syrie et de tous les territoires d'Islam.

— Ce n'est qu'un mamelouk, un pauvre esclave, dit le *khawâja* Ali, comment peux-tu affirmer qu'il sera sultan ?

— O *khawâja* Ali, sache que l'imâm Ali Al-Anza[36], le cavalier aux assauts furieux, le fils d'Abou

Tâlib – que Dieu l'agrée et fasse resplendir sa face – avait accès à la Stèle bien gardée[37]. Il composa un livre intitulé *La Prophétie écarlate* dans lequel il annonce tout ce qui doit arriver. Lors du martyre de notre seigneur Othmân, que Dieu l'agrée, la sédition se déchaîna dans Médine l'illuminée et l'Imâm Ali, refusant le califat, partit pour Basra et Koufa[38].

Les nobles compagnons se dispersèrent dans tous les pays. Or l'Imâm Ali avait un fils appelé Mohammad Ibn El-Hanafiyya[39]. Il prit *La Prophétie écarlate* et l'emporta au château de Sahyoun dans les monts de Lattaquieh où il s'installa et prit femme. Sa lignée s'y perpétua jusqu'à nos jours et son dernier représentant se nomme le capitaine Jamr, fils du Fendeur-de-Crânes. Il y a quelques années, je suis passé moi-même au château de Sahyoun et je me suis entretenu avec lui de l'état du monde et des vicissitudes du sort. Il me dit qu'il détenait la prophétie de son ancêtre l'Imâm Ali. Il l'envoya chercher et se mit à lire et à nous annoncer les événements à venir, car le livre était écrit dans une langue secrète. L'une des prédictions disait qu'il viendrait de Brousse un mamelouk originaire des pays de Perse, qu'un *khawâja* l'achèterait dans un hammam, qu'il serait malade, qu'il passerait par Alep accompagné d'une troupe de mamelouks, qu'il aurait sur le front sept marques de petite vérole et que sa venue s'accompagnerait de signes et de présages. Et moi je dis – mais Dieu seul est omniscient – que c'est lui que désignait la prédiction. Veille donc bien sur lui, ô *khawâja* Ali ! à partir de maintenant, je vous accorde à tous mon hospitalité, en l'honneur de ce jeune Mahmoud." Et sur-le-champ, El-Muzaffar emmena Mahmoud, le *khawâja* Ali, les mamelouks et le reste de la troupe et les fit entrer à Alep où il les installa dans la maison d'hôtes de son palais.

A la nuit tombée, El-Muzaffar prit à part le *khawâja* Ali et lui dit : "Amène-moi Mahmoud." Il arriva et El-Muzaffar le fit asseoir à son côté et lui souhaita la bienvenue avec beaucoup d'empressement. Il envoya chercher son fils Imâd El-Dîn Abou l-Khaych. S'adressant à Mahmoud il lui dit : "Je voudrais, mon fils, que tu t'affrères à mon fils[40] Imâd El-Dîn que voilà, car, s'il plaît à Dieu, tu seras un jour roi d'Egypte, de Syrie et de tous les pays d'Islam. Quand tu seras monté sur le trône, puisses-tu jeter un regard bienveillant sur ton frère Imâd El-Dîn et ne jamais donner à ses ennemis et à ses envieux motif à se réjouir. Que notre Seigneur te préserve et t'aie en Sa garde." En entendant ce discours, Mahmoud se dit en lui-même : "Comment donc deviendrais-je sultan moi qui ne suis qu'un chétif esclave ? Mais rien n'est impossible au Créateur, qu'Il soit exalté." Aussitôt Imâd El-Dîn se leva, mit sa main dans celle de Mahmoud et ils se jurèrent fraternité en Dieu, qu'Il soit exalté. Le premier qui lui prêta serment et s'affréra à lui fut donc Imâd El-Dîn Abou l-Khaych. Ils restèrent assis quelque temps puis se levèrent et rentrèrent chacun chez soi. Le bruit se répandit parmi les mamelouks qu'Imâd El-Dîn avait prêté serment de fraternité à Mahmoud, qu'ils s'étaient juré amitié réciproque et qu'El-Muzaffar avait prédit à Mahmoud qu'il monterait sur le trône. Qalaoun fut fort contrarié ; il se tourna vers Alay El-Dîn son compagnon et lui dit : "Tu as entendu ce qu'on dit : ce chiard il va devenir *pâdichâh*[41] ! Tu parles ! Demain l'Ange de la Mort va venir le chercher."

[Le transmetteur a dit :] Ils passèrent dix jours à Alep, reçus avec les plus grands égards. Tous les mamelouks logeaient dans la maison d'hôtes mais Mahmoud et le *khawâja* Ali passaient leurs jours et leurs nuits chez El-Muzaffar, dans le plus grand confort et la plus douce des compagnies. Quand ce délai fut passé, le *khawâja* Ali prit congé d'El-Muzaffar, le vice-roi d'Alep. Ce dernier le combla de présents, les mamelouks remontèrent sur leurs bâts, la caravane se mit en route et ils sortirent d'Alep. El-Muzaffar leur fit une escorte d'honneur trois heures durant puis il leur fit ses adieux et s'en revint. Le *khawâja* Ali prit la tête de la caravane qui fila bon train vers Maarrat El-No'mân. A proximité de Maarra, ils virent arriver trois cavaliers ; le premier était un vieillard aux cheveux blancs tombant jusqu'à la ceinture, le second avait les tempes grises, quant au troisième, c'était un jeune homme et il avait des moustaches pareilles aux ailes d'un aigle. Le vieillard se nommait Jamâl

El-Dîn Coupe-Têtes, le second, qui grisonnait, Asad El-Dîn le Renfrogné (on l'appelait ainsi parce qu'il n'avait jamais ri de sa vie tant il avait de morgue) ; quant au moustachu, il se nommait Sulaymân le Buffle. Ils étaient à cheval, armés de pied en cap, leurs *châkriyyehs*[42] battaient leurs côtés avec un bruit de tonnerre ; leurs têtes étaient ceintes de turbans cramoisis qui entouraient des toques écarlates.

Quand ils virent les bâts et ce qu'ils portaient, ils fondirent sur eux et crièrent : "Arrêtez, pas un pas de plus tant que vous n'aurez pas payé le droit de passage : deux piastres par tête, car c'est nous qui faisons la loi à Maarra." C'est qu'en ces temps-là Maarra était une ville connue et importante que gouvernaient les *fidaouis* descendants d'Ismaïl[43], l'Astre sublime. Alors le *khawâja* Ali Ibn El-Warrâq se porta au-devant d'eux et leur dit :

— Mes amis, allez-vous exiger un droit de passage sur les mamelouks de notre maître le sultan El-Sâleh Ayyoub ?

— Que oui ! répondirent-ils. Mais dis-nous un peu, d'où les amènes-tu, ces mamelouks ?

— De Brousse.

— N'as-tu pas acheté un mamelouk malade dans un hammam ?

— Eh oui, j'ai bien acheté un mamelouk qui correspond à ta description et il s'appelle Mahmoud.

— Où se trouve-t-il maintenant, mille tonnerres ! demanda Asad El-Dîn le Renfrogné.

— Il est dans le dernier bât de la file.

Asad El-Dîn poussa un cri à faire résonner les montagnes :

— Eh là, par Dieu, sur la vie de mon père, j'ai bien envie de te frapper avec cette petite *châkriyyeh* et de te décalotter la cervelle.

Terrorisé, le *khawâja* Ali s'écria :

— Qu'ai-je fait, ô capitaine, pour que tu veuilles me tuer ?

— Bien sûr tu mérites la mort ! mille tonnerres ! a-t-on idée d'une iniquité pareille : tu laisses le sultan d'Egypte marcher derrière et tu fais aller les mamelouks devant !

— Capitaine, c'est pour cela que tu veux me tuer ?

— Tiens donc !

— Et pourtant, c'est bien la coutume des rois que leurs troupes les précèdent et qu'eux marchent derrière.

— Tu as raison, mais fais-moi voir ce garçon.

Il l'amena près de Mahmoud et dit au muletier :

— Arrête l'équipage, puis il dit : Le voilà, capitaine, regarde-le.

Asad El-Dîn le Renfrogné le regarda et s'écria :

— Bienvenue au roi d'Egypte, de Syrie et de tous les pays d'Islam !

Et il ordonna aux mamelouks :

— Tout le monde pied à terre, mille tonnerres !

Ils descendirent donc, Asad El-Dîn dégaina sa *châkriyyeh* et, s'avançant vers Mahmoud :

— Prends cette *châkriyyeh*, lui dit-il, et vous, les mamelouks, passez tous dessous.

Le premier qui passa fut Edamor et les mamelouks le suivirent un à un, pendant qu'Asad El-Dîn disait :

— Je coupe la tête au premier qui refusera de passer sous la *châkriyyeh* de Mahmoud !

Tous obéirent ; Qalaoun était furieux et ne passa que par peur. Ensuite Asad El-Dîn dit au *khawâja* Ali :

— Vous êtes mes hôtes ; je vous fais grâce du droit de passage que nous percevons même sur les biens du sultan et ceci en l'honneur de Mahmoud.

Il les fit entrer à Maarra, fit égorger pour eux du bétail et installer les plateaux de banquet. Le soir venu, le *khawâja* Ali se trouva seul avec Asad El-Dîn le Renfrogné, son fils Sulaymân le Buffle et Mahmoud. Asad El-Dîn dit à Mahmoud :

— Mon fils, je voudrais que tu t'affrères à Sulaymân.

— Sur ma tête et mon œil, répondit Mahmoud.

— Lève-toi, mets ta main dans celle de ton frère, dit Asad El-Dîn à son fils Sulaymân, et affrérez-vous car, ô mon fils, celui-là sera roi d'Egypte et de Syrie et les *fidaouis* seront sous ses ordres et sa bannière ; ils connaîtront la puissance, la gloire et les honneurs sous son règne, ainsi que me l'a annoncé le capitaine Jamr. Ainsi en est-il écrit dans notre livre de prophéties. Nous l'attendons. Après ce discours Sulaymân le Buffle s'avança près de Mahmoud, ils firent pacte et se prêtèrent serment.

Ils demeurèrent en ce lieu trois jours, puis ils voulurent partir pour Hama.

— Tout doux ! leur dit Asad El-Dîn. Le moins que vous puissiez rester chez nous, c'est trois ou quatre ans.

Le *khawâja* Ali Ibn El-Warrâq se mit à rire et dit :

— Capitaine, tu nous as fait grand honneur !

— Tout cela n'est rien à côté de l'honneur que nous a fait Mahmoud. Vraiment, restez encore quelques jours que nous jouissions de sa présence.

— Cela ne se peut pas, car le roi nous attend.

Alors l'autre offrit un présent à Mahmoud et leur fit ses adieux ; puis ils se mirent en route pour Hama.

Le vice-roi de Hama en ce temps-là s'appelait El-Adel. A Hama, ils descendirent en un lieu appelé Barrît El-Hâder.

Le vice-roi El-'Adel eut vent de leur arrivée et sortit pour les voir. Lorsqu'il arriva au campement, le *khawâja* Ali se leva pour le saluer et lui souhaiter la bienvenue, puis il alla inspecter les tentes et les mamelouks. Lorsqu'il arriva à la tente de Mahmoud, il le vit hâve et malade.

— Qu'est-ce que c'est que ce mamelouk ? demanda-t-il au *khawâja* Ali.

— Il est malade.

— Ne le laisse pas en compagnie des autres mamelouks, il va les empester.

A ces mots, Mahmoud fut profondément humilié, et dit en lui-même : "Si la prédiction qu'on m'a faite se réalise, je jure par Dieu – qu'Il soit exalté – que toutes les fois que j'entrerai à Hama je me ferai entretenir, moi et mon armée, pendant trois jours, aux frais du vice-roi."

Et en effet, quand il devint roi, il réalisa ce vœu : chaque fois qu'il entrait à Hama, il y restait trois jours, avec toute son armée.

Le *khawâja* Ali passa deux jours à Hama et partit pour Homs. Ils campèrent hors de la ville. Or, il y avait en ce temps-là à Homs un vice-roi nommé Ghayyâth El-Dîn Abou Tâqiyyeh. Il sortit pour les voir et interrogea Ali au sujet de Mahmoud.

— Il est là-bas, seigneur, répondit-il.

— Prends-en bien soin, Ali.

Il passa donc les inspecter dans leurs tentes et quand il arriva à celle de Mahmoud il le salua et lui souhaita la bienvenue en disant :

— Mon fils, tu seras sultan d'Egypte, de Syrie et de tous les pays d'Islam. Crains Dieu, le Très-Haut !

On dit en effet que ce gouverneur de Homs était un *wâli* tout comme El-Sâleh Ayyoub. Mahmoud le remercia et lui demanda de prier pour lui. Ils demeurèrent trois jours à Homs et le quatrième ils partirent pour Damas. Ils arrivèrent en vue de la ville et dressèrent leurs tentes à Marjeh. Le *khawâja* Ali n'alla pas passer la nuit chez lui, voulant rester avec les mamelouks. Le vice-roi de Damas, Charaf El-Dîn Issa El-Nâsser se rendit à Marjeh pour voir les mamelouks. Quand il arriva, ils se levèrent tous ; il se mit à les regarder un à un ; à un moment, son regard se posa sur Mahmoud, pâli par la maladie.

— Qu'est-ce que c'est que ce mamelouk, *khawâja* Ali, demanda-t-il.

— C'est un excellent mamelouk, et vif, répondit l'autre ; simplement, il est malade.

— Que Dieu maudisse Satan[44], s'exclama Charaf El-Dîn, qu'il est vilain à côté des autres !

— Dieu maudisse la barbe de Satan ! répliqua Mahmoud.

Lorsque Charaf El-Dîn entendit cela, la lumière à ses yeux devint ténèbres ; furieux, il ordonna que l'on mette Mahmoud à mort. Le *khawâja* Ali tomba prosterné à ses pieds :

— Seigneur, c'est le mamelouk de ton cousin le roi El-Sâleh. Il est malade et il ne sait pas ce qu'il dit ; ne lui en tiens pas rigueur !

Et s'approchant de Mahmoud, il le réprimanda, lui disant : "Tu es fou ! Sais-tu devant qui tu es ? Devant le vizir de Damas, le cousin de ton maître le roi." Mahmoud répondit : "Je suis musulman, j'ai appris le Coran, de quel droit me maudit-il ?" Ceux qui étaient là dirent : "C'est le mamelouk qui a raison." Ils allèrent vers Charaf El-Dîn et, le critiquant, lui dirent : "Il est malade, et s'il avait tous ses esprits, il n'aurait pas parlé ainsi à ton Excellence, ni tenu de tels propos." Charaf El-Dîn rentra à son palais ; de ce moment, la haine et l'hostilité s'installèrent entre eux. Voilà pour eux. Quant au *khawâja* Ali Ibn El-Warrâq, il alla trouver ses amis et leur dit : "Mes frères, je ne sais trop que faire de ce mamelouk ; si je l'emmène avec moi en Egypte, par ces contrées torrides, je crains qu'il ne meure ; si je le laisse à Damas, je ne serai pas tranquille car il est malade." Et un de ses amis : "*Khawâja* Ali, mets-le à l'hôpital."

Mahmoud, entendant cela, dit au *khawâja* Ali : "Oui, maître, mets-moi à l'hôpital." A ces mots les yeux d'Ali se remplirent de larmes et il dit à Mahmoud :

— Viens, que Dieu te bénisse, et il l'emmena au Maristan[45]. Quand le *khawâja* Ali entra au Maristan il dit à l'intendant qui se nommait Abou Chehhadeh : "Voici un des mamelouks du sultan, il est malade et je voudrais le laisser chez toi, le temps pour moi d'aller au Caire et d'en revenir ; je tiens à ce que tu t'en occupes avec le plus grand dévouement. S'il survit et qu'à mon retour je le trouve en bonne santé, tu en seras dûment récompensé. – Sur ma tête et mon œil", répondit l'autre.

Le *khawâja* Ali laissa à Mahmoud plusieurs habillements et cent pièces d'or en lui disant :

— Si tu as besoin de quelque chose, prends-le sur cette somme, je te laisse à la garde de Dieu.

Sur quoi il s'en fut prendre ses mamelouks et partit pour Le Caire. Arrivé là-bas, il se rendit tout droit au palais du vizir le Hâjj Châhîn El-Afram. Il fit entrer les mamelouks et les présenta au Hâjj Châhîn qui en fut fort satisfait. Le lendemain, il les présenta au sultan El-Sâleh Ayyoub qui en fut également satisfait mais ne posa aucune question quant à la bourse et au mamelouk. Le *khawâja* Ali séjourna quelque temps au Caire, puis il prit congé du sultan et partit pour Damas. Laissons-le poursuivre sa route, nous le retrouverons plus tard, et revenons à Mahmoud que nous avions laissé au Maristan.

Mahmoud au Maristan

On installa pour Mahmoud un lit dans une chambre, et il resta là, torturé par son mal, méditant sur sa condition d'exilé et sur l'inconstance de sa fortune, se remémorant tout ce qui lui était arrivé. Il pleura jusqu'au soir. Le soir venu, Abou Chehhadeh lui apporta un bol de soupe dans lequel même un plongeur d'élite n'aurait pu pêcher un seul grain de riz, et un morceau de pain grossier. Il jeta un coup d'œil sur la soupe et refusa d'y toucher. Il mangea donc son pain sec et donna sa soupe à un malade originaire d'Egypte, puis s'endormit. Quand Dieu fit lever le jour, on lui apporta encore un bol de soupe et un morceau de pain ; à nouveau il mangea le pain et donna la soupe à l'Egyptien, et il en alla ainsi chaque jour : il donnait sa soupe à l'Egyptien et mangeait le pain sec.

A ce régime, son mal avait déjà considérablement empiré, quand, un beau matin, il trouva l'Egyptien mort. Or cet Egyptien avait un bâton qui se terminait par une boule de fer, tandis que l'autre extrémité était munie d'une cordelette. Mahmoud entra dans sa chambre, prit le bâton, et le cacha chez lui. Sur ces entrefaites l'intendant du Maristan arriva, vit que l'Egyptien était mort, et le fit mettre en terre.

Le lendemain, quand Dieu fit lever le jour, Mahmoud sortit de sa chambre, se munit d'un coussin qu'il étendit à la porte du Maristan et s'installa pour regarder passer les gens, puis il se recommanda à Dieu contre les entreprises du démon, prononça le Nom de Dieu, le Clément, le Miséricordieux, et se mit à réciter la Parole de Celui qui redonne vie aux ossements lorsqu'ils sont devenus poussière. Il avait une belle voix et récitait conformément aux règles de la psalmodie. Les gens s'attroupèrent autour de lui, attendant qu'il ait terminé sa récitation. "Que Dieu te garde ta belle voix", lui dirent-ils, et chacun donna quelques piastres en les glissant sous son coussin.

Abou Chehhadeh arriva sur ces entrefaites et vit cet attroupement à la porte du Maristan, autour de Mahmoud.

— Qu'est-ce qui se passe ? demanda-t-il. Pourquoi ce rassemblement.

— Je ne supportais plus de rester enfermé dans ma chambre, dit Mahmoud, aussi j'ai amené ce coussin ici et je me suis assis pour prendre l'air et regarder passer les gens ; je me suis mis à réciter la Parole increéée de Dieu.

— Voilà qui ne me plaît guère, répondit Abou Chehhadeh, et il dispersa les gens qui s'étaient attroupés devant la porte du Maristan, puis ordonna à Mahmoud de rentrer. Ce dernier comprit bien où il voulait en venir et lui dit : “Abou Chehhadeh, vois un peu ce qu’il y a sous le coussin et prends-le.” A la vue des pièces, Abou Chehhadeh s’écria :

— Où as-tu pris ça, Mahmoud ?

— Ce sont des gens charitables qui me l’ont donné.

— Que Dieu t’accorde le bonheur, mon fils ! dit l’autre tout réjoui. Dorénavant, tous les jours tu sortiras prendre l’air.

Il rentra lui balayer sa chambre et la nettoyer. Ainsi, chaque jour, Mahmoud sortait s’asseoir à la porte du Maristan et récitait le Coran ; les gens l’écoutaient et lui donnaient des piécettes. Cette situation dura jusqu’à un certain jour où, alors qu’il était assis devant la porte, une jeune fille vint à passer, portant dans un récipient du *kebbeh kechek*[46]. En humant l’odeur de ce mets, l’eau lui vint à la bouche et il mourut d’envie d’y goûter.

— Eh, la fille, donne-m’en un peu ! demanda-t-il.

— Impossible, c’est à ma maîtresse !

— Et comment ça s’appelle ?

— On appelle ça du *kebbeh kechek*.

— Donne-m’en un peu !

— Ce n’est pas possible, répondit-elle, et elle s’en fut. Sur ces entrefaites arriva Abou Chehhadeh.

— Mon oncle, lui dit Mahmoud, j’aimerais beaucoup que tu me fasses du *kebbeh kechek* !

— Non, mon enfant, le *kebbeh kechek* donne du ballonnement, et, malade comme tu es, tu mourrais sans tarder.

— Fais-moi du *kechek*, même si je dois en mourir !

— Mon fils, je crains trop qu'il ne t'arrive malheur : que dirais-je au *khawâja* Ali ? N'oublie pas que tu es mamelouk du sultan.

Mahmoud se mit à pleurer. Or, en face de la porte du Maristan demeurait un menuisier ; les fenêtres de l'étage de sa maison donnaient sur l'entrée du Maristan. Ce jour-là, la femme du menuisier était assise à la fenêtre et regardait dans la rue ; elle vit Mahmoud et Abou Chehhadeh se disputer à propos du *kechek* et se dit : "Demain, de bonne heure, je ferai du *kechek* et j'en donnerai à ce garçon malade." Le lendemain matin, son mari lui demanda :

— Qu'est-ce que tu nous feras de bon, ce soir ?

— Du *kebbeh kechek*, répondit-elle.

— Excellente idée ! s'écria-t-il, et il partit lui acheter le nécessaire. Elle prépara donc le *kechek*, et, quand il fut prêt, elle en remplit une écuelle et envoya son fils l'apporter à Mahmoud, qui l'engloutit jusqu'à la dernière bouchée. C'est alors qu'arriva Abou Chehhadeh ; voyant l'écuelle où restaient des traces de *kechek*, il se mit en colère :

— Qui t'a donné ça ? demanda-t-il.

— Des gens charitables.

— Tu es fou, ça va aggraver ton mal !

— Laisse-moi donc mourir rassasié, répondit Mahmoud.

L'autre le planta là et s'en fut. Quant à Mahmoud, le ventre plein, il alla se coucher dans sa chambre et s'endormit.

La femme du menuisier avait fait porter à Mahmoud tant de *kechek* qu'il ne lui en restait plus qu'un petit peu. Lorsque son mari rentra et s'en aperçut, il lui dit :

— Où est passé le *kechek* ?

— J'en ai donné à ce garçon malade qui est au Maristan, et qui récite le Coran devant la porte.

— Que Dieu te maudisse, espèce d'idiote, il en mourra, et c'est un mamelouk du sultan ! Ils se querellèrent ainsi jusqu'au milieu de la nuit ; Satan lui donna de l'affaire une idée exagérée, et il se mit à envisager les choses les plus invraisemblables. En fin de compte, ils allèrent se coucher.

Or, la femme du menuisier avait un enfant en bas âge, qui dormait dans un berceau. En les entendant crier, il s'éveilla et se mit à pleurer ; elle se leva pour lui donner le sein et vit à la porte du Maristan deux hommes à la mine si altière et imposante qu'elle ne pouvait leur venir que du Roi Tout-puissant ; ils faisaient partie des saints intercesseurs de Damas et avaient le don de guérison. Ils parlaient entre eux et la femme du menuisier entendit l'un d'eux dire à l'autre :

— Frère, sais-tu qui est ce garçon malade nommé Mahmoud ?

— Qui est-ce donc ?

— C'est le futur roi d'Egypte et de Syrie ; sache que ce soir il a mangé du *kechek*, et ce sera la cause de sa guérison. Mais, frère, il n'en convient pas moins que nous lui rendions visite.

Ils entrèrent dans la chambre de Mahmoud, s'assirent à son chevet et prononcèrent des paroles, tantôt en langage clair, tantôt en langage incompréhensible ; ils lui massèrent la tête et la poitrine tandis qu'il dormait, puis ils disparurent. La femme du menuisier, qui les avait vus, alla se coucher, remplie de la crainte de Dieu.

Le lendemain, lorsque Dieu fit lever le jour et répandit sa lumière sur le monde, Abou Chehhadeh se leva et se rendit auprès de Mahmoud, croyant le trouver mort. Il entra et vit qu'il dormait, trempé de sueur ; il l'éveilla en disant :

— Eh bien, mon garçon, comment te sens-tu ? J'étais inquiet pour toi, craignant que le *kechek* ne t'ait fait du mal.

— Tout mal et tout bien ne peuvent venir que de Dieu. Aujourd'hui, s'il plaît à Dieu, je me porterai mieux que jamais.

Abou Chehhadeh se réjouit et, s'approchant de lui, lui ôta ses habits. Voyant qu'ils étaient trempés de sueur ainsi que le matelas, il lui en fit revêtir de propres, lui prépara un nouveau matelas, puis il l'emmena au hammam, lui passa le gant de crin et le savonna ; enfin, il lui servit sa soupe. Mahmoud se restaura et, à partir de ce moment, sa santé s'améliora de jour en jour. En une semaine il fut guéri ; il se portait mieux que jamais, car c'était un garçon béni de Dieu.

Un beau jour qu'il était assis devant la porte de sa chambre, il vit arriver un homme, qui, tirant une clé de sa ceinture, ouvrit la porte de l'une des pièces du

Maristan et entra. Mahmoud s'approcha et vit que cette pièce ressemblait à l'échoppe d'un médecin : les murs étaient couverts de rayonnages où s'alignaient des bocaux. L'homme était assis sur une chaise.

— Que fais-tu ici ? lui demanda Mahmoud.

— Je suis le médecin, répondit-il.

— Et qui soignes-tu ?

— Tous ceux qui viennent me voir, je les soigne gratuitement, car je touche un traitement du *waqf*. Ces onguents et ces simples sont eux aussi payés par le *waqf*, le *waqf* de Nour El-Dîn le Martyr.

— Je suis ici depuis vingt ou trente jours et je ne t'ai encore jamais vu ! s'étonna Mahmoud.

— C'est que j'étais parti à la cueillette des simples dans la campagne.

— Ah, je comprends !

Mahmoud resta assis quelque temps ; arriva un domestique qui dit au médecin :

— L'agha Untel te salue, et te fait savoir qu'il ne se sent pas très bien aujourd'hui. Donne-lui donc deux *mithqâls* d'eau de rubis.

— Sur ma tête et mon œil ! répondit le médecin, qui lui donna ce qu'il demandait.

L'autre s'en fut. Quelques instants plus tard, un autre domestique se présenta et dit au médecin :

— L'*efendi*[47] Untel te salue et te fait dire qu'il a la migraine, envoie-lui donc deux *mithqâls* de myrobolan.

— Sur ma tête et mon œil !

Et il lui donna bien quatre *mithqâls*. L'autre les prit et s'en fut.

Arriva alors un pauvre bougre, à l'aspect misérable et souffreteux, qui salua le médecin. Celui-ci lui rendit son salut d'un air dégoûté :

— Qu'est-ce que tu veux, lui demanda-t-il.

— Je suis pauvre et malade, et j'ai des coliques. Je suis allé voir le médecin, qui m'a dit : “Prends de la pâte de coings.” Mais je n'ai pas un sou pour en acheter ; donne-m'en un peu, pour l'âme du fondateur du *waqf*.

— Mais qu'est-ce qu'ils ont tous ce matin ! s'écria le médecin. Je n'en ai pas ! Et il le mit à la porte sans rien lui donner.

Un autre malheureux se présenta et demanda du myrobolan.

— Fiche le camp ! s'écria le médecin. Tu n'as qu'à manger de la pâte de roses ! Non mais, qui a appris aux ânes de réclamer du gingembre ?

Mahmoud avait assisté à toute la scène, et la lumière devint ténèbres devant ses yeux. Il courut à sa chambre, sortit le bâton qui avait appartenu à son voisin, l'Egyptien récemment décédé, le cacha sous ses vêtements et revint auprès du médecin.

— J'ai une question à te poser, fit-il.

— Parle.

— Le fondateur du *waqf* l'a-t-il fondé pour les pauvres ou pour les riches ?

— Il y a quelque chose qui ne te plaît pas ?

— Oui, je suis l'inspecteur du *waqf* ! répondit Mahmoud.

— Et qui t'a nommé inspecteur ?

— Ce bâton ! s'écria Mahmoud, en le sortant de sous ses vêtements.

Il fondit sur le médecin et le frappa entre les deux épaules d'un coup qui le jeta à terre, puis d'un second, puis d'un troisième. Sous cette pluie de coups qui n'avaient rien d'amicaux, le médecin n'eut d'autre recours que de chercher son salut dans la fuite. Il fila tout droit à la demeure de l'administrateur du *waqf* où il entra en pleurant, en criant au meurtre et à l'assassin, et en se répandant en lamentations. L'administrateur était un *efendi* nommé Qoutb El-Dîn.

— Qu'as-tu ? lui demanda-t-il.

— Seigneur, répondit le médecin, il y a au Maristan un jeune homme malade. Bien que guéri, il n'en demeure pas moins à manger le pain des malades, et, aujourd'hui, il s'est présenté dans mon officine et m'a battu.

— Fais-moi venir ce garçon qui a battu le médecin, dit l'administrateur à son mamelouk.

Celui-ci s'en fut au Maristan et demanda :

— Qui a frappé le médecin ?

— C'est moi, répondit Mahmoud.

— Viens, l'*efendi* Qoutb El-Dîn veut te parler.

— Sur ma tête et mon œil ! répondit Mahmoud, qui suivit le mamelouk jusqu'à la maison de l'administrateur.

— C'est toi qui as frappé le médecin ? demanda celui-ci.

— Oui c'est moi.

— Et pourquoi l'as-tu frappé ?

— *Efendi*, j'ai une question à te poser, fit Mahmoud.

— Parle.

— Le *waqf* est-il pour les pauvres ou pour les riches ?

— Pour les pauvres !

— Eh bien, regarde ce médecin, il donne ses remèdes aux riches qui pourraient facilement les acheter même s'ils coûtaient dix pièces d'or le *mithqâl*, et quand un pauvre, qui n'a pas même la moitié d'un sou à dépenser, vient lui demander quoi que ce soit, il ne lui donne rien ! Est-ce bien conforme aux intentions du fondateur ?

— Tu dis vrai, Mahmoud, sans doute, répondit l'administrateur, mais toi, es-tu chargé d'inspecter le *waqf* ?

— Oui certes !

— Et comment cela ?

— Qui a fondé ce *waqf* ? demanda Mahmoud.

— C'est Nour El-Dîn le Martyr.

— Eh bien ! moi, je suis le mamelouk de l'héritier du fondateur : mon maître est El-Sâleh Ayyoub dont Nour El-Dîn est l'aïeul[48].

— Ce garçon a raison, dirent les gens qui étaient là. *Efendi*, ce mamelouk appartient au roi El-Sâleh, et on voit bien que c'est un homme énergique : nomme-le donc inspecteur du *waqf*. Sait-on jamais, s'il allait au Caire, il pourrait bien se plaindre de toi à El-Sâleh Ayyoub…

— Mahmoud ! appela l'administrateur.

— Oui.

— Je te nomme inspecteur du *waqf*. Va et fais ton travail.

Mahmoud sortit donc avec le médecin et ils se dirigèrent vers le Maristan. Depuis ce moment, Mahmoud prit l'habitude de venir chaque jour s'installer chez le médecin. Toutes les fois qu'un pauvre venait demander quelque remède, il lui disait : "Donne-lui ce qu'il demande." Et l'autre obtempérait. Mais si quelqu'un se présentait de la part d'un agha ou d'un riche pour demander quelque chose, il lui disait :

— Retourne dire à ton maître de se l'acheter lui-même, ici, c'est pour les pauvres !

Ensuite il prit son bâton et alla voir Abou Chehhadeh.

— Pourquoi les chambres des malades sont-elles si sales, et pourquoi ne lave-t-on jamais leurs vêtements ? lui demanda-t-il.

— Et de quoi te mêles-tu, toi ?

— Moi ? je suis l'inspecteur du *waqf* !

— Ah oui, et qui t'a nommé inspecteur ?

— Ce bâton ! répondit Mahmoud, et il se mit à le rosser sur les épaules à coups redoublés.

L'autre lui échappa et préféra chercher son salut dans la fuite. Il s'apprêtait à aller se plaindre à l'administrateur, quand le médecin lui dit :

— Où vas-tu, frère ?

— Je vais me plaindre de lui à l'administrateur !

— Par Dieu, n'y va pas ! J'y suis allé avant toi, et j'ai peur qu'il ne te chasse de ton poste, car je suis allé me plaindre de lui moi aussi.

Et il lui raconta toute l'histoire, concluant en ces termes :

— Le résultat, c'est que le voilà nommé inspecteur du *waqf* par l'administrateur.

— Que faire alors, frère ? demanda Abou Chehhadeh.

— Soumets-toi, frère.

— Il n'est de puissance et de force qu'en Dieu, le Très-Haut, le Tout-Puissant ! soupira Abou Chehhadeh, et il s'en fut changer les vêtements des malades, leur en donna de propres, balaya les chambres, nettoya les lits et cuisina une soupe à la viande de poulet. Lui et le médecin furent ainsi obligés de marcher droit, par crainte de Mahmoud.

Un beau jour, celui-ci s'habilla, sortit du Maristan et alla se promener au souk : en flânant d'une boutique à l'autre, il passa devant l'échoppe d'un parfumeur. A côté du patron était assis un jeune garçon aux joues lisses qui n'avait pas encore de poil au menton ; il récitait le Coran, et Mahmoud s'arrêta pour l'écouter. Le parfumeur interpella Mahmoud :

— Quel est le nom de ton père ? lui demanda-t-il.

— Je suis un mamelouk.

— Qui est ton maître ?

— C'est le *khawâja* Ali Ibn El-Warrâq, qui est actuellement en voyage ; quant à moi, je séjourne au Maristan.

— C'est toi qui récitais le Coran à la porte du Maristan ?

— Oui, c'est bien moi.

— Entre, mon fils, et viens surveiller la récitation de ton frère.

Sur ce, Mahmoud prit place et écouta le fils du parfumeur ; et il en fut ainsi pendant un mois, et, pendant tout ce temps, Mahmoud ne se séparait jamais de son bâton.

La fin de Saïd le Nègre

Un beau jour que Mahmoud était assis chez le parfumeur, occupé à réciter le Coran, il vit soudain les gens abandonner leurs boutiques et s'enfuir. Il demanda ce qui se passait.

— C'est Saïd le Nègre, lui répondit-on, le bachagha de Charaf El-Dîn. Il est ivre, et, avec un groupe d'esclaves, il vient d'enlever un garçon, le fils de Charîf le tailleur, dans la boutique de son père, et tout le monde s'enfuit devant lui.

[Le transmetteur a dit :] Charaf El-Dîn laissait la bride sur le cou à Saïd le Nègre et l'encourageait même dans la plupart de ses méfaits. Il ne lui donnait jamais tort si quelqu'un venait se plaindre de lui. Les habitants avaient si souvent porté plainte contre lui sans que l'émir Charaf El-Dîn prenne leur défense qu'ils ne prenaient même plus la peine de protester. Saïd s'enhardit ainsi jusqu'à commettre les pires forfaits, cette fois à l'insu de Charaf El-Dîn, qui ignorait qu'il en était arrivé à ce point. Il s'acquit ainsi, par la faute de son esclave, une triste réputation.

Saïd passait le plus clair de son temps à s'enivrer, puis il parcourait les rues en cherchant noise aux habitants. S'il voyait une jeune fille, il l'enlevait ; s'il tombait sur un garçon, il l'emportait. Ce jour-là, il était passé devant la boutique de Charîf le tailleur ; celui-ci avait un fils qu'il aimait beaucoup. L'ayant vu, Saïd partit au souk des étoffes, acheta un coupon et s'en revint à la boutique du tailleur.

— Taille-moi un manteau, lui ordonna-t-il.

Quand le manteau fut terminé, Saïd lui dit :

— Envoie ce garçon le porter à la caserne.

— Seigneur, je le porterai moi-même, répondit Charîf.

— Non, ce sera le garçon qui le portera !

Le tailleur interdit à son fils d'y aller, mais Saïd l'entraîna de force hors de la boutique et le poussa devant lui ; personne ne se risqua à lui barrer le passage. Ils passèrent devant la boutique du parfumeur où Mahmoud était assis, et il entendit le père du jeune garçon qui criait :

— Y a-t-il un homme courageux pour sauver mon fils de ce brigand qui en veut à son honneur ?

Tout le monde regardait, mais n'osait intervenir. Alors Mahmoud se dressa et dit à Saïd :

— Frère, laisse cet enfant en paix, tu m'obligeras.

— Tais-toi, ou je t'emmène à sa place ! répondit Saïd.

A ces mots, la lumière devint ténèbres aux yeux de Mahmoud. Il se jeta sur Saïd, le frappa de son bâton à la gorge et l'étendit raide mort, puis il s'en prit à ses compagnons, qui tournèrent les talons et cherchèrent leur salut dans la fuite : ils coururent chez leur maître, le palefrenier-chef.

Quant à Mahmoud, il dit au tailleur : "Emmène ton fils et va dans la paix de Dieu."

Le tailleur tomba à ses pieds, invoquant le ciel en sa faveur et disant : "Que Dieu te fasse obtenir tout ce que ton cœur désire !"

Mahmoud s'en revint au Maristan. Abou Chehhadeh, s'apercevant qu'il était hors de lui, lui demanda :

— Qu'est-ce qui t'a mis dans un état pareil ?

— Abou Chehhadeh, j'ai vu un nommé Saïd le Nègre qui enlevait un jeune garçon pour le déshonorer, et je l'ai sauvé.

— Et comment as-tu fait, patron ?

— J'ai tué Saïd.

— Mais il est *bachagha* chez Charaf El-Dîn ! Tu as tout à craindre de lui.

Et, poussé par l'hostilité qu'il éprouvait contre Mahmoud, il entreprit de l'effrayer : "Il ne sortira pas vivant des mains de Charaf El-Dîn", se disait-il.

Ils en étaient là quand les gens de Charaf El-Dîn vinrent le chercher.

— Viens, lui dirent-ils, Charaf El-Dîn veut te parler !

— Sur ma tête et mon œil, répondit-il, et il s'en fut avec eux.

Abou Chehhadeh alla trouver le médecin et lui dit : "S'il plaît à Dieu, tu ne reverras plus Mahmoud à partir d'aujourd'hui : Charaf El-Dîn va nous en débarrasser." Et il lui raconta tout ce qui s'était passé, et comment Mahmoud avait tué Saïd le Nègre.

Car, entre-temps, la bande de Saïd s'était enfuie auprès de Charaf El-Dîn, criant au meurtre et à l'assassin, et se répandant en lamentations.

— Quel malheur vous est-il arrivé ? demanda Charaf El-Dîn. Qui vous a fait du tort ?

— Seigneur, on a tué ton mamelouk Saïd !

— Et qui donc l'a tué ?

— C'est le mamelouk malade qui accompagnait le *khawâja* Ali Ibn El-Warrâq.

Or, Charaf El-Dîn détestait Mahmoud depuis le jour où il s'était disputé avec lui, et il s'était mis au nombre de ses ennemis. Dès qu'il sut la nouvelle, il envoya chercher Mahmoud au Maristan.

— C'est toi qui as tué Saïd le Nègre ? lui demanda-t-il quand il se présenta devant lui.

— Oui, c'est moi.

— Comment as-tu osé le tuer alors qu'il était mon *bachagha* ?

— Je l'ai tué à bon droit car il voulait déshonorer un enfant issu de la famille du Prophète. J'ai été poussé par mon zèle pour les descendants du Prophète, et je lui ai dit : "Frère, cela ne saurait être." Il a alors voulu m'enlever moi-même, je me suis défendu et je l'ai tué.

— Tu mens ! s'écria Charaf El-Dîn, et il ordonna de le mettre à mort.

On le mit sur le tapis du supplice et le bourreau prit place à côté de lui. Charaf El-Dîn se mit à le sermonner :

— Eh, Mahmoud, quand tu as tué Saïd le Nègre, tu ne craignais donc pas ma sévérité ? Croyais-tu pouvoir échapper au tapis du supplice ?

— Je mourrai volontiers pour l'amour des descendants du Prophète ! Maudit sois-tu, Charaf El-Dîn !

C'est que Mahmoud était absolument certain qu'il deviendrait roi d'Egypte et de Syrie, et cette certitude était si bien ancrée en lui qu'il ne craignait plus personne et qu'il avait un cœur d'airain. Il échangeait ces paroles avec Charaf El-Dîn, alors que le sabre du bourreau était suspendu au-dessus de sa tête, quand soudain entra le *khawâja* Ali Ibn El-Warrâq ; il vit Mahmoud sur le tapis du supplice.

[Le transmetteur a dit :] Le *khawâja* Ali s'était tout d'abord rendu au Maristan, où il s'était enquis de Mahmoud. On lui avait répondu que l'émir Charaf El-Dîn l'avait condamné à mort, et il s'était rendu en courant chez ce dernier ; c'est ainsi qu'il avait trouvé Mahmoud sur le point d'être décapité de la main du bourreau, ainsi que nous l'avons dit.

— Arrête ! cria-t-il au bourreau.

Puis, s'avançant vers Charaf El-Dîn, il lui demanda :

— Que veux-tu faire ?

— Je veux faire mettre Mahmoud à mort.

— Tu ne peux pas le tuer : c'est le mamelouk du roi El-Sâleh Ayyoub. C'est lui qui m'a envoyé le chercher après que je lui eus remis ses mamelouks au Caire.

— Où est le mamelouk que tu devais acheter spécialement pour moi ? m'a-t-il demandé.

— Seigneur, lui ai-je répondu, il est tombé malade et je l'ai laissé à Damas.

— Il me le faut absolument ! a-t-il dit. Aussi ne suis-je pas resté au Caire plus de trois jours, et je suis revenu le chercher.

Après ce discours, il n'était plus possible à Charaf El-Dîn de tuer Mahmoud. Le *khawâja* Ali s'avança, délivra Mahmoud de ses liens et l'emmena avec lui. Nous en reparlerons…

Quant à Charaf El-Dîn, il resta dans son conseil. Soudain, il entendit des cris qui s'élevaient à l'entrée du palais. Voici pourquoi : Quand Charaf El-Dîn avait donné l'ordre d'aller chercher Mahmoud au Maristan, les gens du souk avaient dit au tailleur :

— Tu n'as donc pas d'honneur ! Tu abandonnes ce garçon qui a sauvé ton fils des mains de Saïd le Nègre. Maintenant, Charaf El-Dîn a décidé de le mettre à mort et c'est toi qui en es la cause. Va donc trouver tes cousins, les descendants du Prophète[49], rassemble-les et marchez sur le palais de Charaf El-Dîn pour sauver ce garçon. Nous irons avec vous.

Le tailleur, à ces mots, eut un sursaut de fierté. Il partit rassembler les descendants du Prophète, ceux-ci, accompagnés de leur syndic, du mufti et du cadi, marchèrent sur le palais au cri de “Pour l’honneur de Dieu !”

— Que se passe-t-il ? demanda Charaf El-Dîn.

— O émir, répondit le syndic, tous les descendants du Prophète se sont mis en mouvement et ont sorti la bannière du Prophète.

— Et que veulent-ils ?

— Que tu ne tourmentes pas Mahmoud.

— Mahmoud, son maître l’a emmené.

— Ils demandent aussi que tu supprimes la solde de la bande de Saïd le Nègre et que tu les bannisses du territoire de Damas.

— Accordé ! répondit l’émir Charaf El-Dîn ; sur quoi il fit aussitôt supprimer la solde de la bande de Saïd le Nègre et les bannit, par crainte de la sédition du groupe des descendants du Prophète.

La Nuit du Destin

Quant au *khawâja* Ali Ibn El-Warrâq, il lui restait depuis longtemps une dette de cinq cents piastres auprès d’un certain Ahmad Ibn El-Aqwâssi. Quand il avait réglé toutes ses dettes, il avait oublié ce dernier qui était alors en voyage hors de Damas. Alors qu’il sortait du palais de Charaf El-Dîn, accompagné de Mahmoud, il rencontra Ahmad Ibn El-Aqwâssi dans la rue. “Eh bien, *khawâja*

Ali, fit ce dernier après l'avoir salué, voici bien longtemps que tu me dois de l'argent !

— Par Dieu, frère, c'est vrai ; mais tu étais absent. Sur ma tête et mon œil, je te paierai ce que je te dois car moi aussi j'étais en voyage, et c'est seulement aujourd'hui que je suis arrivé du Caire. Demain à la première heure, s'il plaît à Dieu, je te rembourserai, sois sans souci."

Mais Ahmad prononça trois fois le serment de répudiation et jura qu'il ne bougerait pas de là tant que le *khawâja* ne lui aurait pas payé son dû jusqu'au dernier sou. Le *khawâja* Ali fut bien embarrassé.

— Tel que tu me vois, dit-il, je n'ai pas un sou sur moi, je n'ai que ce mamelouk.

— Eh bien, vends-le-moi, je te le prends pour les cinq cents piastres.

— Marché conclu ! fit le *khawâja* Ali. Va baiser la main de ton maître, dit-il à Mahmoud ; ce dernier s'exécuta et l'autre l'emmena chez lui.

Cet Ahmad avait pour épouse une certaine Aïcheh-la-Teigne qui était la pire mégère de son époque ; il avait aussi un fils horriblement gâté nommé Nour El-Dîn Bazâzo. Celui-ci, qui était âgé de neuf ans, ne pouvait pas se servir de ses jambes, et, pour réclamer des pois chiches grillés, ne savait dire que "miam-miam".

Lorsque Ahmad rentra, suivi de Mahmoud, sa femme lui dit :

— Qu'est-ce que c'est que ça ?

— C'est un mamelouk.

— Mais qu'est-ce qui t'a pris de l'acheter ?

— C'est une vieille dette que me devait un créancier en faillite ; il l'a remboursée ainsi.

— C'est très bien, dit la femme, il s'occupera de mon fils Bazâzo. Comment se nomme-t-il ?

— Mahmoud.

— Eh, Mahmoud ! cria-t-elle.

— Me voilà, fit-il aussitôt.

— Prends ton maître Bazâzo et va le promener dans la rue.

Mahmoud prit l'enfant dans ses bras, la morve lui coulait du nez et il la ramassait du bout de la langue.

Ils sortirent donc dans la rue, et aussitôt les enfants du quartier se mirent à les suivre en criant : "Bazâzo ! Bazâzo !" Ce dernier se mit à pleurer, Mahmoud essaya de le consoler et le promena jusqu'au soir, puis il le ramena à sa mère. Le lendemain matin, il le prit et le promena de nouveau jusqu'au soir. Ce manège dura six mois. Arriva le mois béni de ramadân ; les gens commencèrent le jeûne, et, chaque jour, Mahmoud sortait promener Bazâzo. Le vingt-sixième jour du mois, Mahmoud sortit comme d'habitude avec Bazâzo.

Les enfants s'attroupèrent autour de lui et refusèrent de s'en aller. Alors Mahmoud posa Bazâzo sur une banquette élevée, laissant devant lui quelques pois chiches grillés, et se mit à la poursuite des enfants pour les frapper et les chasser. Bazâzo voulut manger les pois chiches, il en laissa échapper un qui tomba à terre. Il se pencha en avant pour le rattraper, tomba, se fendit la peau du crâne et se mit à hurler. Tout cela se passait non loin de la maison, si bien que la mère de Bazâzo entendit ses cris, sortit, vit son fils blessé, le front couvert de sang.

— Où est parti Mahmoud ? demanda-t-elle aux enfants.

— Nous ne savons pas.

— Si ce bâtard revient, je lui ferai voir de quel bois je me chauffe !

Sur ce, elle prit son enfant et rentra chez elle.

Quant à Mahmoud, il courut après les enfants et leur administra une raclée, puis il revint ; il ne trouva pas Bazâzo. Il demanda aux enfants ce qu'il était devenu. “Il est tombé, lui dirent-ils, et il s'est blessé : voilà son sang. Sa mère est venue le prendre et elle a juré qu'elle te rosserait à mort !”

Terrorisé, Mahmoud s'enfuit, sortit de la ville et finit par gagner le mont Kassioun. Il entra dans la grotte des Quarante[50]. Le soleil s'était couché, et il rompit le jeûne en buvant un peu d'eau, fit ses ablutions, accomplit la prière du coucher du soleil et entra dans la grotte. Il s'assit, pleurant sur son sort et son exil jusqu'à ce qu'il fît nuit noire. A ce moment-là, un homme entra dans la grotte, disant : “Il n'est d'autre divinité que Dieu et Muhammad est le Prophète de Dieu, que les prières et le salut de Dieu soient sur lui !” Il s'assit à côté de Mahmoud sans s'apercevoir de sa présence. Ensuite en arriva un second, qui s'assit également, puis un troisième. L'un d'eux toussa, et ils dirent : “Qui est là ?”

Quelqu'un alluma un rat-de-cave et ils s'aperçurent de leur présence respective. Les quatre se rapprochèrent et l'un d'eux demanda à Mahmoud :

— Qui es-tu ?

— Je suis le mamelouk de Bazâzo.

— Et pourquoi es-tu venu en ce lieu ?

— Le fils de mon maître est tombé et s'est blessé ; j'ai eu peur de recevoir une raclée de ma patronne : je me suis enfui et je suis arrivé ici. Et vous, pourquoi êtes-vous venus ici ?

— On m'appelle le cheikh Mohammad le Chamelier, fit le premier d'entre eux. Je garde les chameaux de Charaf El-Dîn, et ce soir, une de mes bêtes s'est échappée. J'ai eu peur que mon maître ne me tue et je me suis enfui ici.

— Moi, dit le second, on m'appelle le Hâjj Ahmad et je suis le palefrenier de Charaf El-Dîn. Un des chevaux de mon maître s'est échappé, j'ai eu peur qu'il ne me tue et je me suis enfui ici.

— Moi, fit le troisième, on m'appelle Amer et je suis fauconnier chez Charaf El-Dîn ; j'ai laissé échapper un faucon et, craignant que l'émir ne me tue, j'ai fui jusqu'ici, où je vous ai trouvés.

Ils s'assirent et récitèrent le Coran Admirable jusqu'au troisième tiers de la nuit. Soudain, des lumières emplirent l'univers du levant au couchant, et la grotte fut éclairée comme en plein jour. “Mes amis, s'écria l'un d'entre eux, je crois que ce sont les gens de Charaf El-Dîn qui viennent nous chercher avec des torches. – Frère, répondit Mahmoud, ce n'est pas là le flamboiement des torches, ce sont les lumières célestes ! Debout, profitez de l'occasion ! C'est l'heure de la félicité, cette nuit est la Nuit du Destin[51] !"

Ils s'approchèrent de l'entrée de la grotte, virent les arbres et les jardins prosternés et se mirent à invoquer Dieu.

— Mon Dieu, dit le Hâjj Mohammad le Chamelier, rends-moi mon chameau et accorde-moi d'être au nombre de Tes serviteurs, les Justes.

— Mon Dieu, dit le Hâjj Ahmad le Palefrenier, rends-moi mon cheval et accorde-moi d'être au nombre de Tes serviteurs, les Justes.

— Mon Dieu, fit Amer le Fauconnier, rends-moi mon faucon, et accorde-moi d'être au nombre de Tes serviteurs, les Justes.

— Mon Dieu, dit à son tour Mahmoud, accorde-moi de devenir roi d'Egypte et de Syrie ; donne à mon corps la force des quarante Justes, et fais que je ne meure pas avant d'avoir vu mes oncles égorgés pour m'avoir abandonné en terre étrangère.

Quand ils eurent terminé leurs prières, les portes du ciel se refermèrent et il fit à nouveau nuit noire. Ils rentrèrent dans la grotte et y demeurèrent jusqu'à ce que Dieu fît lever le jour. Ils redescendirent alors, et Dieu – qu'Il soit exalté – rendit aux trois serviteurs de Charaf El-Dîn ce qu'ils avaient perdu, et ils devinrent des wâlis. Quant à Mahmoud, il redescendit vers Damas, craignant la vengeance de la mère de Bazâzo.

Celle-ci avait fait des recommandations aux enfants du quartier et avait promis une récompense à quiconque lui ramènerait Mahmoud. Quand celui-ci arriva, les enfants lui dirent :

— Ta patronne te cherche, elle a promis une récompense à celui qui lui ramènera celui qui a blessé son fils.

Mahmoud entra chez sa patronne :

— C'est toi qui as blessé mon fils, esclave infidèle ! cria-t-elle dès qu'elle le vit.

— Je l'ai installé sur une banquette et j'ai couru après les enfants du quartier pour les éloigner de lui ; c'est alors qu'il est tombé.

Elle le ligota aussitôt avec une corde, s'empara d'un bâton, et se mit en devoir de lui infliger une cuisante raclée. Il demandait grâce, mais en vain. En réalité, s'il l'avait voulu, elle n'aurait rien pu contre lui ; mais il lui fallait se conformer à sa situation d'esclave.

Or, à côté de leur maison, habitait Dame Fâtmeh, fille d'El-Aqwâssi, sœur d'Ahmad, et que l'on appelait la Dame de Damas. Elle était fort riche, car elle avait épousé successivement sept émirs, qui étaient tous morts, et elle en avait hérité ; tandis que son frère Ahmad avait dilapidé l'héritage paternel. Entendant les hurlements de Mahmoud et les cris de la Teigne, elle dit à l'une de ses servantes : “Va donc voir ce qui se passe chez mon frère Ahmad.”

L'autre monta sur la terrasse, jeta un coup d'œil, et revint lui dire : “Maîtresse, c'est la femme de ton frère qui est en train de corriger Mahmoud, son mamelouk. C'est étonnant combien il ressemble à mon défunt maître, Baïbars !”

C'est que Dame Fâtmeh avait eu un fils unique, du nom de Baïbars, qui était mort depuis peu, et, de fait, Mahmoud lui ressemblait beaucoup.

Dame Fâtmeh dit à sa servante : "Va lui dire de ma part qu'elle cesse de le frapper pendant les nuits de fête qui sont des nuits de pardon. C'est un prisonnier, et Dame Fâtmeh intercède pour lui." La servante remonta et dit :

— Madame, ma maîtresse Dame Fâtmeh te salue et te prie d'accepter son intercession en faveur de ce mamelouk.

— Ce mamelouk est à moi et j'en fais ce que je veux ! répondit la Teigne en levant la tête. Quand ta maîtresse corrige ses servantes, est-ce que je m'en mêle ?

La servante alla porter cette réponse à sa maîtresse.

— Que Dieu ne fasse pas miséricorde à son père ! s'exclama celle-ci. Quelles chiennes que ces teigneuses !

Elle patienta jusqu'au soir et envoya chercher son frère Ahmad. Quand il arriva, elle lui dit :

— Frère, combien d'argent me dois-tu ?

— Eh bien, si tu nous vendais, moi, ma femme et mon fils, cela ferait à peu près le compte !

— Je te remets les deux mille piastres que tu me dois, à condition que tu me vendes ton mamelouk Mahmoud. Tiens, voici vos habits neufs et votre cadeau pour la fête. En effet, Dame Fâtmeh avait coutume à chaque fête de faire faire de nouveaux habits à son frère, ainsi qu'à sa femme et à son fils.

Quand il sut que sa sœur voulait acquérir Mahmoud, Ahmad alla le chercher et le lui amena ; elle fit aussitôt venir des témoins et la transaction fut conclue. Lorsqu'elle vit Mahmoud, elle constata qu'il ressemblait trait pour trait à son fils.

— Comment t'appelles-tu ? lui demanda-t-elle.

— Mahmoud.

— J'avais un fils qui te ressemblait beaucoup. Il se nommait Baïbars. Il est mort il y a peu, j'ai l'intention de t'adopter à sa place et de te donner son nom.

— Fort bien, maîtresse.

— Ne m'appelle plus maîtresse, appelle-moi mère dorénavant, lui répondit-elle.

Elle sortit alors des vêtements qui avaient appartenu à son fils et les lui fit revêtir. Le lendemain, quand Dieu fit lever le jour, arriva comme de coutume le cheikh qui venait chaque jour chez elle réciter le Coran. Elle lui demanda d'écrire un abécédaire pour son fils ; le cheikh s'exécuta puis dit à Baïbars :

— Viens apprendre à lire, mon fils. Il s'approcha, et le cheikh lui dit : Dis : "*Alif*[52] !"

— On dirait que celui qui t'a appris à lire n'était guère savant !

— Qu'est-ce qui te fait dire cela ?

— Est-ce qu'on dit "*Alif*" avant de dire : "Je me réfugie auprès de Dieu contre Satan le lapidé, au nom de Dieu, le Compatissant, le Miséricordieux[53]" ?

— Tu as raison, mon garçon, répondit le cheikh, et il répéta les formules qu'avait prononcées

Baïbars. Celui-ci ne fut pas satisfait pour autant. “Ne serait-il pas plus élégant d’emphatiser le *r* et de sortir un peu la langue pour prononcer le *dhâl* ? dit-il.

— Tu as raison, mon fils, c’est bien comme cela qu’il faut prononcer.

Il répéta la formule.

— Maintenant, dit-il, dis *“Alif”*.

— Tu veux que nous lisions ces lettres les unes à la suite des autres sans savoir ce qu’elles représentent ?

— Et qu’est-ce qu’elles représentent ?

— Le *“Alif”* représente Dieu, il n’est d’autre divinité que Lui.

— On voit bien, mon fils, que tu es plus savant que moi, dit le cheikh.

— Sans doute, répondit Baïbars. Je peux réciter le Coran selon les sept lectures et l’écrire selon les sept écritures. Je connais en outre la grammaire et le droit.

— Que Dieu te comble de Ses bienfaits, mon fils !

Tout cela se passait en présence de Dame Fâtmeh. “O Dame de Damas, lui dit le cheikh, je suis venu enseigner ton fils, et c’est lui qui m’a enseigné.” Sur ce, il s’en alla. Après son départ, la Dame de Damas dit à Mahmoud :

— Tu n’es pas vraiment un mamelouk, les mamelouks ne sont pas ainsi. Dis-moi la vérité : qui es-tu, et qui est ton père ?

— Si je te disais mon histoire, tu dirais que je mens, répondit Baïbars.

— Non, dis-la-moi, et je te croirai.

Sache, ma mère, commença Baïbars, qu'il y avait jadis dans la ville de Balkh un roi qui se nommait le sultan Ibrahim. Vivait aussi à cette époque un derviche que l'on appelait Mohammad El-Adham, parce qu'il avait le teint basané. C'était un de ces saints hommes à qui il suffit de lever les yeux vers le ciel pour que leurs vœux s'accomplissent. Il menait la vie des errants, se déplaçant de pays en pays sans se fixer nulle part ; cependant, chaque année il gagnait Jérusalem pour la nuit de la *Achoura*[54] qu'il passait sous la coupole du Rocher. Les anges du ciel descendaient, et il les voyait et entendait leurs chants de louange. Il en allait ainsi chaque année.

Mais, un jour, au cours de ses pérégrinations, il arriva au Hindiqân[55]. Avant d'entrer dans la capitale, il s'assit au bord du fleuve, retroussa ses manches et se mit en devoir de faire ses ablutions. Soudain, il aperçut une pomme qui descendait au fil de l'eau ; il la prit, la mangea, puis il fit sa prière et continua sa route. Il poursuivit ses pérégrinations et, à l'approche du dixième jour de Moharram, il se dirigea, comme chaque année, vers Jérusalem, et y attendit la nuit de *Achoura*, qu'il passa sous la coupole du Rocher. Les anges descendirent ; il entendit leurs chants de louange, mais il ne les vit pas.

— O anges de Dieu, dit-il, pourquoi vous refusez-vous à ma vue ?

— Eh l'homme, répondirent-ils (il entendait leur voix mais ne les voyait pas), tu veux nous voir alors qu'il y a dans ton ventre une nourriture illicite !

— O anges de Dieu, je ne me souviens pas avoir mangé quelque chose d'illicite.

— Aurais-tu oublié la pomme que tu as mangée au bord du fleuve du Hindiqân ? C'est pour cela qu'il nous a été ordonné de nous dérober à ta vue ; et si tu recommences, tu n'entendras même plus nos voix et nos chants de louange.

Il se mit à réfléchir et se rappela soudain la pomme qu'il avait mangée ; il fut pris de remords et il eut grand-peur de perdre la faveur que Dieu lui avait accordée. Tout bouleversé et tremblant, il se mit aussitôt en route pour le Hindiqân, afin de voir s'il y avait moyen de retrouver les propriétaires de cette pomme. Arrivé à l'endroit où il l'avait trouvée, il vit de nombreux vergers et se dit : “Cette pomme devait venir de l'un de ces vergers.” Il entra, demanda à qui ils appartenaient ; on lui répondit qu'ils étaient la propriété du roi Ibrahim Chah, le souverain du Hindiqân.

Ce dernier l'accueillit avec les plus grands égards et le fit asseoir à son côté : il espérait en effet depuis longtemps la visite de ce derviche qui avait un rang élevé parmi les *wâlis*. Une fois les préliminaires achevés, le derviche Mohammad El-Adham adressa la parole au roi :

— O roi, l'an dernier j'ai mangé une pomme qui venait de tes vergers ; je voudrais que tu aies la générosité de me le pardonner.

— Tous ces vergers appartiennent à ma fille, répondit le roi, et je n'ai aucun droit sur eux. Elle y a mis un intendant et le revenu des produits des vergers lui appartient intégralement.

— En ce cas, ô roi, je te supplie d'aller demander à ta fille de m'accorder son pardon.

— Sur ma tête et mon œil, répondit le roi, qui se leva aussitôt et se dirigea vers le harem où demeurait sa fille.

— Ma fille, dit-il, le cheikh Mohammad El-Adham a mangé une pomme de ton verger, et il voudrait que tu lui pardonnes.

— Je ne lui pardonnerai que s'il m'épouse, répondit la princesse.

— Mais, ma fille, c'est un ascète errant qui ne restera pas chez toi, car il ne se fixe nulle part.

— Qu'il passe ne serait-ce qu'une nuit avec moi, et qu'il s'en aille ensuite : je lui ferai grâce de la pomme et de la pension qu'il me devra s'il me quitte.

Le sultan s'en fut rapporter ces propos au derviche, qui lui dit : "O roi, je ne puis songer à me marier, je suis un ascète errant et je ne pourrai me fixer chez elle de façon à lui donner ce que les femmes sont en droit d'attendre des hommes.

— Elle ne consentira à te pardonner qu'à cette condition. Passe avec elle ne serait-ce qu'une nuit, et elle renoncera à tous les droits qu'elle aura sur toi.

— Je m'en remets à Dieu. Il est le meilleur des garants", fit le derviche.

Si la princesse tenait tant à l'épouser, c'était parce qu'elle voulait en avoir un fils qui hériterait de la sainteté de son père.

[Le transmetteur a dit :] Ainsi donc, le derviche Mohammad accepta d'épouser la fille du roi. Ce dernier fit aussitôt venir le cadi et on rédigea l'acte de mariage ; le roi était fort heureux de s'allier à un personnage qui jouissait d'une aussi grande renommée. Il conduisit le derviche à sa nouvelle épouse ; il s'unit à elle et elle conçut un enfant. Quand Dieu fit lever le jour, le cheikh Mohammad dit : "O mon épouse, je m'en vais." Il lui fit ses adieux, ainsi qu'au roi, et s'en fut reprendre sa vie errante.

Quand le temps fut accompli, la princesse mit au monde un fils qu'elle appela Ibrahim ; on l'éleva dans la tendresse et l'affection jusqu'à ce qu'il fût en âge de marcher. Il était persuadé qu'Ibrahim Chah était son père.

Lorsque ce dernier mourut, Ibrahim fils d'El-Adham lui succéda sur le trône du Hindiqân. Il se maria. Il eut deux fils. Il appela l'un Mahmoud et le second Salîm. Ses enfants grandirent.

Un jour qu'il était parti à la chasse, un oiseau lui échappa et se réfugia tout en haut d'une montagne. "Celui qui me ramènera cet oiseau recevra de moi tout ce qu'il pourra souhaiter", dit-il à ses soldats. Mais personne n'osa escalader la montagne : "O roi, lui répondirent-ils, nous tenons à notre vie. Nous sommes entre tes mains, fais de nous ce que tu voudras, mais nous n'escaladerons pas cette montagne qui est infestée de bêtes fauves de toutes espèces : tous ceux qui ont entrepris de l'escalader ne sont jamais revenus parmi les vivants." A ces mots, la lumière devint ténèbres aux yeux du roi et il fut plein d'un grand courroux contre eux. "Puisque c'est ainsi, dit-il, j'escaladerai moi-même la montagne ! – O roi, répondirent les grands du royaume en s'approchant de lui, nous craignons pour ta vie, car, si même une armée immense ne saurait l'escalader, comment te laisserions-nous monter seul ?"

Mais il ne les écouta pas et s'obstina dans son projet ; il mit pied à terre et gravit la montagne jusqu'au sommet, s'approchant de l'oiseau. A cette vue, l'oiseau s'envola et Ibrahim le poursuivit ; cela dura un certain temps, puis l'oiseau finit par disparaître et le sultan Ibrahim resta interdit. C'est alors qu'il vit arriver un homme qui lui dit : "Mon fils, ton père n'est pas le sultan Ibrahim Chah, mais le derviche Mohammad El-Adham !" Et il se mit à lui raconter l'histoire de la pomme, et ce qui s'était déroulé entre son père et sa mère.

— Mon père est-il encore de ce monde ? demanda Ibrahim.

— Oui.

— Où se trouve-t-il ?

— Il erre par les chemins, d'une contrée à l'autre.

Alors Ibrahim redescendit de la montagne et dit aux grands de la Cour : “Allez chez ma mère chercher l’habit du derviche Mohammad El-Adham.” Il se dépouilla ainsi de son vêtement royal et revêtit la défroque des derviches, adoptant leur vie errante. Avant de se mettre en route, il leur dit : “Annoncez à ma mère que son fils est parti à la recherche de son père.” Quand ils lui apprirent la chose, elle en fut tout affligée.

Les grands du royaume voulurent mettre sur le trône son fils Mahmoud ; mais celui-ci refusa, disant : “Je suivrai mon père et mon grand-père.” Il revêtit la défroque des derviches et partit à l’aventure. Nous en reparlerons…

Le sultan Ibrahim vagabonda de pays en pays, et finit par arriver à La Mecque, la ville très honorée. Pendant qu’il accomplissait la procession rituelle dans la Maison sacrée, il vit un vieillard qui lui dit :

— Mon fils, tu viens de trouver ton père.

— Et qui est-ce donc ? demanda le sultan Ibrahim.

— C’est moi, je suis le derviche Mohammad El-Adham !

Il l’étreignit, l’embrassa sur le front, et lui dit : “Mon fils, il n’est pas possible que nous demeurions tous deux à La Mecque. Je vais m’en aller ; quant à toi, reste ici, ton fils Mahmoud viendra te rejoindre. Tu le laisseras alors à La Mecque et tu gagneras les monts de Syrie.” Sur ce, le cheikh Mohammad s’en fut ; il gagna les Indes où il mourut et fut enterré (que la miséricorde de Dieu soit sur lui). Quant au sultan Ibrahim, il resta quelques jours à La Mecque et vit arriver son fils Mahmoud. Il le salua et lui dit :

— Mon fils, tu as refusé le trône ?

— Oui.

— Tu as bien fait. Reste ici, moi je m'en irai vers les monts de Syrie, suivant les dernières recommandations de ton grand-père.

Il fit alors ses adieux à son fils et s'en fut ; il alla jusqu'à Jableh[56] où il se fixa, près de la mer, et se consacra à l'adoration de Dieu (qu'Il soit exalté).

Mahmoud, lui, s'installa dans la Ville sainte de La Mecque, et y demeura jusqu'à sa mort ; on l'enterra à Tâ'if (que Dieu lui fasse miséricorde) en un lieu que l'on appelle aujourd'hui Mahmoud, et que visitent les pèlerins. Telle est donc leur histoire.

Quant à la mère du sultan Ibrahim, comme elle ne pouvait plus supporter d'être séparée de son fils, elle dit un jour au vizir : "J'ai l'intention de partir à la recherche de mon fils, le sultan Ibrahim. Es-tu prêt à m'accompagner ?" L'autre accepta, et ils partirent ensemble ; ils marchèrent sans relâche de pays en pays jusqu'à Jableh, où on la renseigna, car Ibrahim était maintenant célèbre dans toute la Syrie.

Elle l'aperçut, assis à même le sol, au bord de la mer, qui ravaudait la guenille dont il était vêtu ; chaque fois qu'il enfonçait l'aiguille dans le vêtement, elle en ressortait rouge du sang des poux.

Le voyant réduit à un tel dénuement, sa mère lui dit : "Mon fils, dans quel état te voilà ! tu as abandonné le pouvoir et te contentes de la compagnie des poux ! Où est le trône où tu siégeais, puissant et entouré ? Où sont tes mamelouks, tes habits de soie et de brocart, où sont la bonne chère et le sommeil dans les draps soyeux ? Tu as tout quitté, mon fils, et te contentes de cette situation misérable ?"

Alors Ibrahim leva la tête et lui dit : "J'ai tout quitté du pouvoir en ce monde pour me consacrer au pouvoir dans l'autre.

— Donne-m'en une preuve.

— Voici", répondit-il.

Il s'approcha de l'eau et jeta l'aiguille qu'il avait à la main pour ravauder. Ils attendirent trois heures ; alors un poisson sortit de la mer, l'aiguille dans la bouche, et vint la poser devant le sultan Ibrahim, qui lui dit : "Tu t'es fait attendre, ô créature de Dieu !" Une voix s'éleva et lui répondit : "Ne te fâche pas, ô Ibrahim : par la gloire de Dieu, ton aiguille a béni les sept mers !"

Il se retourna alors vers sa mère et lui dit : "O mère, cela ne vaut-il pas mieux que tous les pouvoirs du monde ?

— Tu as raison, mon fils, répondit-elle : voici le vrai pouvoir."

Elle resta près de lui avec le vizir, jusqu'à ce que leur vienne la mort qui met fin aux plaisirs et disperse ceux qui sont réunis. On les enterra en cet endroit, que Dieu leur fasse à tous miséricorde, et qu'Il nous fasse profiter de leurs mérites, nous et tous les musulmans. Voilà donc leur histoire.

Quant à Salîm Chah, il régna sur le Hindiqân ; il se maria et eut deux fils, qu'il nomma Talaa et Lamaa. Par la suite, il lui naquit un troisième fils qu'il appela Jamak. Lorsqu'ils eurent atteint l'âge d'homme, il voulut les éprouver et voir lequel était le plus digne de lui succéder sur le trône. Ayant fait venir Talaa, son fils aîné, il lui dit : “Je me sens un peu souffrant aujourd'hui ; je voudrais que tu prennes pour un jour ma place sur le trône.

— Fort bien”, répondit-il ; et ce jour-là il s'assit sur le trône jusqu'à la fin du conseil. Il alla alors trouver son père, qui lui demanda :

— Comment t'es-tu trouvé sur le trône, mon fils ?

— Comme une bête féroce, et les grands du royaume étaient autour de moi comme de faibles brebis !

— Comme tu les as vus, ils t'ont vu, dit le roi.

Le lendemain, il fit venir son deuxième fils, Lamaa, et lui dit :

— Prends ma place sur le trône, car, aujourd'hui, je suis souffrant.

— Fort bien, dit-il, et il partit siéger ce jour-là jusqu'à la fin du conseil.

Il alla ensuite trouver son père qui lui dit :

— Comment t'es-tu trouvé sur le trône ?

— Comme un épervier fondant sur sa proie ; et les grands du royaume étaient comme de faibles passereaux !

— Comme tu les as vus, ils t'ont vu, lui répondit le roi.

Le jour suivant, il fit venir son plus jeune fils, Jamak, et lui dit : "Mon fils, je me sens bien faible ; je t'ordonne de prendre aujourd'hui ma place sur le trône royal." A ces mots, Jamak tomba prosterné et dit : "Par ta vie, ô mon père, ne m'impose pas une tâche qui est au-dessus de mes forces ; ordonne plutôt à l'un de mes frères de siéger à ta place. – C'est impossible, répondit le roi, il faut absolument que ce soit toi."

Jamak se conforma donc à l'ordre de son père et partit prendre place sur le trône jusqu'à la fin du conseil. Il alla ensuite retrouver son père qui lui dit :

— Comment t'es-tu senti, mon fils ?

— De ce jour, je ne siégerai plus sur le trône, répondit-il. Car je me suis vu comme une faible brebis et les grands du royaume étaient autour de moi comme des lions féroces !

— Comme tu les as vus, ils t'ont vu, mon fils. C'est toi qui vois juste et c'est toi qui dois régner.

Et il ordonna que son fils Jamak lui succède, et nul autre ; quant à ses frères, ils seraient vizirs.

A la mort du *chah*, son fils Jamak fut donc installé sur le trône, puisque son père l'avait désigné ; il nomma son frère Talaa vizir du côté droit et son frère Lamaa vizir du côté gauche. Mais ceux-ci étaient pleins de jalousie. "Quoi, se disaient-ils, c'est le plus jeune qui devient sultan et nous ne sommes que vizirs !" Ils se réunirent alors et dirent : “Notre frère hérite du pouvoir, et nous lui devrions obéissance ? Voilà qui ne saurait être et que nous ne pouvons accepter.”

Or, près de là, se trouvait le pays d’Esbanir où régnait un puissant roi nommé Abd El-Nâr[57]. Aveuglés par la jalousie, ils décidèrent de lui livrer le pays : ils espéraient que, s’ils lui donnaient l’occasion de tuer leur frère Jamak et de mettre la main sur son royaume, il les prendrait pour ses vizirs. Sans plus attendre, ils écrivirent à Abd El-Nâr pour qu’il envahisse le pays, lui promettant leur aide.

Or, un émir du conseil avait eu vent de ce complot. Il s’en ouvrit au *chah* Jamak :

— Si le roi Abd El-Nâr t’attaque, ajouta-t-il, tu ne pourras lui résister, car il est très puissant et son armée est nombreuse ; avec tes frères à l’intérieur du pays et Abd El-Nâr et son armée aux frontières, tu seras pris entre deux feux.

— Que me conseilles-tu donc, ô vizir, dit alors le *qân* Jamak ?

— Te donnerai-je le meilleur avis ?

— Parle.

— Suis l’exemple de ton grand-père, qui, en son temps, abandonna le pouvoir et partit mener la vie des ascètes errants. Partiras-tu mener la vie errante comme ton grand-père le sultan Ibrahim ?

— M’accompagneras-tu, ô vizir ?

— Oui.

— Je quitte donc le pouvoir, reprit le roi, alors que je pourrais mettre mes frères à mort ; mais Dieu (qu’Il soit exalté) les punira de leur trahison.

S'étant ainsi mis d'accord, ils attendirent quelques jours afin de terminer leurs préparatifs, ils revêtirent alors la défroque des derviches, se munirent d'un peu d'argent et disparurent dans la nuit. Ils marchèrent, traversant les contrées, et parvinrent dans un pays dont le roi se nommait Châhîn Chah.

Celui-ci s'adonnait ce jour-là aux plaisirs de la chasse, lorsqu'un lion terrible, gros comme un taureau et plus encore, surgit menaçant. Les gens de la suite du roi se précipitèrent sur lui, mais, lorsqu'ils le virent de près, ils s'enfuirent, incapables de lui faire face. C'est à ce moment que le *qân* Jamak déboucha de la vallée ; il aperçut le lion féroce et les mamelouks qui se tenaient à distance. Se ruant sur le lion, il le fendit en deux d'un coup d'épée. A cette vue, les mamelouks se précipitèrent sur Jamak pour le mettre à mort, sous prétexte qu'il avait tué un gibier qu'ils avaient engagé[58]. "C'est ainsi que vous me remerciez de ce que j'ai fait pour vous ! s'écria Jamak. Si je n'étais pas arrivé à temps le lion vous aurait tous dévorés !"

Voyant cela, le roi l'envoya chercher et lui dit :

— Puisse ta main rester toujours aussi agile, bon derviche ! je veux te garder près de moi.

— Seigneur, répondit Jamak, je ne suis qu'un derviche ; que feras-tu de moi ?

— Tu seras mon commensal, dit le roi. Jamak accepta et ils s'en revinrent ensemble à la ville où Jamak devint le commensal du roi et où il s'installa avec ses compagnons. Le roi se prit pour lui d'une vive amitié.

Or, le roi avait un grand vizir. Plus le roi aimait Jamak et vantait ses mérites, plus le vizir se consumait de jalousie ; il se mit à haïr Jamak et à comploter sa perte, mais sans succès. Un jour le roi s'irrita contre son grand vizir, le destitua et le remplaça par Jamak, ce qui augmenta la haine du vizir. Quant à Jamak, il arbitrait avec justice entre ses sujets.

Quelque temps plus tard, il demanda au roi l'autorisation de se faire construire un palais ; le roi la lui accorda, et il se fit construire une demeure somptueuse. Il y fit aménager une crypte souterraine avec une niche indiquant la direction de La Mecque ; tous les soirs, après avoir récité quelques versets du Coran, il descendait, ôtait ses vêtements, revêtait la défroque de derviche qu'il portait à son arrivée dans le royaume, et passait la nuit dans l'adoration de Dieu (qu'Il soit exalté). Il agissait ainsi chaque nuit.

Le vizir destitué apprit que Jamak avait fait construire une crypte sous son palais, et qu'il y descendait chaque nuit. Il alla trouver le roi et lui dit :

— O roi, tu m'as destitué et tu as mis à ma place un mage adorateur du feu !

— En es-tu sûr ? demanda le roi.

— Oui, il s'est fait construire une crypte où il descend chaque nuit célébrer le culte du feu, car il s'y est installé un temple du feu.

— Je vais m'en assurer, dit le roi.

Il attendit que le vizir Jamak vienne au conseil et lui dit :

— Vizir Jamak !

— Oui ?

— Tu t'es fait construire un palais, et tu ne me l'as pas fait visiter ?

— C'était justement mon intention, ô roi. Fais-moi l'honneur d'y porter tes pas.

— Va, dit le roi, et prépare tout pour me recevoir.

Jamak s'occupa des préparatifs, et, le jour où tout fut apprêté, il s'en alla chez le roi et le pria de lui faire l'honneur d'une visite à son palais. Le roi s'y rendit, en compagnie des grands du royaume, le vizir les reçut, les fit asseoir dans la salle d'honneur, on dressa les tables, ils mangèrent à satiété ; on desservit, ils se lavèrent les mains (vous et moi, prions sur Tâhâ, le prophète, le guide). Puis le roi se leva et, allant de salle en salle en compagnie du vizir destitué, il finit par arriver à l'entrée du souterrain.

— Qu'est-ce que cela ? demanda-t-il.

— C'est un souterrain, répondit Jamak. Il n'y a rien là qui mérite d'être vu.

Mais le vizir destitué fit comprendre au roi, par signes, qu'il s'agissait de l'endroit dont il lui avait parlé.

— Ouvre, afin que nous voyions ce qui se trouve là-dedans, ordonna le roi.

— Il n'y a de puissance et de force qu'en Dieu, le Très-Haut, le Tout-Puissant ! soupira Jamak.

C'était un endroit secret, et Dieu a voulu qu'il soit dévoilé aux regards.

Il ouvrit le souterrain. Le roi, les grands, Jamak et le vizir destitué descendirent dans la crypte, où le roi vit le *mihrâb*[59], un chapelet, un tapis de prière.

— Qu'est ceci ? demanda le roi.

— C'est ici que, la nuit, j'adore Dieu, répondit Jamak.

— On m'avait dit que c'était un temple du feu ?

— Et qui te l'a dit ?

— Celui qui l'a dit est ici, répondit le roi en désignant le vizir destitué.

— Que Dieu lui pardonne ! fit Jamak.

— Demande-moi ce que tu voudras.

— O roi, je souhaite que tu lui rendes sa dignité : depuis sa destitution, il est mon ennemi le plus acharné !

De ce jour, le roi chérit son vizir encore davantage, et lui donna la main de sa fille. Jamak resta de nombreuses années aux côtés du roi Châhîn Chah. Quand celui-ci mourut sans laisser d'héritier mâle, les grands du royaume dirent : “Nous ne voulons d'autre roi que le vizir Jamak”, et lui prêtèrent serment d'allégeance.

Quelque temps plus tard, alors que Jamak était parti se livrer aux plaisirs de la chasse dans la campagne, il vit arriver deux derviches. Les regardant attentivement, il les reconnut : c'étaient ses frères Talaa et Lamaa.

En effet, après avoir, par leur trahison, permis à Abd El-Nâr de s'emparer du royaume, ils avaient à leur tour pris la fuite à son arrivée, tant ils avaient peur de lui et s'étaient mis à errer de par le monde, sous la défroque des derviches.

Lorsque le *qân* Jamak les vit, il dit à ses serviteurs : "Amenez-moi ces derviches." Ceux-ci, arrivés devant lui, le saluèrent et se déclarèrent ses serviteurs ; le roi demanda aimablement de leurs nouvelles. "Nous sommes de pauvres derviches", répondirent-ils. Jamak les ramena au palais et les fit attendre jusqu'au soir ; il leur donna alors audience et leur dit : "Pour quelle raison avez-vous adopté la vie errante ?

— O roi, répondirent-ils, tout cela est de notre faute ; nous avions un frère que nous avons trahi au profit d'un roi nommé Abd El-Nâr, et Dieu, qu'Il soit exalté, nous a punis de notre mauvaise action : quand Abd El-Nâr est arrivé, nous avons eu peur qu'il ne nous fasse exécuter et nous avons fui.

— Sachez que je suis votre frère Jamak", dit le roi.

A ces mots, ils se jetèrent à ses pieds en s'écriant :

— Frère bien-aimé, ne nous tiens pas rigueur de ce que nous avons fait !

— Que Dieu vous pardonne, répondit Jamak, et il nomma le premier vizir du côté droit et le second vizir du côté gauche.

Le *qân* Jamak avait épousé la fille de Châhîn Chah, la reine Ayaq ; elle lui avait donné un fils, qu'il nomma Taq-tomar, puis une fille, Tâj El-Moulouk, puis un second fils, Mahmoud. Ce dernier était si bien doué qu'après avoir appris le Coran et l'écriture, il se consacra à l'étude et devint la merveille de son temps. Il avait douze ans quand ses oncles arrivèrent à la cour ; ils purent voir combien il était savant et intelligent, et qu'il était, de plus, réfléchi et bien élevé. Il assistait au conseil et siégeait auprès d'eux. Un jour qu'ils étaient en séance, un vieillard digne et grave se présenta ; il les salua, fit un compliment des mieux tournés, puis il dit :

— Je voudrais poser une question au mufti[60].

— Parle.

— *Efendi*, que dis-tu d'un homme qui a planté un arbre, l'a arrosé, en a pris tant de soin qu'il a verdi et fleuri, qu'il a produit des rameaux et des fruits. Quand les fruits sont mûrs et qu'il veut y goûter, voici qu'on l'en empêche. En a-t-on le droit ? Donne-moi une *fatwa* à ce sujet, et tu en seras récompensé.

— On ne peut l'en empêcher, répondit le mufti.

— Donne-moi une *fatwa* écrite de ta main à ce sujet, dit le vieillard.

Le mufti s'apprêtait à le faire, lorsque Mahmoud lui dit :

— Un instant, *efendi* ! Cela n'est pas permis : il s'agit d'un mage qui veut épouser sa fille[61]. Il a formulé sa question d'une manière équivoque, et il veut obtenir de toi une *fatwa* qui lui permette de répandre cette hérésie dans son pays en se prévalant d'une décision du cheikh El-Islam[62].

Mahmoud avait dit vrai ; on interrogea le vieillard qui commença par nier, puis, sous l'effet des coups, finit par avouer, et mourut sous le bâton. "Par Dieu, s'exclamèrent les assistants, tu es admirable, Mahmoud !" Mais ses oncles en conçurent de la jalousie : "Bientôt son père mourra, se dirent-ils, et c'est lui qui lui succédera ; nous, nous n'aurons rien."

Un jour, ils partirent à la chasse avec quelques mamelouks ; Mahmoud les accompagnait. Au bout de quelque temps, ce dernier se trouva face à face avec une gazelle ; il tenta de l'atteindre, mais elle lui échappa. Il la prit en chasse, suivi de ses oncles Talaa et Lamaa, et finit par la tuer. C'est alors que ses oncles décidèrent de le mettre à mort : Talaa s'approcha de lui par-derrière, le frappa de sa masse d'armes et le désarçonna. Lamaa se jeta sur lui, le garrotta et s'apprêta à lui trancher la gorge. Mahmoud, alors, demanda grâce ; ils se laissèrent fléchir. "Ne le tuons pas, se dirent-ils, enfermons-le dans cette caverne." Aussitôt dit, aussitôt fait ; ils l'entraînèrent dans une caverne qui se trouvait à proximité, l'y enfermèrent et l'immobilisèrent en lui posant une énorme pierre sur le dos. Ils comblèrent l'entrée de la caverne avec des pierres et allèrent rejoindre la troupe. On leur demanda où était Mahmoud ; ils répondirent qu'ils n'en savaient rien. On le chercha en vain jusqu'au soir. Ils rentrèrent apprendre la nouvelle à son père, qui envoya des cavaliers dans toutes les directions, sans plus de succès, si bien que l'on perdit tout espoir de le retrouver. Voilà pour eux.

Ecoutez maintenant ce qui arriva à Mahmoud avec un acrobate nommé Mahmoud le Ravageur. Ce dernier passait cette nuit-là en ce lieu, qu'il ne connaissait pas. Il faisait froid et la pluie tombait ; il s'assit à l'entrée de la caverne et, voyant les pierres entassées, se mit à dégager l'entrée. Une fois à l'intérieur, il entendit un gémissement ; il battit le briquet, alluma un rat-de-cave et vit Mahmoud qui gisait ligoté sous un quartier de roc. Il le dégagea, lui ôta ses liens et lui demanda qui il était. Alors, Dieu inspira à Mahmoud cette réponse :

— Je suis un mamelouk.

— Tu n'as vraiment pas de chance, on dirait, fit le Ravageur. Tu as dû bien exaspérer tes maîtres pour qu'ils te jettent ici !

Alors l'acrobate l'emmena avec lui de pays en pays, et lui enseigna le métier de lutteur forain. Ils finirent par arriver à Brousse où Mahmoud tomba malade ; son maître le laissa au hammam, où le *khawâja* Ali Ibn El-Warrâq le vit et l'acheta ; de là il l'emmena à Damas où il rencontra la Dame de Damas. Voilà son histoire.

Lorsque Dame Fâtmeh eut entendu ce récit, elle dit à Mahmoud : "Attendons la Fête[63]." Celle-ci eut lieu deux jours plus tard ; elle lui fit revêtir un habit d'apparat qui valait bien quatre cents pièces d'or. "Baïbars, lui dit-elle, les notables de Damas vont venir tout à l'heure nous présenter leurs vœux. Tu les recevras. – Bien", répondit-il.

Dans la matinée, les notables se présentèrent ; on avait apprêté une grande salle pour les recevoir.

Baïbars venait prendre chaque nouvel arrivant par le bras, l'introduisait dans la salle et lui offrait des friandises. Bientôt, tous les notables se trouvèrent réunis : il y avait le cadi, le mufti, le syndic des descendants du Prophète, le percepteur… On leur versa des rafraîchissements ; Baïbars se tenait lui-même à leur disposition. Il voulut faire venir les flacons de senteurs et les brûle-parfums ; "Attends !" lui dit sa mère. Elle lui remit alors un paquet d'étoffes de prix, sur lequel elle lui avait déposé une bourse contenant cinq cents pièces d'or, et lui dit de déposer le tout devant le cadi ; il s'exécuta. Quand il revint, elle lui donna un second paquet avec une bourse, qu'il déposa devant le mufti. L'opération se répéta, jusqu'à ce qu'il eut offert à chacun des assistants ravis le présent qui lui convenait.

C'est alors que Dame Fâtmeh entra dans la salle, enveloppée d'un voile qui laissait à peine paraître ses yeux. Elle les salua et ils se levèrent pour lui rendre son salut.

— O notables de Damas, fit-elle, savez-vous qui je suis ?

— Oui, répondirent-ils, tu es la Dame Fâtmeh, fille d'El-Aqwâssi, Dame de Damas.

— Vous me reconnaissez ?

— Comment ne te reconnaîtrions-nous pas ?

— Je ne suis ni malade ni diminuée, je n'ai pas la fièvre et je ne suis pas sous l'emprise de quelque drogue. J'ai acheté ce mamelouk, Baïbars, de mes deniers pour mon service, et je l'ai affranchi pour l'amour de Dieu. Tout ce que je possédais comme biens, propriétés, immeubles, or, argent, cuivre et plomb, je l'ai vendu à mon fils Baïbars que voici, pour une somme que j'ai touchée et que j'ai distribuée aux pauvres et aux malheureux[64]. Et maintenant, je n'ai plus rien ; s'il me nourrit, ce sera par pure bonté. Cadi, consigne cela par écrit.

Le cadi établit l'acte en présence de tous les notables et les nobles de Damas ; c'est seulement alors que l'on apporta les flacons de senteurs et les brûle-parfums, après quoi ils s'en allèrent. Le lendemain, les nobles se réunirent chez Charaf El-Dîn Issa El-Nâsser et lui racontèrent ce qu'avait fait la Dame de Damas pour Baïbars ; il n'apprécia guère ces dispositions et sa rancune contre Baïbars s'en trouva accrue. Voilà pour eux.

L'arme merveilleuse

Baïbars demeura près de Dame Fâtmeh, coulant des jours heureux ; un beau jour, Dame Fâtmeh lui dit : "Mon fils, si tu allais te promener dans les souks de Damas, profiter du spectacle et te distraire car, à Damas, les distractions ne manquent pas." Baïbars décida donc d'aller flâner dans les souks. Dame Fâtmeh lui sortit un vêtement de grand prix, dont il se revêtit.

"Comme tu es beau, mon fils !" s'exclama-t-elle en le voyant ainsi habillé. Elle lui donna une bourse de cinq cents pièces d'or, et il partit pour le souk, accompagné, sur l'ordre de sa mère, d'un esclave noir nommé Bulbul.

Baïbars marchait, les regards se fixaient sur lui, et les gens le montraient du doigt, disant : "Voici le mamelouk de Dame Fâtmeh, la Dame de Damas ; elle l'a affranchi et adopté, et elle lui a légué tous ses biens et ses revenus !" L'émir Baïbars cheminait, suivi de l'esclave, et toutes les fois qu'il croisait un pauvre, il lui donnait ce que Dieu lui suggérait. Il arriva ainsi au souk Jaqmaq où il trouva un vieux brocanteur opiomane assis dans sa boutique ; il se nommait le Hâjj Mohammad le Mangeur d'opium. Devant lui, une cafetière chauffait sur les braises, et il somnolait sous l'effet de la drogue.

Baïbars voulut lui jouer un tour ; il s'approcha, se mit en face de lui, leva le bras et le rabattit avec force, jetant pêle-mêle les braises, le café et tout ce qui se trouvait devant lui, et lui dit d'une voix forte : "Salut à toi !" Le Hâjj Mohammad sursauta violemment.

— Eh, que la mort t'emporte ! s'écria-t-il. Tu m'as gâché mon plaisir et tu as dissipé l'effet de l'opium !

— C'est ainsi que tu traites ceux qui te saluent ? fit Baïbars en éclatant de rire.

— Et qu'est-ce que tu veux, l'ami ? dit le Hâjj Mohammad.

— Je voudrais m'installer dans ta boutique, que nous nous amusions un peu.

— Retourne à tes affaires, mon garçon ! Ma boutique, c'est mon gagne-pain. Je suis peu porté à la plaisanterie et pas bien riche. Toi par contre, on voit bien que tu es un fils à papa et que ton père a du bien, tu n'as pas de souci et tu ne penses qu'à t'amuser pour passer le temps ! Tu m'as déjà causé assez de dégâts, tu m'as fait sursauter, tu as éparpillé les braises et renversé la cafetière, ça ne te suffit pas ?

— Laisse-le s'asseoir un moment chez toi, Hâjj Mohammad, lui dirent ses voisins ! Nous aimerions bien qu'il vienne chez nous, mais il ne veut s'installer que chez toi !

Et chacun d'inviter Baïbars à entrer chez lui, mais il leur répondait :

— Non, c'est chez ce vieil homme que je veux aller !

— Mon garçon, lui répondait le Hâjj Mohammad, ma boutique, c'est mon gagne-pain, je suis mangeur d'opium, laisse-moi tranquille !

Baïbars continua de l'importuner, et vint s'asseoir dans la boutique. Il sortit une pièce d'or, la donna à son esclave et lui dit :

— Va chercher de nouvelles braises et vingt *dirhems*[65] d'opium de premier choix. Hâjj Mohammad, dis-lui chez qui on peut en trouver du meilleur.

— Je vais le chercher moi-même, dit le Hâjj Mohammad, il ne trouvera pas.

— Comme tu voudras, répondit Baïbars.

Le Hâjj Mohammad s'en fut et Baïbars dit à son esclave : "Va chercher ce qu'il nous faut."

L'esclave s'en fut pour quelque temps. Le Hâjj Mohammad revint avec l'opium et dit à Baïbars : "Bienvenue à toi, mon fils ! ta venue est une bénédiction ! Mets-toi donc à ton aise."

Baïbars était installé, quand passa un vendeur de petits pâtés ; l'émir Baïbars le héla et, lorsqu'il fut entré, lui dit : "Pose ton plateau devant le Hâjj Mohammad." Baïbars prit tous les pâtés et donna une pièce d'or au vendeur qui lui dit :

— Seigneur, je n'ai pas la monnaie.

— Garde tout, je ne veux pas la monnaie.

— Que Dieu te le rende ! fit le vendeur en s'en allant.

— Mais que vas-tu faire de tous ces pâtés ? demanda le Hâjj Mohammad.

— Mange, donnes-en à tes voisins et prends le reste pour ta famille !

— Que Dieu te garde pour le bonheur des tiens ! fit le Hâjj Mohammad.

Il lui donna son propre coussin et l'invita à s'y asseoir. L'esclave revint, apportant les braises et le café, le Hâjj Mohammad apprêta le feu, fit bouillir le café, s'enfourna une bonne dose d'opium, versa le café à Baïbars et ils se mirent à deviser. Tous les habitants de la ville qui passaient près d'eux montraient Baïbars du doigt en disant : "Voilà celui qui a hérité de tout l'argent et de tous les biens de Dame Fâtmeh."

Chaque fois qu'un vendeur passait par là, Baïbars lui achetait toute sa marchandise ; il mangeait, il en offrait au Hâjj Mohammad et à ses voisins et lui disait : “Prends le reste pour ta famille.”

Voyant cela, le Hâjj Mohammad dit à Baïbars : “Mon fils, viens donc ici tous les jours, ma boutique est un lieu d'agrément et ce souk est très fréquenté, tu verras passer les plus beaux garçons du pays, et, s'il t'arrive quelque aventure, mon garçon, ma maison est vide… Demain, je t'apporterai un coussin et un oreiller.”

Baïbars sourit à ce propos ; ils continuèrent de bavarder jusqu'à midi ; Baïbars envoya l'esclave acheter des brochettes pour le déjeuner, et ils mangèrent ensemble ; lorsqu'ils furent rassasiés et se furent lavé les mains, la joie du Hâjj Mohammad faisait plaisir à voir. Il se mit à débiter des plaisanteries à Baïbars, car c'était un joyeux luron.

Sur ces entrefaites arriva un Bédouin qui demanda au Hâjj Mohammad s'il avait des briquets.

— Voilà, répondit-il, et il lui en tendit un.

— Ça fait combien ?

— Trois *paras*[66].

— Je t'en donne deux.

— Prends-le pour rien, dit Baïbars, je t'en fais cadeau !

— Que Dieu te le rende, et qu'Il te garde ! répondit le Bédouin qui partit avec son briquet.

Mais le Hâjj Mohammad se mit en colère :

— Je l'ai payé deux *paras* ! De quoi te mêles-tu ? protesta-t-il.

Baïbars sortit une pièce d'or et la lui donna.

— Qu'est-ce que c'est que ça ? demanda le Hâjj Mohammad.

— C'est le prix du briquet.

— Eh bien, fais-moi encore quelques ventes comme celle-là !

Baïbars resta à plaisanter avec le Hâjj Mohammad jusqu'à la fin de l'après-midi. Au moment de partir, il sortit une poignée de pièces d'or et la lui donna en disant : "Prends-les pour améliorer ta condition !" ; puis il s'en alla. Le Hâjj Mohammad ferma sa boutique et rentra chez lui ; une fois arrivé, il se mit à plaisanter et à jouer avec ses enfants.

— Dieu soit loué ! Qu'as-tu aujourd'hui à être aussi gai ? lui demanda sa femme. Est-ce que Dieu t'aurait procuré quelque bonne affaire ?

— Aujourd'hui, il s'est présenté chez moi le fils d'un riche marchand étranger ; il est rentré à la boutique jusqu'au soir, il a bien dépensé quatre ou cinq pièces d'or, et, en partant, il m'en a encore donné une poignée, il y en a bien cinquante !

— Tâche de te montrer complaisant avec lui, pour qu'il revienne tous les jours, dit-elle. Et ne lui dis pas trop de bêtises, contrairement à ton habitude !

— C'est un garçon pas fier : aujourd'hui je l'ai blagué plusieurs fois et il l'a bien pris, répondit-il.

Ils allèrent se coucher, et, le lendemain, sa femme l'éveilla de bon matin, lui donna deux oreillers et deux coussins et lui dit de les mettre dans la boutique. Il les prit avec lui, et, quand il arriva à la boutique, il l'ouvrit, la balaya et la prépara ; il alluma du feu, fit bouillir le café et attendit Baïbars.

Quant à ce dernier, voici ce qui lui était arrivé : lorsqu'il était entré chez Dame Fâtmeh, elle l'avait serré sur son cœur, en disant : "Tu m'as bien manqué, lumière de mes yeux !" et l'avait embrassé sur le front et fait asseoir à la place d'honneur. "J'espère que tu as pris du bon temps, dit-elle.

— Oui, sans doute.

— Où es-tu allé, raconte-moi ?

— Je suis allé chez un vieillard nommé le Hâjj Mohammad le Mangeur d'opium, et je me suis vraiment bien amusé, mère, car c'est un joyeux drille et un gai luron !

— Que Dieu t'épargne peines et difficultés !"

Le lendemain, Baïbars déjeuna, remplit ses poches d'argent et dit à l'esclave : "Allons voir notre ami le Hâjj Mohammad le Mangeur d'opium !" Ils se mirent en route et arrivèrent à la boutique du Hâjj Mohammad, au souk Jaqmaq ; en les voyant arriver, il se leva d'un bond et leur dit : "Bienvenue, bienvenue ! Ta venue est une bénédiction !" Il prit Baïbars par le bras, le fit asseoir sur le coussin, et lui servit une tasse de café. Baïbars plaisantait avec lui et se comportait tout comme la veille ; le soir venu, il lui donna une poignée de pièces d'or, puis s'en fut raconter le tout à Dame Fâtmeh. "Que Dieu t'épargne les peines de l'existence !" lui dit-elle.

Plusieurs jours passèrent ainsi : Baïbars se rendait chez le Hâjj Mohammad et lui donnait de l'argent ; celui-ci finit par en avoir beaucoup. Un jour que Baïbars était assis dans la boutique du Hâjj Mohammad, plaisantant avec lui comme à l'accoutumée, un courtier passa ; il tenait à la main une masse de fer à six faces, qu'il vendait aux enchères.

— Cinquante-cinq, qui dit mieux ? criait-il. Soixante et la masse est à lui !

— Donne-moi cette masse que je l'examine, fit Baïbars.

L'autre la lui tendit : c'était une masse à six faces dont chacune présentait à son tour six facettes, avec quatre attaches, le tout coulé d'une seule pièce. "Qu'est-ce donc ?" se demanda Baïbars, intrigué.

Il se retourna pour montrer l'objet au Hâjj Mohammad, mais celui-ci somnolait. Baïbars lui jeta la masse sur les genoux ; l'autre sursauta si violemment que son turban se retrouva au milieu de la rue, tandis que Baïbars suffoquait de rire.

— Qu'est-ce que c'est que ça ? demanda le Hâjj Mohammad.

— C'était dans les mains du courtier, et j'ai bien envie de l'acheter, répondit Baïbars. Combien est-ce que ça peut valoir ?

— Où en sont les enchères ? demanda le Hâjj Mohammad.

— A cinquante-cinq, répondit le courtier. Réfléchis bien, mon gars !

— Tu me la laisses pour soixante ?

— Puisse-t-elle te porter chance !

L'émir Baïbars sortit soixante piastres et les donna au courtier.

— C'est soixante *paras*, pas soixante piastres ! protesta-t-il.

— Je te les ai données, je ne les reprends pas ! répondit Baïbars.

— Eh, donne-lui ses soixante *paras* et verse-moi la différence ! dit le Hâjj Mohammad.

— Hâjj Mohammad, laisse-moi faire le bien ! par Dieu, je ne reprendrai rien.

— Eh bien, que Dieu te le rende et qu'Il exauce tes vœux, répondit le courtier.

Or, cette masse appartenait à un paysan de la région de Damas : un jour qu'il labourait, le soc de sa charrue resta pris. Il alla voir ce qui le bloquait et trouva cette masse enfouie dans la terre ; il la dégagea et se dit : "Demain je descendrai à Damas, je la vendrai pour quelques *paras* et je ferai quelques emplettes pour les miens." Quelques jours plus tard, il descendit donc à Damas, confia la masse au courtier et se tint à l'entrée du souk sans le perdre de vue. Lorsque le courtier eut conclu le marché avec Baïbars et touché les soixante piastres, il revint près du paysan, lui dit : "Donne ta main !" et lui remit cinquante-cinq *paras*, en lui disant : "J'en ai tiré soixante *paras*, j'en garde cinq pour moi, et voilà les cinquante-cinq qui te reviennent." Le paysan les prit et s'en fut.

Le courtier rentra chez lui, acheta de la viande et du riz, prépara toutes sortes de plats et décida : "Je n'irai pas au souk tant que je n'aurai pas dépensé tout cet argent." Car telle est l'habitude des pauvres, lorsque le Seigneur leur accorde plus que leur subsistance quotidienne ; le riche, lui, plus il gagne d'argent, plus sa cupidité augmente, et ses soucis également ! Voilà pour ce qui est du paysan et du courtier.

Quant à Baïbars, il soupesa la masse et dit au Hâjj Mohammad :

— Quel drôle d'objet ! à quoi peut-il bien servir ?

— Je n'en sais fichtre rien ! Va donc le montrer aux forgerons.

Baïbars se rendit au souk des forgerons, et montra l'objet à tous ceux qui se trouvaient là. "C'est une sorte d'arme, lui répondirent-ils, mais nous n'en avons pas souvent vu de pareille. Tu trouveras à l'entrée du souk un armurier persan qui saura t'en dire plus." Baïbars se dirigea donc vers la boutique du Persan et le salua ; l'autre lui rendit son salut. "Regarde-moi cette masse, lui dit Baïbars en persan (car il parlait fort bien cette langue, étant lui-même persan d'origine), et dis-moi ce que c'est."

L'autre faillit perdre l'esprit en la voyant.

— Où l'as-tu trouvée ? demanda-t-il.

— Je l'ai achetée.

— Pour combien ?

— Pour soixante piastres.

— Tu ne veux pas faire un beau bénéfice et me la vendre à cent piastres ?

— Je ne la vends pas ; si c'était pour la revendre, pourquoi l'aurais-je achetée ?

— Deux cents piastres !

— Je ne vends pas.

Le Persan monta jusqu'à vingt pièces d'or de bénéfice net, en sus du prix d'achat. "Tu me remplirais Damas d'or que je ne vendrais pas !" lui dit enfin Baïbars. "Ce doit être un objet bien extraordinaire, pour qu'il m'en propose un tel prix", pensait-il.

Alors le Persan fondit en larmes.

— Pourquoi pleures-tu ? lui demanda Baïbars.

— Sache que cette masse se nomme le *lett* de Damas ; elle est l'œuvre de Doummar, fils du roi Sayf Dhou-l-Yazal[67]. Je viens de Samarcande, où je suis grand armurier du roi. Or, celui-ci a lu dans un livre ancien qu'en notre temps apparaîtrait à Damas le *lett* de Doummar, qu'il se vendrait au souk et que celui qui l'achèterait deviendra roi d'Egypte, de Syrie et de tous les pays d'Islam, et Protecteur des Villes saintes. C'est pourquoi le roi de Samarcande m'a envoyé à Damas, afin de guetter son apparition et de l'acheter en son nom, pour que ce soit lui qui devienne Protecteur des Villes saintes. Voilà dix-sept ans que je suis là à attendre, mais la chance a été avec toi. Comme on dit : "La moisson ne va pas à ceux qui la récoltent, mais à ceux qui la partagent." Mon attente a été vaine et c'est pour cela que je pleure.

— Nettoie-le que je le voie mieux, dit alors Baïbars.

— Je le ferai cette nuit, viens le prendre demain.

— Non, fit Baïbars, je veux que tu le nettoies en ma présence, j'y tiens trop pour te le laisser.

— Ne crains rien, le sort te l'a attribué et il doit de toute façon te revenir, quand bien même il serait enfoui au fond de la mer. Par le Dieu unique, le Très-Haut, le Tout-Puissant, qui voit et entend tout, je ne tenterai pas de lui en substituer un autre.

Baïbars partit tout joyeux flâner jusqu'au soir dans les souks de Damas.

Quand il rentra chez lui, la Dame de Damas se porta à sa rencontre et, l'embrassant, elle lui demanda comment il avait passé sa journée :

— Espérons que tu t'es bien amusé.

— Comme tu le souhaitais, mère.

Ils s'installèrent pour la soirée. Le lendemain matin, l'émir Baïbars fit ses ablutions, pria et, dès l'ouverture du souk, partit avec l'esclave pour la boutique du Persan. Celui-ci avait nettoyé le *lett* et l'avait placé sur un siège. Les gens, en rangs serrés, l'admiraient. Baïbars et le Persan se saluèrent. Baïbars s'assit près de la boutique et le Persan lui remit le *lett* : un vrai joyau, étincelant comme un miroir. Il le posa sur la balance : il pesait dix *ratls*[68] de Damas. Baïbars prit une poignée de pièces d'or qu'il donna au Persan :

— Patron, lui demanda-t-il, que lui manque-t-il encore ?

— Va chez l'orfèvre, fais-lui faire des chaînes et fais-le incruster d'or.

— En quoi ferai-je les chaînes ? or, argent, cuivre ?

— Le cuivre est cassant, l'or est malléable et l'argent entre les deux : ni cassant ni malléable, fais-les donc en argent plaqué d'or d'une longueur de trois coudées ; car on dit que lorsque Doummar fit le *lett* il y mit des chaînes de sept coudées et il pesait vingt-sept *ratls* de Damas.

[Le transmetteur a dit :] Baïbars se dirigea donc vers le souk des orfèvres et entra dans la boutique du chef de la corporation.

— Fais-moi pour mon *lett* quatre chaînes d'argent plaqué d'or, longues de trois coudées chacune, lui dit-il[69].

— Cela va faire beaucoup d'or, seigneur, répondit l'orfèvre.

— Ne t'inquiète pas, fit l'émir Baïbars, je te donnerai tout ce qu'il faudra.

L'autre se mit au travail, et Baïbars s'en retourna chez le Hâjj Mohammad le Mangeur d'opium qui se leva pour l'accueillir. "Tu nous as manqué aujourd'hui !" lui dit-il. Baïbars lui raconta l'histoire du *lett* et ils plaisantèrent ensemble jusqu'au soir. Après avoir prié à la mosquée, il rentra chez Dame Fâtmeh.

Le lendemain matin, l'émir Baïbars se réveilla de mauvaise humeur et s'en alla arpenter les souks de Damas jusqu'à la mosquée des Omeyyades. Il entra, fit la prière de midi, et comme il sortait, il entendit les gens qui parlaient de lui : "Il a acheté du fer qui s'est transformé en joyau." Il partit chez l'orfèvre – l'histoire circulait dans tout Damas – et quand il arriva, le *lett* était prêt : une pure merveille.

Les gens se bousculaient pour l'admirer et chacun y allait de son commentaire : "Il y en a pour quatre *ratls* d'argent et deux d'or..." Baïbars versa à l'orfèvre le prix de son travail ainsi que celui de l'or et de l'argent. Il prit le *lett*, le fixa par ses chaînes à sa ceinture, laissant pendre la masse sous son manteau.

Cette arme faisait partie de la panoplie des truands : ils la lançaient, et, le coup donné, la ramenaient grâce aux chaînes qu'ils gardaient en main.

L'émir Baïbars revint chez Dame Fâtmeh. Quand il entra, elle entendit tinter quelque chose sous son manteau et lui dit :

— Qu'as-tu là-dessous, mon enfant ?

— Regarde mon manteau ! s'écria-t-il, et il lui lança le *lett*, mais le retint par les chaînes au moment où il allait l'atteindre. Voyant cela, Dame Fâtmeh lui dit :

— Mais mon enfant, c'est une arme de voyou ! Tu es un garçon élégant, de famille noble, qu'as-tu besoin de cela ?

— Mère, mais j'en suis fou !

— Alors qu'il te porte chance, s'il plaît à Dieu, dit-elle, tant elle l'aimait. De ce jour, Baïbars ne sortit plus en ville sans le *lett* de Damas sous son manteau. Il se rendait chaque jour à la boutique du Hâjj Mohammad, le Mangeur d'opium, et s'amusait avec lui. Le soir il allait à la mosquée pour la prière et rentrait.

Il en alla ainsi jusqu'à certain jour où, assis à l'accoutumée dans la boutique du Hâjj Mohammad, il vit arriver le courtier qui lui avait vendu le *lett.* Il proposait deux cordes unies par une pièce de cuir, en forme de V.

— Deux piastres, premier prix ! cria-t-il.

— Qu'est-ce que c'est, mon oncle ? demanda Baïbars au Hâjj Mohammad.

— C'est une arbalète à jalet, une arme qui n'a plus beaucoup d'amateurs aujourd'hui, Dieu nous ramène ce bon vieux temps !

— Et ce sac, qu'y a-t-il dedans ?

— Des projectiles qu'on appelle jalets ; ils sont faits de glaise cuite passée à la graisse bouillante.

Baïbars héla le courtier et lui dit :

— C'est toi qui m'as vendu la masse il y a quelques jours.

— Non ce n'est pas moi, frère.

— Mais si, c'est toi, je t'en ai même donné soixante piastres.

L'autre jura ses grands dieux[70] qu'il n'avait jamais vendu de masse, qu'il n'en avait jamais vu et n'avait pas touché soixante piastres.

— Eh l'homme, lui dit Baïbars, tu as touché soixante piastres mais elle vaut davantage et je veux te verser la différence.

— En ce cas, c'est bien moi qui te l'ai vendue !

— Alors, tu ne prêtes plus le serment de répudiation, maintenant ?

— Oh, tu sais, ma femme est vieille, elle ne peut plus avoir d'enfants et je ne couche plus avec elle.

— Qu'as-tu à vendre ? s'esclaffa Baïbars.

— Une arbalète à jalet, seigneur.

— Combien ?

— Deux piastres avec le sac à jalet.

Baïbars aperçut alors un vieux paysan qui observait de loin.

Le prenant pour un mendiant, il l'appela (car c'était son habitude, lorsqu'il apercevait un pauvre qui le regardait de loin, de l'appeler pour lui donner quelque argent). Voyant qu'il ne s'en allait pas, il crut qu'il n'était pas content de ce qu'il lui avait donné et lui dit : "Mon oncle, c'est ce que notre seigneur t'a accordé." Le paysan dit : "Seigneur, que Dieu te le rende ! Je reste ici pour voir sur quelle somme vous allez vous mettre d'accord, vu que l'arbalète est à moi et d'ailleurs c'est moi qui t'ai vendu la masse il y a quelques jours pour cinquante-cinq *paras*." A ces mots, l'émir Baïbars se tourna vers le courtier et lui dit : "Misérable ! homme sans foi ! Tu ne lui as donné que cinquante-cinq *paras* et tu as gardé les soixante piastres pour toi !" Lui arrachant l'arbalète et le sac à jalet, il lui dit : "Va-t'en ! Je vais payer l'arbalète à son propriétaire." Le courtier s'en fut, tout penaud, et Baïbars donna trente pièces d'or au paysan, lui disant : "Voilà pour la masse et pour l'arbalète." Le paysan les prit, s'en alla, en le couvrant de bénédictions. Baïbars mit l'arbalète en bandoulière et retourna chez sa mère, Dame Fâtmeh. Quand elle le vit, elle dit à ses servantes : "Acclamez mon fils car ce qu'il apporte est l'ouvrage des grands rois."

S'adressant à Baïbars, elle lui dit : "Par Dieu, voilà un insigne royal, mon enfant, c'est l'œuvre du roi Bahrâm Joûr qui régnait en Perse. Il avait un fils faible d'esprit qui restait toujours figé à la même place et lui confectionna une arbalète à jalet. Le fils du roi s'asseyait dans le bâtiment du conseil, les oiseaux venaient se poser sur les murs et dans les arbres, et il les tirait à l'arbalète. Dès qu'un oiseau tombait à terre, le fils du roi, dont la sottise avait découragé toutes les tentatives paternelles, courait le ramasser, prompt comme l'éclair. Si vif est le plaisir de la chasse !"

Entendant sa mère tenir ces propos, Baïbars lui dit : "Mère, sais-tu comment on s'en sert ?" La question de Baïbars l'amusa fort et elle lui répondit :

— Mon enfant, comment m'appelle-t-on ?

— Dame Fâtmeh, fille d'El-Aqwâssi[71].

— Eh oui, c'est parce que mes ancêtres fabriquaient des arcs !

Baïbars se prit de passion pour l'archerie.

— Mère, dit-il, je veux apprendre cet art !

— Pourquoi pas, mon enfant ?

— Et qui me l'enseignera ?

— C'est un art qui a ses maîtres, ils ont leur cheikh et leur syndic.

— C'est avec eux que je veux apprendre.

— Justement, répondit-elle, mon frère Ahmad est le champion de tir de la ville de Damas.

Elle envoya sur-le-champ chercher son frère Ahmad fils d'El-Aqwâssi. Quand il arriva, elle vit qu'il était ivre, lui qui avait déjà des cheveux blancs. Elle attendit que se dissipe son ivresse et lui dit : "Frère, ne crains-tu pas Dieu ? Ne devrais-tu pas te repentir sans tarder, toi dont la barbe est déjà blanche ? Mais tu persistes dans ton inconduite ! Qu'auras-tu à répondre le jour où tu comparaîtras face au Créateur – loué et exalté soit-Il –, au jour de tristesse et de repentir ; dis, que répondras-tu ? Repens-toi, tant que la porte du repentir est encore ouverte, Dieu ne rejette point son serviteur repentant." Elle le réprimanda et l'exhorta de la sorte jusqu'à ce qu'il lève la tête vers elle et lui dise : "Sois témoin, ma sœur, que je me repens devant Dieu, et que je fais serment de ne plus jamais boire de vin ni de boisson enivrante." Son repentir était sincère et il regretta le temps passé. Sa sœur lui dit alors : "Frère, du moment que tu t'es repenti, que ton repentir est sincère, et que tu ne retourneras pas à ton vice – comme je te le demandais depuis longtemps – maintenant donc, si Dieu le veut, le moment est venu. Tu ne retourneras plus chez toi que le vendredi soir. Reste chez moi, je pourvoirai à ta nourriture, ta boisson, tes vêtements ainsi qu'aux besoins de ta famille. Veille sur mon fils Baïbars ; où qu'il aille, accompagne-le et prends soin de lui. Et je veux que tu lui

apprennes à tirer à l'arbalète, tel est son désir.
– Sur ma tête et mon œil", répondit Ahmad.

[Le transmetteur a dit :] Du fait de son intempérance, Ahmad était dans une très triste situation. Il avait dépensé tout son bien. Le voyant dans cet état, sa sœur ne lui donnait rien ouvertement, mais elle envoyait chez lui tout le nécessaire : farine, beurre, blé concassé, sans qu'il s'en rendît compte. Mais il persistait dans son vice nuit et jour. Quand il revint de son égarement, il vit qu'il ne lui restait plus rien et que pas un de ceux pour qui il avait autrefois dépensé son argent ne daignait encore le saluer. Alors il se repentit, mais trop tard. Quand sa sœur l'envoya chercher et lui tint ce discours, cela lui fut salutaire comme le remède au malade. Il s'installa chez sa sœur Dame Fâtmeh en qualité de mentor de Baïbars, alors qu'il était auparavant son maître. Voilà bien les vicissitudes du sort et bien fol qui s'y fie ! Et Baïbars en avait été un bel exemple, avant Ahmad Ibn El-Aqwâssi, lui qui, de fils de roi, devint mamelouk.

Quand de la Providence sur toi l'œil est fixé
dors en paix, car tu es à l'abri du danger.

[Le transmetteur a dit :] Ahmad fils d'El-Aqwâssi passa son temps avec Baïbars dans la grande salle, lui apprenant à tirer. La première fois que Baïbars prit l'arbalète en main, il mit le jalet en place et décocha, la corde le blessa cruellement au pouce. Ahmad lui dit alors : “Mets ta main sur le côté de l’arbalète.” Il lui montra comment faire. Dès lors Baïbars en fit son occupation principale : jour et nuit il s’entraînait au tir à l’arbalète sous la direction d’Ahmad qui lui disait : “Tiens bien ceci, manipule l’arme avec soin ; fais comme ceci ou comme cela.” L’entraînement se poursuivit ainsi quatre mois, tant Baïbars témoignait d’ardeur. A la fin, Baïbars était capable d’écrire sur le mur ce qu’il voulait avec son arbalète. Ahmad lui dit : “Dieu te conserve en vie, mon fils !”, puis il prit l’arbalète et se mit à dessiner sur le mur le sceau de Salomon, une étoile à cinq branches, et dit à Baïbars :

— Mon fils, peux-tu en faire autant ?

— Regarde ! A la grâce de Dieu, le Très-Haut !

Il saisit l’arbalète et dessina une étoile à huit branches. “Très fort, mon garçon, dit Ahmad, maintenant tu sais tirer. Il te reste pourtant un tour à apprendre et c’est celui qui vaut au meilleur tireur sa robe d’honneur. – Quel tour, mon oncle ?” demanda Baïbars. Ahmad prit l’arbalète et se mit à tirer. Il écrivit en rond sur le mur la *basmala*[72]. A son tour Baïbars prit l’arbalète et inscrivit dans le cercle la sourate *El-Ikhlâs*[73] sans en omettre un point. Impressionné, Ahmad lui dit : “Je te remets à la protection de Dieu, mon garçon ! Te voilà devenu plus fort que moi.” Il envoya chercher sa sœur Fâtmeh pour lui montrer ce qu’avait écrit Baïbars ; elle donna à son frère Ahmad une bourse de cinq cents pièces d'or. Elle était ravie de savoir que son frère coulerait désormais des jours heureux.

A présent, Baïbars allait tous les jours flâner avec Ahmad dans les souks de Damas ; le soir, ils rentraient chez eux. Un matin, alors qu'ils étaient tranquillement assis, un homme entra. Après les salutations, il dit à Ahmad :

— Le cheikh de la corporation, le syndic et les tireurs te saluent et t'invitent à te joindre à leur assemblée chez Ahmad El-Qanawâti. Ils ont l'intention de faire un concours de chasse à l'Etang aux Roseaux.

— Salue de notre part le cheikh de la corporation, le syndic et les tireurs et dis-leur de venir ici demain de bon matin, répondit Ahmad ; je les recevrai et nous procéderons à l'admission solennelle d'un nouveau membre.

L'homme partit transmettre la nouvelle à l'assemblée et au cheikh. Ils furent tous d'accord. Baïbars demanda à Ahmad :

— Qui est cet homme qui est venu te trouver ?

— C'est le prévôt, car cette corporation est autonome, elle a son cheikh, son syndic, ses cérémonies d'admission et de prestation de serment, ses traditions. Maintenant ils veulent organiser le concours de chasse.

— Et comment procèdent-ils ?

— Il y a quarante tireurs et dix sortes d'oiseaux. On attribue à chaque groupe de quatre tireurs une sorte d'oiseau. Au jour dit, ils partent pour la Ghouta[74] ; il s'y trouve un grand étang où confluent les rivières de Damas : c'est l'Etang aux Roseaux. Toutes sortes d'oiseaux viennent passer la nuit au milieu des roseaux. Vers la fin de la nuit, les tireurs partent et, à l'aube, la chasse commence. Chaque tireur a un rabatteur qui va débusquer les oiseaux dans les roseaux ; ils s'envolent en poussant chacun leur cri. Dans l'obscurité, les tireurs reconnaissent l'oiseau qui leur est attribué à son cri et ne le tirent que si c'est le leur ; celui qui se trompe d'oiseau commet une faute et il doit alors recevoir chez lui toute la corporation. Cela dure jusqu'à ce que les quarante tireurs ramènent leurs oiseaux. Le jour suivant, le champion des tireurs part avec quarante jalets, pas un de plus, avec lesquels il doit atteindre quarante oiseaux, quatre par espèce : s'il ne réussit pas, on le destitue.

Voilà qui impressionna Baïbars. Il partit avec Ahmad trouver Dame Fâtmeh. Ils l'informèrent de l'invitation et elle se mit à préparer une réception splendide. Le lendemain les tireurs arrivèrent. Ahmad les accueillit, les installa aux places d'honneur et ils se mirent à parler de chasse – car, en ce temps-là, les gens étaient nombreux à se passionner pour la chasse, aujourd'hui ils préfèrent le trictrac, les dominos et les cartes ; gloire à Celui qui fait se succéder les nations ! On apporta ensuite les tables servies et ils mangèrent à satiété ; on desservit, on se lava les mains – prions, vous et moi, sur Tâhâ le prophète, le guide ! –, Ahmad s'adressa au cheikh des tireurs :

— Maître, je désire procéder à l'admission de Baïbars en votre présence.

— Pour sa première sortie, répondit le cheikh, prenons-le comme rabatteur ; dans quelque temps, nous l'admettrons comme tireur.

— Cheikh, il mérite d'être admis comme tireur, je m'en porte garant.

Ils récitèrent la *Fâtiha* et l'admirent solennellement comme tireur. “Il lui faut un rabatteur”, dirent-ils. Le syndic se proposa. Dame Fâtmeh fit apporter leurs robes d'apparat au syndic, au prévôt et à tous les tireurs, et on déposa devant chacun sa robe ; mais le mamelouk se trompa et intervertit les robes du syndic et du prévôt ; ce que le syndic n'apprécia guère car l'autre robe était plus richement ornée. Le lendemain, ils se réunirent et partirent ensemble pour l'Etang aux Roseaux. Les tireurs se mirent en ligne. “Prenez garde, dit l'un d'eux, une hyène est cachée dans les roseaux ! On l'a déjà vue plusieurs fois.” Baïbars fut le premier à s'avancer pour tirer. Le syndic pénétra dans les roseaux pour rabattre les oiseaux qui, effrayés, s'envolèrent. A cet instant, le syndic se mit à glapir comme une hyène, pensant que Baïbars, effrayé et troublé, manquerait l'oiseau qui lui était assigné et en atteindrait un autre. En entendant le cri, Baïbars pensa que c'était la hyène et il décocha dans sa direction un jalet qui partit droit dans l'œil du syndic et le lui creva. L'autre sortit des roseaux en hurlant : son œil lui coulait sur la joue. Les tireurs l'entourèrent et lui demandèrent :

— Qui t'a tiré dessus ?

— Baïbars !

— Pourquoi lui as-tu tiré dessus ? demandèrent-ils à Baïbars.

— Quand je l'ai entendu crier, j'ai cru que c'était la hyène.

Ils le laissèrent et se remirent à tirer selon leur règlement. A la fin vint le tour d'Ahmad. Ils lui dirent :

— A toi, champion !

— Baïbars, que je parraine, me remplacera cette fois.

Baïbars s'avança, on lui donna une arbalète et quarante jalets. Ahmad rabattit pour lui trente-neuf oiseaux qu'il atteignit sans faute. Il lui restait un jalet qu'il décocha ; le jalet se fendit en deux et il eut la bonne fortune d'abattre deux oiseaux, ce qui fit quarante et un en tout. Voyant cela, les autres lui demandèrent :

— D'où vient le quarante et unième ?

— Mon dernier jalet s'est fendu en deux et j'ai abattu deux oiseaux.

On n'avait jamais vu ça ! Tous reconnurent alors que Baïbars méritait vraiment d'être nommé champion des tireurs de Damas. Ils lui décernèrent donc ce titre et le revêtirent de la robe d'apparat.

Ils reprirent la route de Damas et arrivèrent en vue de la maison de Dame Fâtmeh, fille d'El-Aqwâssi.

Quant au syndic, écoutez ce qui lui était arrivé. Voyant que personne ne prenait son parti contre Baïbars, il était rentré, criant au meurtre et à l'assassin et se répandant en lamentations, et s'était dirigé vers la demeure de Dame Fâtmeh, fille d'El-Aqwâssi. Lorsqu'il arriva, il lui dit : "Je vais porter plainte contre Baïbars auprès de Charaf El-Dîn et il me faudra son œil contre le mien." Elle lui demanda ce qui s'était passé et il lui raconta l'histoire. Elle l'assura de sa compassion et lui donna cinq cents piastres en compensation pour la perte de son œil. Le marché lui convint et il s'en alla. (Nous le retrouverons après le couronnement de Baïbars.)

Quant à ce dernier, il demeura chez Dame Fâtmeh et ne pensa plus guère à l'arbalète – quand on atteint ce que l'on désire, on n'en fait plus cas –, mais quand l'envie lui prenait, il partait s'exercer avec Ahmad.

Les joueurs de *hakam*

Entouré d'affection, l'émir Baïbars continua de couler des jours heureux. Un beau jour qu'il était assis devant la porte avec Ahmad, ils virent arriver des joueurs de *hakam*[75], portant bâtons et boucliers, qui s'en allaient faire une partie. Baïbars demanda à l'agha Ahmad El-Aqwâssi :

— Qui sont ces gens, mon oncle ? on dirait des bohémiens.

— Mais non, mon garçon, ce sont des joueurs de *hakam*, des musulmans pieux et honnêtes. Celui que tu vois à leur tête est leur chef et ils s'en vont jouer au café d'El-Amâra.

— Qu'est-ce que c'est que le *hakam* ?

— C'est un jeu qui demande de la finesse, de la précision et de l'agilité ; ses joueurs forment un corps organisé.

Baïbars bondit et cria à leur chef :

— Viens par ici, frère !

— Qu'est-ce que tu veux, compère ?

— Je veux savoir où vous allez jouer, les gars.

— Au café d'El-Amâra, à côté de Bâb El-Hadîd, près du pont.

— Le métier va bien, à ce qu'on dirait ! Combien touchez-vous ?

— Qu'est-ce que tu crois, compère ! ce que Dieu nous envoie. Un jour vingt, un jour trente, un jour quarante, à la grâce de Dieu ! Il faut savoir, frère, que les gens donnent aux joueurs et au patron du café selon leur générosité et ce que Dieu – loué et exalté soit-Il – leur inspire ; et nous, nous ramassons les piécettes car elles nous sont données pour l'amour de Dieu. Si elles nous étaient données pour notre jeu ou pour des paris, ce serait un péché – Dieu nous pardonne et nous affermisse et fasse que nous mourions dans la Foi, par la grâce de Celui que le nuage a protégé[76], le meilleur des humains, que la prière de Dieu soit sur lui !

[Le transmetteur a dit :] Les paroles du chef des joueurs plurent beaucoup à Baïbars car elles étaient sans prétention et bien tournées. Décidément, se dit-il, c'est à des gens comme lui que convient cet art. Tout homme habile en sa profession, si humble soit son rang, trouve à gagner sa vie. S'adressant au chef des joueurs, il lui dit : "Entre donc avec ta troupe faire chez moi une partie de *hakam*, que je puisse voir en quoi consiste ce jeu car de ma vie je ne l'ai vu et c'est la première fois que j'en entends parler. L'œil aime à voir ce qu'il n'a jamais vu et l'oreille à entendre ce qu'elle n'a jamais entendu. Et voici d'avance ta gratification", dit-il en sortant deux pièces d'or qu'il lui remit aussitôt. Cela réjouit tant le chef qu'il se mit à exulter et à crier : "*Châbâch ! Châbâch*[77] *!* Dieu vous le rende, *efendi*, seul est généreux celui qui l'est toujours et seul le bon à rien se montre avare !" Alors Baïbars et l'agha Ahmad entrèrent au palais et avec eux le chef des joueurs de *hakam* et toute sa troupe qu'ils installèrent dans la cour. Ils firent leurs préparatifs et commencèrent à jouer devant Baïbars. Au milieu de la partie, ils virent arriver cinq gaillards – de vrais lions ! – avec des moustaches semblables aux ailes de l'aigle, coiffés de turbans cramoisis portant sous leurs capes des gilets noirs à boutons d'argent et des sérouals de coupe algérienne[78]. Ils étaient ceints d'étoffes indiennes de Terma et portaient des manteaux écarlates brochés de fils d'or. Leurs bottes, qui venaient du souk de la Darwîchiyyeh, étaient cramoisies. A les voir, on eût dit autant d'Antar[79] ou de *fidaouis*. Les poignées de leurs coutelas étaient ornées d'or et d'argent. Ces cinq-là étaient les plus célèbres mauvais garçons de la ville de Damas et leur réputation n'était plus à faire. Le premier se nommait Moussa El-Sindi. C'était l'ancien de la troupe. Le second Sâlem El-Qanawâti, car il était de ce quartier. Le troisième se nommait Abou Bakr El-Jardaqâni car son père faisait des *jarâdeq* et des *barâzeq*[80]. Le quatrième se nommait Ali le Tailleur et le cinquième Ibrahim de Jannîn, car il était originaire de ce village proche de Naplouse. A peine entrés, deux d'entre eux ôtèrent leurs capes, prirent chacun un bâton et un bouclier, et crièrent au tambour : "Joue donc, toi !" Et ils se mirent à faire une démonstration éblouissante au roulement du tambour. Le chef des joueurs en demeura bouche bée. Baïbars, lui, se disait : "C'est après cela qu'il faut soupirer et non après les pièces d'or ou d'argent."

[Le transmetteur a dit :] Ils firent une démonstration complète des sept figures du *hakam*, des plus courantes aux plus rares. Le chef des joueurs s'exclama : "Que Dieu vous récompense de vos peines et à votre bon cœur, messieurs !" Les spectateurs se montrèrent généreux. "Que Dieu le rende au généreux et au pingre, reprit le chef, et n'êtes-vous pas tous généreux ! Dieu vous envoie Ses bénédictions !" Ils plièrent bagage, prirent congé de Baïbars, lui serrèrent la main, baisèrent celle d'Ahmad El-Aqwâssi et partirent. "Venez chaque jour jouer au *hakam* dans notre palais", dit Baïbars au chef de la troupe, et il lui donna encore deux pièces d'or. L'autre invoqua le ciel en sa faveur, le remercia pour ses bienfaits et s'en fut. Quant à Baïbars, il passa la nuit obsédé par le *hakam*. Le lendemain, le chef du *hakam* arriva, conformément au proverbe : Celui qui est content de sa paye a plus de cœur à l'ouvrage.

Ils refirent leur installation et se mirent à jouer. Au bout d'un moment arrivèrent les cinq gaillards dont nous avons parlé. A peine entrés, ils se mirent à jouer pour de bon : nul parmi les joueurs présents ne pouvait rivaliser avec eux dans le maniement du bâton et du bouclier. Ils firent une partie si éblouissante que tous les spectateurs en furent enthousiasmés. A la fin, le chef, invoquant le Premier des envoyés, cria : "A votre bon cœur, messieurs !" Baïbars lui donna quatre pièces d'or et congédia l'assemblée. Comme les cinq gaillards voulaient partir avec les autres, il leur dit : "Restez tous, les gars, vous êtes mes hôtes et j'ai affaire avec vous." Il leur fit apporter des sièges de bambou par les domestiques. Ils s'assirent, on fit passer les rafraîchissements et le café. Ils burent, en furent fort aises, louèrent le Créateur – qu'Il soit exalté ! Dès qu'il les avait vus, Baïbars s'était entiché d'eux, comme un jeune homme de la plus belle des femmes. Il ne pouvait plus détacher d'eux ses regards, son esprit en était ravi et possédé. Pour se gagner leur affection, il leur adressait les plus aimables propos de bienvenue. On dressa prestement le repas : la seule vue de la table était un enchantement. On les pria de prendre place. Ils mangèrent à leur faim, louèrent le Créateur – qu'Il soit exalté. On but encore du café et des rafraîchissements. Puis, Baïbars leur dit :

— Vous nous faites bien de l'honneur, les gars ! Votre présence est une lumière pour ma demeure.

— Que notre seigneur te garde longtemps pour notre plus grand bien, *efendi* !

— Puis-je me permettre de vous poser une question, sans vouloir vous offenser, dit Baïbars.

— Tout ce que tu voudras, beau jeune homme.

— Que faites-vous et où travaillez-vous ? Car j'ai pris grand plaisir à vous voir.

— Dieu te réconforte, toi et tous les musulmans ! Pour te répondre voici notre ancien qui est aussi notre porte-parole. Il est du Mîdân[81] et se nomme Moussa El-Sindi ; voici le second, Sâlem El-Qanawâti, du quartier de Qanawât, le troisième est Abou Bakr El-Jardaqâni de Châghour et le quatrième Sâlem de Bahsa et enfin Ali le Tailleur de Bâb El-Mousalla[82]. Pour ce qui est de nos occupations, nous n'avons ni métier ni capital et vivons de ce que Dieu nous envoie. Il pourvoit à nos besoins, comme Il pourvoit à ceux du ver caché dans la pierre.

— Grand Dieu ! Vous avez bien une occupation dont vous tirez votre subsistance !

— Prends n'importe lequel d'entre nous, répondirent-ils, jette-le en prison et torture-le de mille manières, il n'en avouera pas pour autant sa profession ! Tu voudrais bien savoir ce que nous faisons, mais nous ne pouvons te répondre. Ne connais-tu pas le vers :

Garde-toi des amis chaque jour que Dieu fait
et ne va pas surtout leur livrer tes secrets :
si de mes censeurs j'ai échappé à la dent
je n'ai jamais souffert que de mes confidents.

— C'est parce que je vous aime que je vous l'ai demandé, leur dit Baïbars. Dorénavant, nous sommes frères devant Dieu et celui qui trahit aura à Lui en rendre compte.

— C'est bon, dirent-ils, notre profession c'est d'être les plus fieffés coquins sur la place de Damas. Nous prélevons une taxe sur les gens ; ainsi, sur le propriétaire d'un verger nous prélevons un droit de garde, sur celui d'une vigne, un droit de veille, de même sur le propriétaire d'une boutique : sur chacun nous percevons une somme fixe. Ainsi le Vivant, le Subsistant pourvoit à nos besoins. Tous les gens de Damas savent qu'il faut compter avec nous : nul ne peut nous échapper et nous n'épargnons personne.

Baïbars comprit alors qu'ils étaient des truands, vauriens, recherchés pour meurtre morts ou vifs. Il leur demanda :

— Depuis combien de temps vivez-vous de brigandage ?

— Quelque chose comme vingt-cinq ans, seul le Seigneur des mondes le sait exactement.

— Combien avez-vous amassé pendant tout ce temps ?

— Peau de balle et balai de crin ! Même ces vêtements, que tout le monde envie, nous les avons empruntés. Seul celui qui ne nous voit pas de trop près dit : "J'en voudrais bien de pareils."

— Misère de misère ! s'écria Baïbars. Vous avez gaspillé vos plus beaux jours et courroucé Dieu et les hommes. Je m'en vais vous donner un bon conseil pour votre plus grand bien : repentez-vous sincèrement, abandonnez ces gains illicites qui ne durent pas et causeront votre perte.

— Tu as bien raison, mais nous n'avons ni métier ni fortune. Or, nous avons tous une famille à nourrir. Il nous faut trouver de quoi vivre avant d'abandonner la vie de truand, car, *efendi*, ne trouve pas du travail qui veut et vendre des gâteaux secs ou des amandes vertes sur un plateau de bois, ce n'est pas notre genre. Demander l'aumône, mendier ? Personne ne nous donnera rien ! De quoi vivrons-nous ? Comme dit le proverbe : On disait à un cheikh : Tu iras droit au paradis. Encore faudrait-il que je fasse ce qu'il faut pour cela, répondit-il.

Baïbars reprit :

— Si vous aviez la chance de trouver quelqu'un qui pourvoie à vos besoins et à ceux de vos familles, que diriez-vous ?

— Par Dieu, nous lui en serions bien reconnaissants et nous te baiserions les mains, le dos et même la paume ! Mais d'où nous viendrait cette bonne fortune ? Car les gens d'ici ne donnent rien, ne prêtent rien, ne confient rien en gérance à personne.

— Repentez-vous sincèrement et sans récidive et je vous fais mes frères en Dieu, devant notre seigneur Yahya[83] – la paix soit sur lui ; je vous nourrirai des meilleurs mets, vous vêtirai des plus beaux habits et vous donnerai tout l'or que vous voudrez, car, par la grâce du Créateur – qu'Il soit exalté –, ma fortune est grande.

— Dieu l'accroisse encore en puisant dans Ses coffres, qu'Il t'accorde la foi et exauce tes vœux, par Celui que le nuage ombragea !

Moussa El-Sindî s'adressa à ses compagnons et leur demanda : “Qu'en dites-vous, les gars ?” D'une seule voix et comme un seul homme ils répondirent : “Voilà ce qu'il faut faire et il n'y a rien à redire. Tout ce que nous voulons, c'est gagner notre vie honnêtement plutôt que par des moyens répréhensibles qui nous attirent la malédiction des gens et ne nous profitent pas. Mais nous ne voulons pas qu'il nous arrive comme au loup de la fable : on lui avait donné des moutons à garder et il se mit à pleurer. “Pourquoi pleures-tu ? lui demanda-t-on. – C'est trop beau pour être vrai”, répondit-il.

Baïbars reprit :

— Les gars, par Dieu le Très-Grand, le Créateur, le Subsistant, le Très-Haut, le Tout-Puissant, vous pouvez me croire sur parole, mais à une condition.

— Laquelle, *efendi* ? Dis-nous !

— Que vous m'appreniez à jouer au *hakam*.

— On croyait que ça allait être une affaire mais ce n'est pas difficile, dirent-ils en souriant.

— Allons, dit Baïbars, passez donc au hammam maintenant.

Il les emmena aussitôt. Ils se purifièrent complètement. Puis Baïbars les emmena à la mosquée des Omeyyades. Ils entrèrent, prièrent, récitèrent des versets du Coran, puis firent une station devant le tombeau de notre seigneur Yahya le Chaste et s'affrérèrent par un pacte solennel conformément à la coutume et à la règle.

Ils sortirent de la mosquée et Baïbars les emmena chez sa mère Dame Fâtmeh, fille d'El-Aqwâssi. Il entra, ouvrit un coffre-fort, donna à chacun cent pièces d'or :

— Prenez ça pour commencer, leur dit-il, et quand vous les aurez dépensées, revenez, je vous en donnerai d'autres. Et s'il vous faut du beurre, du charbon, du riz ou n'importe quoi, je vous en fournirai tant qu'il vous en faudra.

— Dieu te bénisse et que notre seigneur ne nous prive jamais de ta présence, par Muhammad et sa famille – la prière et le salut de Dieu soit sur lui.

[Le transmetteur a dit :] Ils s'installèrent chez Baïbars et chaque jour ils lui enseignaient les finesses du *hakam*. Ils faisaient les cinq prières derrière l'imâm. Baïbars fit des progrès rapides, et dépassa bientôt ses maîtres en adresse et en compréhension du jeu. Il leur en remontrait à tous.

Le défi du Colosse

Un jour qu'il était assis dans son palais, entouré de ses frères, la bande dont nous avons parlé, Baïbars dit :

— Frères, je suis de mauvaise humeur aujourd'hui ; que diriez-vous d'une promenade dans les rues de Damas ?

— Nous ferons ce que tu voudras, frère bienheureux !

On apporta le petit déjeuner, ils mangèrent, burent le café. Baïbars se leva et partit, suivi des cinq compagnons, flâner dans Damas. Les gens le montraient du doigt en disant : "Voilà celui qui tua naguère l'agha Saïd, esclave de Charaf El-Dîn. Depuis, Fâtmeh, fille d'El-Aqwâssi, l'a adopté. Par Dieu il en est digne, il a la place qu'il mérite !"

Baïbars répandait les pièces d'argent en aumônes aux pauvres qui le remerciaient en lui souhaitant longue vie. Ils continuèrent de la sorte jusqu'au pied de la citadelle, près de la pierre commémorative. Il vit un groupe de gens attroupés comme autour d'un saltimbanque. Baïbars fendant la foule s'approcha et vit une estrade à *hakam* au milieu de laquelle se tenait un jeune Egyptien. Il avait en main le bâton et le bouclier et apostrophait les gens, faisant autant de tapage qu'une troupe de djinns. On l'appelait le Colosse qui-a-du-sang-sur-les-mains et il criait : "Je défie les habitants de Damas et tous ceux qui tâtent du bâton et du bouclier ! Qui veut faire une partie de *hakam* et montrer de quoi il est capable ?" Il criait ainsi et personne dans l'assistance ne lui répondait. Baïbars s'approcha pour lui parler. "Laisse tomber, lui dit l'un des assistants, il est invincible au *hakam*. C'est un démon, ses bras sont de vraies ancres et ses jambes de vrais mâts. Il est chef palefrenier auprès de Charaf El-Dîn. Si quelqu'un joue contre lui ou lui adresse seulement la parole, il se met dans une colère noire et si la dernière heure de l'autre est proche, il le frappe et le tue, car il est plus méchant que ceux qui ont égorgé la chamelle[84]." Baïbars se dit : "Il faut que j'aille affronter ce fier-à-bras, car c'est un oppresseur et son tour viendra. Notre seigneur donne la victoire à qui Il veut." Baïbars s'adressa à l'agha Ahmad, fils d'El-Aqwâssi : "Mon oncle, je veux défier cet Egyptien et venger tout le monde, car c'est un fanfaron et tout fanfaron qui humilie les autres sera châtié avant sa mort." Ahmad lui dit : "Mon fils, j'ai peur pour toi, car ce Colosse est un démon et il a ses acolytes égyptiens, et surtout, c'est un homme de Charaf El-Dîn. – Laisse-le y aller, Ahmad, dit Ibrahim de Jannîn, et si la troupe du Colosse s'excite, on est là ! Il n'a rien à craindre, même si tous les gens de Damas se mettaient de la partie, nous saurions, si Dieu le veut, les repousser. Nous ne craignons pas la mort."

A ces mots, Baïbars s'approcha du Colosse, ferme comme un roc, et lui cria : "Chef, je te défie au combat !" Le Colosse répondit : "Holà, petit, occupe-toi de ce qui te regarde, tu es fou ou quoi ? Tu ne fais pas le poids devant moi ! Tu es tout juste bon pour le lit et le hammam : avec tes belles joues on dirait la fille de la maison !" Les propos du Colosse suscitèrent le courroux de Baïbars, les veines de son front se gonflèrent et il perdit tout contrôle de lui-même. Il hurla au Colosse :

— Fanfaron, à quoi bon parler à tort et à travers ? Cela ne te mène à rien. Si tu parles tant, c'est pour cacher que tu es un bon à rien. Le combat tranchera entre nous et on verra bien qui gagnera et qui perdra. Si tu sais jouer, allons-y !

— Voilà des bâtons et des boucliers, mais c'est une honte pour quelqu'un comme moi de se battre avec un jeunot comme toi, ça ne tient pas debout !

Baïbars s'avança, prit un bâton et un bouclier, mais le bâton était court alors que celui du Colosse était long. Baïbars lui dit :

— Il me faut un bâton comme le tien.

— Comment, un vrai joueur comme toi qui se permet de lancer des défis n'a même pas un bâton sous la main ?

Baïbars ne sut que répondre. Il regarda à gauche et à droite et aperçut dans l'assistance un vieillard éploré. Il avait tant versé de larmes que sa barbe en était toute mouillée. Il faisait signe à Baïbars de venir vers lui. Baïbars s'approcha et lui demanda :

— Que veux-tu, mon oncle ?

— Je pleure à cause de cet oppresseur inique qui a tué mon fils que je chérissais plus que tout. Je vais te donner un conseil, mon fils ! N'affronte pas cet ignoble assassin. Il y a quelques jours il a tué mon fils. Il n'a rien voulu entendre ; je suis allé me plaindre à Charaf El-Dîn, le pacha de Damas. Il n'a pas voulu recevoir ma plainte et mon fils a disparu comme s'il n'avait jamais existé. Je crains qu'il ne t'arrive malheur. Quelle pitié pour ta jeunesse !

— Mon oncle, répondit Baïbars, rien ne peut atteindre celui que Dieu protège ; qui ne périt pas par l'épée périt d'autre chose : les causes sont nombreuses, la mort est une.

Alors le vieillard sortit de dessous son manteau un bâton de cognassier long et épais comme un gourdin. "Prends-le et vas-y, je demande très humblement à Dieu qu'il te donne la victoire, par le Premier des envoyés." Baïbars prit le bâton et se jeta sur le Colosse, telle une panthère furieuse. Quand le Colosse vit que Baïbars avait reçu le bâton du vieillard, il lui cria :

— Petit ! Il y a quelques jours j'ai tué celui qui portait ce bâton. Je vais t'envoyer le rejoindre aujourd'hui et tu ne sortiras d'ici que porté à bras d'homme.

— Si Dieu le veut, je le vengerai, dit Baïbars, et je hâterai ta fin, maudite engeance !

Ces paroles suscitèrent la colère du Colosse qui, tout agité, dit à Baïbars :

— Garçon, alors c'est la guerre, pas de quartier !

— Assez bavardé, Colosse, au combat ! Je vois déjà la terre du tombeau sur tes yeux. Si tu ne portes pas tous les coups que tu peux porter, je te plante ma main et mon pied quelque part.

— Alors, garçon, c'est le combat à mort !

— Comme tu voudras !

— Avant tout, viens proclamer devant témoin que si je te tue je n'aurai pas à en répondre et personne ne pourra me poursuivre pour le prix du sang.

— Soit, dit Baïbars, et il cria du plus fort qu'il put : Bonnes gens de Damas et vous tous qui êtes ici présents, si le Colosse me tue, personne ne le poursuivra en justice pour obtenir le prix du sang. Je renonce à toute poursuite.

— Voilà qui est juste, dirent les gens, nous témoignerons de ce que nous venons d'entendre.

A son tour, le Colosse prit la parole : "Bonnes gens de Damas, moi non plus, si Baïbars me tue, personne ne lui demandera le prix de mon sang, je renonce à toute poursuite et plainte." Leur engagement fut consigné par écrit en bonne et due forme, et ils se mirent en place. Ils se ruèrent l'un sur l'autre, se colletèrent, tantôt s'engageant, tantôt rampant, ils firent assaut pendant une bonne heure. Alors le bras du Colosse faiblit. Ses avant-bras s'engourdissaient sous l'effet des coups. La sueur lui ruisselait de tout le corps et tombait jusqu'à terre. A mesure, Baïbars augmentait la force de ses coups, comme s'allonge la nuit en hiver. L'Unique, le Victorieux, le Créateur de la nuit et du jour lui vint en aide. Baïbars leva son bâton et porta au Colosse un coup sur la carotide qui l'étendit raide mort, sans qu'il eût versé une seule goutte de sang. Quand ils le virent mort, ses acolytes fondirent sur Baïbars pour le tuer. Il contre-attaqua comme un lion féroce. “Attendez un peu, chiens”, hurla-t-il. Ses cinq compagnons ainsi qu’Ahmad fils d’El-Aqwâssi le rejoignirent et crièrent : “Tous à son secours ! Ne crains rien, Baïbars !” Ils engagèrent le combat avec la bande du Colosse et les dispersèrent aux quatre vents. Ils quittèrent le champ de bataille et, entourant Baïbars, revinrent au palais de Dame Fâtmeh, fille d’El-Aqwâssi. Ils entrèrent et s’assirent. Lorsque Baïbars entra dans le harem, Fâtmeh le trouva tout agité, le teint altéré, et lui dit : “Qu’as-tu, mon fils, et que t’est-il arrivé aujourd’hui ? Raconte-moi.” Il lui fit le récit de ce qui s’était passé :

— J’ai tué le Colosse, lui dit-il, et l’ai laissé gisant dans la poussière. Et me voilà ; tu m’as interrogé, noble dame, et je t’ai répondu.

— Que ton bras reste vigoureux et que jamais tes ennemis ne puissent se réjouir de ton malheur ! Puisses-tu ne pas avoir de soucis et être à l’abri de ce que recèle l’avenir. Tu n’as rien à craindre de Charaf El-Dîn ni d’aucun de tes ennemis !

Sur-le-champ, elle écrivit une lettre qu’elle fit porter à Charaf El-Dîn par un mamelouk, joignant à sa lettre une bourse pleine de pièces d’or. Le mamelouk prit le tout, partit pour le palais de l’émir Charaf El-Dîn.

Quant à la bande du Colosse, en pleine déroute, ils se réfugièrent chez le palefrenier en chef. Ils entrèrent auprès de lui en criant au meurtre, à l’assassin, et en proférant des malédictions abominables. Le palefrenier en chef leur demanda :

— Qui donc vous a fait du mal ?

— Osta, on a abattu ton cousin le Colosse ! Il est tombé à terre.

— Amenez-le que je le voie.

— Il est mort et ne se relèvera plus jusqu'au jour de la Résurrection.

— Quelle est l'ordure qui l'a tué ? Il ne craignait pas ma vengeance ?

— Un fier-à-bras nommé Baïbars. On prétend qu'il est fils de Dame Fâtmeh, fille d'El-Aqwâssi, mais en vérité c'est son mamelouk.

A ces mots la lumière devint ténèbres aux yeux du palefrenier, qui courut sur-le-champ se présenter devant Charaf El-Dîn, le pacha de Damas. Il entra, se mit à pleurer à chaudes larmes et dit :

— Justice, ô émir Charaf El-Dîn ; puis il déclama :

Sous tes yeux du malheur subirai-je les coups ?
Lion, me laisseras-tu dévorer par les loups ?

Eh quoi, je suis de tes hommes et mon cousin le Colosse se fait tuer sous ton règne !

— Qui l'a tué, *Osta*, que je le venge et vienne en aide à sa famille.

— Maître, celui qui l'a tué est le mamelouk de la fille d'El-Aqwâssi qu'on appelle Baïbars.

— Avez-vous bien entendu, notables de Damas et vous ici présents, ce que dit ce malheureux dont le cousin a été agressé et tué au mépris du droit ?

— Oui nous avons bien entendu, mais les propos de ce palefrenier ne sont pas recevables. Si l'on fait venir des gens connus pour leur droiture et leur piété, nous agirons en fonction de ce qu'ils diront.

Charaf El-Dîn reprit : "J'ai appris que Baïbars a pris à son service des truands et des vauriens comme Ibrahim de Jannîn et sa bande. Ils en ont ruiné des familles et commis des meurtres dans la ville de Damas ! Il y a des firmans, des arrêts et des *fatwas* les condamnant à mort." Il allait demander à sa troupe d'amener Baïbars quand entra le mamelouk de Dame Fâtmeh. Il salua et remit à l'émir la lettre et le sac de pièces d'or. Il prit la lettre, la décacheta ; il la lut et en connut le sens. Elle était de la main de Dame Fâtmeh, fille d'El-Aqwâssi : "A l'émir Charaf El-Dîn Issa El-Nâsser. Sache, ô émir Charaf El-Dîn, que mon fils Baïbars s'étant rendu sous la citadelle a vu le Colosse en train de jouer au *hakam.* Il s'est présenté pour disputer avec lui une partie amicale et l'a battu. Se voyant vaincu, le Colosse a décidé de tuer le garçon. Toute la ville de Damas peut témoigner qu'il est dans ses habitudes de verser le sang. Il y a trois jours encore il a tué le fils d'un homme âgé et respectable nommé le Hâjj Mohammad du quartier d'El-Amâra. Quand mon fils Baïbars a vu que le Colosse était décidé à le tuer, il s'est défendu, poussé par l'instinct de conservation. Il a légèrement frappé le Colosse et c'est ainsi qu'il est mort, parce que le coup a porté sur la carotide. Ce qui est fait est fait, tel était le décret du Créateur, qu'Il soit exalté. Nous t'envoyons avec le porteur de la présente deux mille pièces d'or pour le prix du sang de cet homme. C'est à toi de voir, tu es un homme sage et expert en la matière. Adieu et longue vie !"

A la vue de ces pièces d'or, Charaf El-Dîn cria au palefrenier : "C'était un traître, ton cousin, et pour les quatre écoles[85], il méritait la mort. Dieu ne fasse pas miséricorde à sa carcasse car il a tué bien des gens. Tout le monde peut témoigner que c'était un oppresseur et un criminel." Dame Fâtmeh avait joint à cette lettre le document qui avait été établi au début de la partie de *hakam*. Charaf El-Dîn le prit et le montra aux nobles de Damas présents. "C'est bien vrai, d'après ce document, Baïbars n'a à répondre de rien." Puis, s'adressant au palefrenier : "Ce Colosse est ton cousin, de même chair et de même sang, à toi de payer pour ses crimes et de verser le prix du sang de ses victimes." Le palefrenier se récria : "Ce n'est pas mon cousin, il ne m'est parent ni de près ni de loin. Ce méchant s'est imposé à moi, il m'a obligé à le faire passer pour mon cousin. Craignant qu'il ne me tue, j'ai fait comme il voulait." Alors, Charaf El-Dîn tança vertement le palefrenier : "Va pour cette fois mais dorénavant cesse de fréquenter les vauriens ou je te brise les os ! – Plus jamais, maître !" Il se retira en s'empêtrant dans ses habits et s'en fut enterrer son cousin le Colosse.

Charaf El-Dîn s'adressa alors au mamelouk de Dame Fâtmeh : "Salue ta maîtresse et dis-lui que l'affaire est arrangée, qu'elle ne se fasse pas de souci ! J'ai fait comme elle le désirait et si elle veut encore quelque chose je suis à ses ordres." Le mamelouk s'en retourna informer Dame Fâtmeh de ce qu'avait fait Charaf El-Dîn. Rassurée sur le sort de Baïbars, elle lui dit ce qu'elle avait fait et il l'en remercia. Il continua à mener chez elle la plus douce et la plus confortable des existences.

Le bras de fer

Un beau jour Baïbars appela sa troupe : "Les gars, allons faire un tour dans Damas." L'agha Ahmad fils d'El-Aqwâssi lui dit : "Nous craignons, fils, que tu ne nous entraînes encore dans quelque histoire.

— Mon oncle, tout ce qui peut nous arriver, c'est Dieu qui l'a écrit. J'ai envie d'aller aujourd'hui me promener dans les jardins et les vergers, pour nous détendre sans chercher noise à quiconque et sans nous mêler des affaires des autres. – Soit", dit Ahmad. Et il dit aux mamelouks de tout emporter et de les attendre au lieu-dit Sadr El-Baz qui se trouve actuellement à l'ouest de Damas. Ceux-ci s'en furent étendre les tapis et disposer les coussins et se hâtèrent de préparer le repas. Baïbars et sa troupe arrivèrent à leur tour au jardin, et s'installèrent ; les mamelouks leur servirent le repas. Ils mangèrent, burent, louèrent le Créateur, qu'Il soit exalté. A l'appel à la prière de midi, ils firent leurs ablutions, prièrent, puis restèrent assis jusqu'à la fin de l'après-midi. Puis ils quittèrent le jardin et passèrent par la *tekiyyeh*

Mewlawiyyeh, là où sont les derviches. Baïbars aperçut un jeune homme à la porte de la *tekiyyeh* qui tenait à la main une chaîne de cuivre jaune au bout de laquelle était attachée une pièce d'or. Il criait :

— Celui qui fera plier mon bras, cette pièce d'or est à lui.

— Mon oncle, demanda Baïbars à Ahmad fils d'El-Aqwâssi, qu'est-ce que cette chaîne qu'il tient à la main et cette pièce d'or ?

— Mon garçon, on dirait bien un joueur de bras de fer.

— Qu'est-ce donc que le bras de fer, explique-moi ?

— Mon fils, c'est encore un art qui a son organisation ; il a son cheikh, son syndic, son champion et son huissier. Ils ont leur propre *tekiyyeh.* Quand on joue au bras de fer, chacun prend la main droite de l'autre et on met cette chaîne sur les mains réunies. Celui qui réussit à faire plier le bras de l'autre empoche la pièce d'or qui est au bout de la chaîne que voilà. Ce jeune homme que tu vois est le champion des joueurs de bras de fer et on l'appelle Ahmad fils d'El-Mimâr. Cette *tekiyyeh* leur a été donnée en *waqf.* A ces mots, Baïbars s'approcha du jeune homme, Ahmad, fils d'El-Mimâr, et lui demanda :

— Qui es-tu, frère ?

— Un joueur de bras de fer.

— Veux-tu jouer avec moi ?

— Bien sûr, n'est-ce pas mon métier ? mais à une condition.

— Laquelle ?

— Tu vois cette pièce d'or, si tu me fais plier le bras, elle est à toi, mais si c'est toi qui plies, tu m'en donnes une pareille.

— Parfait ! Par Dieu, tu es régulier !

S'approchant de lui, il sortit de sa poche une pièce d'or, et dit au jeune homme :

— Tiens, frère, prends cette pièce d'or d'avance, si tu me fais plier le bras, l'enjeu est à toi et, si c'est moi, je prends ma pièce d'or et la tienne.

— Accepté ! dit le jeune joueur de bras de fer. Il mit sa main dans celle de Baïbars et lui dit : Veux-tu pousser le premier, mon jeune seigneur, ou si c'est moi qui commence ?

— Comme tu voudras ; commence plutôt !

— D'accord, répondit-il, et il s'arc-bouta et appuya de toutes ses forces sur le bras de Baïbars pour le faire plier ; Baïbars demeurait ferme comme un roc. L'autre suait sang et eau, mais bernique ! Il appuyait tant qu'il pouvait, tellement qu'il en avait le visage cramoisi et que la sueur lui coulait sur tout le corps. Il avait la main si ankylosée qu'il ne pouvait plus bouger. Il s'arrêta et dit : "Frère, je n'en puis plus ; s'il te plaît, donne-moi une minute que je me repose et après, à toi de me faire plier le bras." Baïbars lui accorda un moment de répit. Après s'être reposé quelque temps, le jeune homme lui dit :

— Frère, allons-y, fais voir ta force.

— Très bien, dit Baïbars et, s'avançant, il mit sa main droite dans la sienne et invoqua la protection des hommes de Dieu. “Prends garde à toi !” s’écria-t-il et, pesant de toutes ses forces sur le bras de l’autre, le fit tourner aussi facilement qu’on fait tourner un dévidoir.

— Assez frère ! cria le jeune homme, Dieu te bénisse ! Quelle force ! C’est la parole de Dieu qui te rend invincible ! Je te prends à témoin que tu es désormais le champion des joueurs de bras de fer et que je suis l’un de tes subordonnés et de tes serviteurs. J’en jure par le Dieu terrible, de toute ma vie personne avant toi ne m’a fait plier le bras.

Il se jeta dans les bras de Baïbars, lui donna l’accolade et le baisa au front. Puis, bras dessus, bras dessous, ils s’en furent tous à la maison de Dame Fâtmeh. Baïbars le fit asseoir à la place d’honneur, lui souhaita la bienvenue et le traita avec les plus grands égards. Ils devisèrent un bon moment puis, l’heure du souper venue, ils mangèrent à la fortune du pot, louèrent le Roi de Gloire, le Tout-Puissant ; on enleva les plateaux, ils se lavèrent les mains. (Vous et moi prions sur Tâhâ le prophète, le guide.) On apporta le café puis les rafraîchissements. Ils passèrent encore quelque temps en bonne compagnie, puis le jeune homme prit congé.

— Mon frère Baïbars, dit-il avant de partir, demain il faut que tu invites chez toi les membres de la corporation, puisque tu en es devenu le champion.

— Ils sont les bienvenus, mais ce n’est pas la peine : que ce soit toi ou moi, quelle importance ?

— Impossible, c'est la règle.

— A ta guise, fais comme tu veux.

Ahmad fils d'El-Mimâr s'en fut en remerciant Baïbars de sa générosité, tout étonné de voir que le Seigneur avait accordé tant de force à un être si gracieux et si beau : il ne savait pas qu'il avait en lui la force de quarante héros. Le lendemain, ils se réunirent au café du Sanjaqdâr pour attendre que tous les joueurs de bras de fer soient rassemblés. On était alors au milieu de la matinée.

— Compagnons, dit Ahmad fils d'El-Mimâr, aujourd'hui nous sommes tous invités, chez Dame Fâtmeh, fille d'El-Aqwâssi près du portail du Marché-au-Coton.

— Très bien, répondirent-ils, et, sur-le-champ, ils se mirent en route ; Ahmad fils d'El-Aqwâssi vint à leur rencontre et les fit entrer dans la grande salle. Il leur souhaita la bienvenue, les fit asseoir à la place d'honneur et on leur offrit du café, puis on apporta les plateaux chargés de mets appétissants ; il y avait dix sortes de plats. Ils mangèrent, ils burent, ils s'égayèrent et se réjouirent, ils louèrent la splendeur du Dieu de Majesté ; après quoi, ils mirent leur main dans celle de Baïbars et le reconnurent solennellement comme champion de tous les joueurs de bras de fer. Enfin ils prirent congé et s'en furent chacun de son côté.

Le géant de Marqab

Baïbars passa quelque temps chez sa mère, Dame Fâtmeh, coulant des jours heureux. Puis, un beau matin qu'il était assis après avoir fait la prière du lever du jour (Seigneur, prie sur notre seigneur Muhammad) et avoir terminé les invocations sur le Prophète, ses compagnons arrivèrent et s'assirent auprès de lui. "Venez, leur dit Baïbars, allons nous asseoir à la porte du palais pour nous amuser à regarder les passants. – Fort bien", répondirent les autres. Les esclaves allèrent balayer le sol devant la porte du palais et l'asperger d'eau, puis ils sortirent un fauteuil à la mode franque. Baïbars, accompagné d'Ahmad Agha et de tous les autres, alla s'asseoir. Ils étaient en train de converser entre eux quand soudain déboucha de la ruelle… un éléphant ? un djinn ? un démon ? Baïbars, le regardant, n'en crut pas ses yeux : c'était long comme un bambou, large comme une porte cochère ; cela avait un torse et des épaules énormes, deux jambes solides et nerveuses, une tête aussi grosse que deux têtes d'homme ordinaire, et une poitrine si large qu'entre un téton et l'autre on aurait pu s'asseoir à l'aise. La tête était coiffée d'un turban cramoisi à calotte écarlate, le corps couvert d'un cache-poussière à boutons d'or gros comme des noisettes, le visage orné de moustaches noires pareilles aux ailes d'un aigle. Une armure de trente-six pièces toute en acier bleui le couvrait de pied en cap : casque, hausse-col, double pourpoint rembourré, jambières. Il marchait en faisant résonner le sol sous ses pas, comme un chameau en rut, et sa *châkriyyeh*, large comme le vantail d'une porte de boutique, battait ses jambières d'acier en faisant un tintamarre terrible.

Lorsqu'il se trouva devant Baïbars et ses compagnons, il cria d'une voix de tonnerre :

— Que Dieu vous donne de la force, les gars, qui d'entre vous est le *khawand* Baïbars ?

— C'est moi, dit Baïbars, que me veux-tu, frère ?

Après avoir scruté longuement le visage de Baïbars, le *fidaoui* dit :

— *Mâ châ'a Allah*, maintenant, *khawand*, découvre ton front que je voie bien.

— Pourquoi, frère ?

— Hé *khawand*, si j'ai envie de voir qu'est-ce que tu y perds ? Je vais te manger, peut-être ? par la vie de mon père, n'aie donc pas peur !

Sans discuter, Baïbars se découvrit. Quand le *fidaoui* aperçut les sept marques de petite vérole, il poussa un hurlement et s'écria :

— Oui par Dieu ! Par le Dieu de Vérité, par le Prophète ! Eh là ! tu es bien celui qu'annoncent les prophéties, tu es le roi d'Egypte et de Syrie.

— Frère, sans vouloir t'offenser, je ne te connais pas, d'où me connais-tu ?

— Je vais te dire qui je suis, *khawand* ! Je me nomme Asef fils de Bahr El-Marqabi. Nous tenons la forteresse de Marqab, près de Tripoli. Je suis venu spécialement pour te voir, envoyé par mon père Bahr El-Marqabi. Il m'a chargé de t'apporter ce présent.

Il glissa la main sous son manteau et en sortit un arc droit, long et épais, pourvu de deux cordes rugueuses et grosses comme des câbles :

— Tiens, dit-il, prends cet arc qui t'est destiné. Que le nom de Dieu soit sur ton petit cœur !

— Qu'est-ce qu'il a de spécial cet arc, frère ?

— Hé, par Dieu, *khawand*, c'est un arc droit ; il a une longue histoire.

— Attends un peu, assieds-toi. "D'abord la salutation, puis la restauration et enfin la conversation." Nous en sommes aux salutations, une fois que nous aurons mangé nous pourrons parler.

— Bien dit, par la vie de mon père, le *khawand* a raison, que je ne sois jamais privé de sa compagnie, ô brave !

Ils lui amenèrent un canapé à deux places et il s'assit. Baïbars héla quelqu'un de sa suite : "Apporte un verre de sirop au capitaine Asef." L'autre s'exécuta et il le lui tendit. Asef le prit et l'examina d'un air méfiant. "Holà, l'ami, qu'est-ce que c'est que ça ? Ça me paraît bien rouge, j'espère qu'il n'y a rien de mauvais là-dedans. Je n'aime pas trop le sirop de pâte de raisin, ça refroidit le tempérament." A ces mots, Baïbars éclata de rire : "Bois sans crainte, lui dit-il ; tu es maintenant l'un des nôtres ; bien plus, tu es notre hôte." Il porta le verre à ses lèvres et le vida d'un trait. "Eh par Dieu, s'exclama-t-il, voilà qui n'est pas mauvais, l'ami ! Au début je croyais que c'était du jus de réglisse ou de la pâte de raisin délayée.

— Grand bien te fasse, lui dirent ceux qui étaient là.

— Et à vous pareillement", répondit-il.

Ces propos firent sourire Baïbars qui le prit en grande affection. Ils le firent entrer dans la grande salle. Les serviteurs apportèrent un somptueux repas. Asef s'assit sur la natte. Il ouvrait de grands yeux car, en fait d'ordinaire, il ne connaissait que le riz et la viande en conserve. Il avait devant lui une assiette de *bâlôza*[86].

— Qu'est-ce que c'est que ça ?

— Mange donc, goûte et tu verras.

Il tendit la main, toucha la surface de l'assiette. La *bâlôza* se mit à trembloter sous ses doigts. "Tonnerre ! Ça vous file sous la main comme un oiseau ; on dirait qu'elle a peur de moi mais je sais comment m'y prendre avec cette fille de pute." Il prit l'assiette à pleine main, la secoua, la porta à sa bouche qu'il ouvrit grande comme un four et la *bâlôza* y glissa comme de l'eau. Baïbars éclata de rire, imité par tous ceux qui étaient là.

Ensuite Asef s'accroupit tout près de la table, retroussa ses manches et se mit à l'œuvre, taillant, avalant, prenant la nourriture à pleines mains, broyant les os, faisant claquer ses dents avec un bruit de tonnerre. Tout le monde était rassasié qu'il était encore assis. Comme ils avaient cessé de lui passer les plats, il se mit en devoir de faire le tour de la natte, vidant les assiettes les unes dans les autres, prenant la nourriture à pleines mains, la roulant en boulettes et l'engloutissant, jusqu'à ce qu'il ait réglé son compte à chaque plat. – Seul Dieu est éternel.

Le transmetteur l'atteste, il avait si bien torché les plats qu'ils n'eurent pas besoin de faire la vaisselle ! Il se leva de tout son long et s'écria : "Louanges à Toi à qui reviennent toutes les louanges." Puis, avisant une auge pleine d'eau, il la porta à sa bouche et la vida d'un trait. On enleva les plats, ils se lavèrent les mains. (Vous et moi prions sur Tâhâ le prophète, le guide.) Ils s'assirent, burent le café, passèrent un bon moment.

Baïbars dit alors à Asef :

— Allez, fais-nous entendre l'histoire de l'arc et dis-nous ce que tu as à nous dire.

— Dieu fasse durer ta gloire, *khawand*, par la vie de mon père je n'ai jamais aussi bien mangé qu'aujourd'hui.

— Grand bien te fasse, je ne te parlais pas du repas mais je te demandais de nous dire ce que tu avais à dire !

— *Khawand*, sache et apprends que mon père Bahr El-Marqabi m'a envoyé vers toi car il a entendu dire et transmettre à ton sujet que tu es apparu à Damas et que tu seras roi, que tu renforceras le prestige de l'Islam et que les *fidaouis*, fils des montagnes, se mettront à ton service. Mon père a déduit tout cela de la prédiction de notre ancêtre Ali-aux-Tempes-Chauves, le preux. Il a vu aussi que nous aurions sous ton règne gloire et honneur. Nous connaissons les signes et les indices qui permettent de te reconnaître, et cet arc droit en est un. Si tu es capable de le tendre et de mettre la corde en place au premier cran, tu es bien celui qu'annonce la prédiction ; si tu n'y arrives pas, c'est que nous nous sommes trompés dans notre interprétation et que tu n'es pas le Baïbars qui nous avait été annoncé.

— Et toi, frère, es-tu capable de le tendre comme tu l'as dit ?

— Oui, certes.

— Montre-moi comment tu fais, pour voir !

On rapporte que cet arc était énorme et ses flèches grosses comme des hampes de lance, leurs pointes comme des pelles, mais pointues, la corde épaisse comme une sangle.

Quand Baïbars dit à Asef de tendre l'arc et d'accrocher la corde, il empoigna l'arc, le posa contre sa poitrine, prit la corde à deux mains, s'arc-bouta de toutes ses forces et ce n'est qu'à grand-peine qu'il parvint à tendre l'arc : il suait d'ahan et son visage était tout congestionné. Tout grand et fort qu'il était avec ses grosses mains, il était mort de fatigue et soufflait comme une bête.

— Dieu te récompense de ta peine, capitaine Asef, mais dis-moi un peu, ça m'étonnerait qu'un autre que toi puisse tendre cet arc.

— Oui-da *khawand*, il y en a quatre parmi les musulmans et quatre parmi les *fidaouis* chrétiens infidèles. Le premier des musulmans est un des fils d'Ismaïl, l'Etendard suprême, le Brave des braves, le capitaine Maarouf, fils de Jamr, fils du Fendeur-de-Crânes. Le deuxième est son frère, le capitaine Ismaïl-le-Lion, le troisième est Nâsser-la-Panthère, fils de Dagher-le-Têtu, le protecteur de Bouayda et du Akkar ; le quatrième est le capitaine Moussa fils de Hasan El-Qassâr, qui vit dans la bonne ville d'Alep. Voilà pour les quatre musulmans. Quant aux *fidaouis* chrétiens, le premier est Mu'ayyaq fils de Yahrub l'Arménien, le deuxième Gharâqîr fils de Khanâjir, le troisième El-Asem et le quatrième Qasîr de Tartous. Bon, petit, prends maintenant cet arc et essaye. Que Dieu te vienne en aide, l'ami.

[Le transmetteur a dit :] Baïbars prit l'arc d'une main, le plia et mit la corde en place sans plus de peine et de fatigue que celui qui passe une corde sur une poulie ou met en place une courroie sur un volant.

Voyant cela, Asef s'écria : "Bravo, Dieu bénisse ton petit cœur et donne de la force à tes bras, l'ami, par la vie de mon père, *khawand*, tous ceux qui te résisteront je leur fends le crâne avec cette petite *châkriyyeh*, viens, donne-moi ta main que nous nous affrérions et que nous nous liions par serment et soyons unis comme les doigts de la main." Unissant leurs mains, ils se jurèrent fraternité en Dieu – qu'Il soit exalté ! Ils récitèrent la

Fâtiha et la dédièrent au Prophète, aux musulmans défunts et à tous les wâlis.

Le capitaine Asef demeura chez Baïbars, chéri et honoré, et entreprit de lui enseigner le métier de passe-muraille : il lui montra ainsi comment préparer le *banj*[87] et son antidote. Et puis, un soir, sur le coup de cinq heures de la nuit[88], alors qu'ils étaient en train de bavarder, Asef dit à Baïbars :

— Viens, *khawand*, allons à la porte de la ville. Je veux te montrer quelque chose que tu n'as jamais vu de ta vie.

— D'accord, dit Baïbars. Allons-y !

Ils partirent dans la nuit noire et gagnèrent l'une des portes de Damas. Elle était fermée pour la nuit.

— Comment ferons-nous pour passer, capitaine, dit Baïbars, puisque la porte est fermée ?

— Attends un peu, *khawand*, répondit Asef, je vais te montrer ce que c'est que l'art de passe-muraille. Tu vas voir un tour comme tu n'en as jamais vu de ta vie.

Il plongea la main dans son sac à outils et en sortit une corde à deux brins en soie rouge dont les nœuds étaient espacés d'une coudée. A l'une de ses extrémités il y avait deux piquets de cuivre jaune longs d'une demi-coudée, et à l'autre deux grappins conçus pour s'accrocher au crépi des murs.

— Qu'est-ce que c'est que ça, frère ? dit Baïbars.

— *Khawand*, c'est ce qu'on appelle en arabe un *mufrad* et en langue franque un *siryâq* ; il y en a aussi qui l'appellent échelle de corde. Il y en a de quatre sortes : celles des *fidaouis* fils d'Ismaïl qui sont rouges, celles des Adra'iyyeh qui sont blanches, celles des Francs qui sont bleues et celles des Persans qui sont multicolores. Mais regarde le travail, *khawand*, et vois comment l'on fait pour monter et descendre.

Asef prit la corde et la roula en pelote si bien qu'elle tenait dans sa main comme une balle. Il la lança sur le mur d'enceinte, elle se dévida, et les grappins s'accrochèrent au mur. Il tira sur la corde et vit qu'elle tenait bien ; il planta alors les piquets en terre à l'aide d'un marteau entouré de feutre qu'il avait avec lui et qui ne produisait aucun bruit quelle que soit la force des coups. Alors il tendit les deux brins de la corde, récita la *Fâtiha* en la dédiant à son ancêtre Ali, le père des deux petits-fils du Prophète, et grimpa à l'échelle. Il se tourna vers Baïbars et lui dit : "Suis-moi, *khawand*. Regarde comment je place mes doigts sur les nœuds. – Me voilà", dit Baïbars, et il se mit à le suivre, s'appliquant bien à imiter ses gestes. Arrivé au sommet de la muraille, Asef se pencha au-dessus de l'échelle de corde et arracha les piquets avec une adresse de professionnel qui émerveilla Baïbars. Puis, Asef fit passer l'échelle de corde sur l'autre versant du mur, fixa les grappins et il se laissa glisser jusqu'à terre suivi de Baïbars. Parvenus à l'extérieur de la ville, Asef dit à son compagnon :

— Qu'est-ce que tu en penses, *khawand* ?

— Bravo, capitaine, voilà de la belle ouvrage !

— Et maintenant si tu veux rentrer dans la ville sans te servir de l'échelle de corde, il y a encore un autre tour.

En disant ces mots il plongea la main dans son sac à outils et en sortit une panoplie d'outils en fer. Ce sac était très spécial ; il était en cuir avec des compartiments comme un porte-monnaie. Seuls en possédaient de pareils les passe-murailles professionnels et les truands de haut vol.

[Le transmetteur a dit :] Le capitaine prit un outil qui ressemblait à un piquet mais dont une extrémité était aplatie. Il l'enfonça entre deux pierres du mur d'enceinte à l'aide du marteau dont nous avons parlé. Sans peine, il déchaussa la pierre et la sortit intacte, si bien que pour la remettre en place il n'eût manqué que le mortier. “On appelle ça une *allouqa*, *khawand*”, dit-il. Il sortit un deuxième outil muni de griffes et se mit à creuser le blocage, arrachant le gravier et faisant s'ébouler la terre. “Ça, *khawand*, dit-il, ça s'appelle une *haffâra*.” Il sortit un troisième instrument, court, épais et carré pour servir d'étai. “On l'appelle *oum ghnaym*”, dit-il. Il sortit également un outil de forme allongée muni de quatre griffes à un bout et d'une plaque ronde à l'autre. Il la plaça contre sa poitrine, enfonça les griffes entre les pierres qui constituaient la partie interne du mur d'enceinte, poussa de toutes ses forces et la pierre tomba : il avait creusé un tunnel par lequel on pouvait entrer et sortir. “On appelle ça une *kabbâseh*”, dit-il à Baïbars. Baïbars en fut frappé d'admiration.

Ils revinrent sans plus tarder chez Dame Fâtmeh fille d'El-Aqwâssi où ils passèrent le reste de la nuit.

Asef demeura quarante jours chez l'émir Baïbars, pendant lesquels il lui enseigna les ficelles du métier. Il vint alors trouver Baïbars, le salua et lui dit :

— *Khawand*, je viens te demander congé car voici bien longtemps que j'ai quitté mon père, et celui-ci ne cesse de penser à moi. Pourrais-tu me donner un bout de lettre pour mon père Bahr El-Marqabi.

— Ne va pas si vite, frère ! tu ne peux pas faire moins que rester encore huit jours.

— Tu es trop aimable, *khawand*, Dieu te donne longue vie, par notre seigneur Khalid Ibn El-Walid.

Baïbars lui fit remettre cinq charges de fruits de Damas : pâte d'abricots séchée, abricots farcis aux amandes, noix, amandes. Il lui fit emballer aussi deux charges d'étoffe d'Alep en guise de cadeaux d'adieu. Le lendemain Asef monta en selle et s'en fut. Il ira maintenant vers le château de Marqab ; nous en reparlerons plus tard. A la Résurrection, le Prophète accueillera en souriant ceux qui auront prié sur lui.

Baïbars, lui, coula des jours heureux à Damas auprès de sa mère Dame Fâtmeh fille d'El-Aqwâssi.

Ses cinq compagnons, dont nous avons déjà parlé, étaient toujours avec lui, ainsi qu'Ahmad Agha fils d'El-Aqwâssi qui ne le quittait pas pour faire plaisir à sa sœur et parce qu'il l'aimait beaucoup.

Les croquants d'El-Sanamên

Ecoutez maintenant ce qui arriva et priez sur le plus noble des mortels – que la prière et le salut de Dieu soient sur lui chaque fois que plume écrit. Un jour que Baïbars était assis auprès de sa mère Dame Fâtmeh, il eut besoin de faire une course au souk. "Je vais y aller moi-même, se dit-il ; cela me distraira." Il s'en fut donc, et, en revenant, il aperçut cinq paysans qui étaient assis à la porte du palais. Ils étaient coiffés de turbans gros comme des citrouilles ; c'étaient les anciens de quelque village. Ils se tordaient les mains en disant : "Il n'est de puissance et de force qu'en Dieu le Très-Haut, le Tout-Puissant. Nous sommes à Dieu et à lui nous retournons. Que Dieu, selon ses décrets, nous mette au nombre de ceux qui persévèrent. Qui sème récolte et qui ne sème ne récolte point." A ces mots Baïbars s'émut et les prit en pitié.

Il fut saisi de compassion pour eux car il était d'un haut lignage, issu d'ancêtres nobles et généreux.

— Qui êtes-vous mes braves, et qu'est-ce qui vous amène ici ? Que vous arrive-t-il donc ?

— Notre maître, répondirent-ils, nous sommes les anciens d'un village nommé El-Sanamên dont une moitié appartient à Dame Fâtmeh et l'autre à un seigneur franc de la ville de Safad qui se nomme Sarjawîl El-Mahri. Le sire Sarjawîl a donné des semences et des grains à ses métayers et ils les ont semés ; quant à nous, Dame Fâtmeh ne nous a rien donné. Le temps a passé ; celui qui a semé a semé, nous, nous sommes restés les bras ballants. Voilà notre histoire.

— Entrez donc, leur dit Baïbars, et ne vous faites pas de souci ; le Créateur – loué et exalté soit-Il – y pourvoira : d'ici à demain tout s'arrangera ! Pour cette nuit vous êtes mes hôtes, et demain, s'il plaît à Dieu, je vous donnerai tout ce dont vous avez besoin.

— Dieu te réconforte le cœur, notre maître, puissions-nous n'être jamais privés de ta présence !

Ils entrèrent au palais et passèrent la nuit à la maison des hôtes. On leur apporta à dîner, ils mangèrent et se réjouirent. Baïbars dormit cette nuit chez sa mère ; au matin il se leva, fit ses ablutions, récita la prière de l'aurore et fit ses invocations. Il récita ensuite une section du Coran Admirable et termina par la *Fâtiha* qu'il dédia au plus grand des envoyés et au modèle des hommes pieux. Puis il but le café, déjeuna et partit trouver les paysans. A son arrivée, ils se levèrent pour le saluer ; il les fit asseoir. Ils s'assirent tête basse. Baïbars se tourna vers eux et leur dit : "Mes braves, combien vous faut-il de semences et de grains ? – Il nous en faut tant et tant, répondirent-ils. – Bien !" dit Baïbars, et il leur donna aussitôt de quoi acheter les semences et les graines qu'ils demandaient. "Allez faire vos semailles, leur dit-il, et remettez-vous-en à Dieu. Ayez des intentions pures et notre seigneur ne vous oubliera pas. C'est selon vos intentions qu'il vous sera donné. Quand viendra le temps de la moisson, je vous enverrai un contrôleur et un répartiteur qui vous traiteront avec équité. – D'accord, dirent-ils, sur la tête et l'œil." Ils s'en furent chacun de son côté après avoir souhaité longue vie à Baïbars. Celui-ci, après le départ des paysans, rentra chez sa mère, Dame Fâtmeh, et lui raconta comment il s'était conduit avec les anciens du village d'El-Sanamên et lui dit qu'il leur avait donné des grains et des semences. A ce récit Dame Fâtmeh lui dit : "Tu as eu grand tort, mon fils, car ces paysans sont vils et sans honneur. Chaque année je leur donnais des semences et du grain, au moment du dépiquage je leur envoyais un contrôleur et un répartiteur auxquels ils ne donnaient rien. Ils leur disaient : cette année nous n'avons pas de grain car il a fait sec. Ils revenaient les mains vides et il en allait ainsi chaque année. J'en ai eu assez et ils m'ont poussée à bout si bien que je ne leur ai plus rien donné, je me suis désintéressée du village et des cultures à cause d'eux…

— En cet an de grâce, dit Baïbars, je leur ai donné des semences et quand viendra le temps du dépiquage j'irai chez eux et je leur montrerai de quel bois je me chauffe.

— J'ai bien peur pour toi, mon garçon, car c'est une bande de révoltés qui mangent les revenus de l'Etat. Le gouvernement ne peut rien contre eux car ils bénéficient de la protection du sire Sarjawîl El-Mahri. – Le Seigneur y pourvoira, répondit Baïbars ; celui que Dieu protège aucun mal ne peut l'atteindre." Passèrent les jours de nuages et de pluie suivant le cycle fixé par l'Eternel.

Un jour que Baïbars était assis, un des paysans d'El-Sanamên vint le trouver et lui dit : "Notre maître, voici venu le temps de la moisson ; envoie-nous un agent pour répartir la récolte. – D'accord, dit Baïbars. Va saluer les anciens du village et dis-leur que demain le maître leur enverra quelqu'un." Le paysan s'en alla. Baïbars se tourna vers Ahmad Agha fils d'El-Aqwâssi et ses cinq compagnons. Il leur dit : "Il faudrait que nous allions ensemble au village d'El-Sanamên. – Beau jeune homme, lui répondirent-ils, nous connaissons bien les gens de ce village, ce sont des croquants révoltés, et, à notre avis, tu ne peux rien contre eux. Tu ne pourras leur tenir tête et ils ne te donneront rien de la récolte. Ou alors, ils n'oseront pas te refuser et te donneront moins que rien et, si tu insistes, ils te tueront sans scrupule à moins que tu ne quittes Damas à la tête d'une armée et réédites la conquête du village d'El-Sanamên ; peut-être alors pourras-tu en obtenir quelque chose. – C'est ce que je vais faire, dit Baïbars, s'il plaît à Dieu, le Très-Haut, je ne les laisserai pas manger mon bien sous mes yeux. Je voudrais que vous me rassembliez deux cents jeunes hommes de Damas ; ils seront vêtus, nourris et équipés à mes frais et toucheront une pièce d'or chaque année. – Sur la tête et l'œil", lui dirent-ils, et ils se mirent à recruter parmi les voyous et les désœuvrés de la ville jusqu'à ce qu'ils eussent rassemblé deux cents jeunes gens : belle armée de jean-foutre et de bons à rien !

Baïbars donna à chacun une pièce d'or, leur fit revêtir des habits neufs, les arma, les équipa de pied en cap. Il leur dit : "Je veux vous emmener attaquer le village d'El-Sanamên, préparez-vous et soyez des hommes. – Nous donnons nos âmes en rançon pour toi ! Que ton ennemi ne puisse jamais rire de ton malheur." Baïbars entra chez Dame Fâtmeh et lui exposa ses plans. Elle lui dit : "Va ! Que Dieu te facilite les choses et guide tes pas ! Que ton ennemi devienne ton ami." Elle lui donna des tentes pour ses soldats et pour lui un pavillon de grande valeur. En effet, nous avons dit qu'elle avait tout à profusion du fait qu'elle avait épousé sept vizirs.

Baïbars et sa troupe montèrent en selle sans avoir oublié d'engager des cuisiniers, des porte-flambeaux et des hommes de peine pour dresser les tentes, ainsi que des joueurs de tambour. Moussa El-Sindi chevauchait en tête, entouré de ses hommes, puis Sâlem El-Qanawâti derrière lui, avec son groupe, ainsi qu'Abou Bakr El-Jardaqâni avec son groupe. Ibrahim El-Jannîn avec ses hommes ainsi qu'Ali Khayyâta couvraient les flancs de la colonne.

Le gros de la troupe entourait Baïbars. En arrière-garde venait Ahmad Agha fils d'El-Aqwâssi, en qualité de lieutenant général. La clique se déchaîna derrière lui et ils sortirent en cet équipage de la maison de Dame Fâtmeh. Ils marchèrent d'une traite jusqu'au palais de Charaf El-Dîn, gouverneur de Damas. Ce dernier tenait conseil. Il entendit leur vacarme et demanda :

— Que se passe-t-il ?

— C'est Baïbars, lui répondit-on, le mamelouk de Dame Fâtmeh, qui part pour El-Sanamên…

— Et qu'est-ce qu'il va y faire, cet esclave en rupture de ban ?

— A ce qu'il prétend, il va surveiller la répartition de la moisson, car il a là-bas des métayers.

— Eh, si ce n'est que pour ça, quel besoin a-t-il d'emmener avec lui une armée et de faire battre tambour ?

— Il n'en fait qu'à sa tête car c'est un enfant gâté, lui dirent les gens de sa suite. Dame Fâtmeh a tant d'argent !

— Il n'est de force et de puissance qu'en Dieu le Très-Haut, le Tout-Puissant ! soupira Charaf El-Dîn[89].

Il mit la tête à la fenêtre du palais et vit Baïbars chevauchant parmi ses troupes en un cortège imposant. Il lançait à pleines mains les pièces d'argent aux pauvres qui priaient pour lui en disant : "Dieu te fasse triompher de tes ennemis, ô Baïbars !" A ce spectacle Charaf El-Dîn faillit crever de dépit.

Baïbars poursuivit sa marche, sortit de Damas, en passant avec son armée par la Porte d'Allâh. Il arriva à El-Assaleh et tourna vers El-Kisweh. Les hommes de peine dressèrent les tentes et Baïbars dormit cette nuit-là à El-Kisweh. Le lendemain, il partit au son du tambour et marcha jusqu'au village d'El-Sanamên. En le voyant arriver avec son armée, les gens d'El-Sanamên furent impressionnés et eurent peur de lui. L'armée dressa son campement hors du village sur une colline élevée. Les hommes de peine dressèrent les tentes, plantèrent les étendards et les drapeaux ; ils dressèrent le pavillon de Baïbars, qui s'y installa avec sa suite, et le reste de l'armée passa la nuit sous les tentes. Les cuisiniers avaient installé les fourneaux et disposé les chaudrons. Ils se mirent prestement à préparer la nourriture. Baïbars partit visiter l'aire à blé et vit les tas gros comme des citadelles. Il envoya Ahmad Agha fils d'El-Aqwâssi marquer les tas. A son retour, ils se mirent à deviser quand soudain arriva un paysan du village qui portait sur la tête un plateau garni de mets. Dans la frange de son habit il transportait des galettes d'orge et de millet. Il s'approcha de Baïbars et déposa son plateau : il y avait une assiette d'œufs à la poêle et une écuelle de lait caillé.

— Eh l'homme, qu'est-ce que c'est ? demanda Baïbars au paysan.

— Votre dîner, maître, notre village est bien pauvre.

Alors, la lumière devint ténèbres aux yeux de Baïbars, il se leva d'un bond, empoigna le plateau et en coiffa la tête du paysan en s'écriant : "Dehors, traître ! est-ce que je vous ai demandé à dîner ? Va-t'en, dégage ! J'ai du bien en quantité, et, grâce à Dieu, je n'ai besoin de rien. – Nous le savons bien, reprit le paysan, tu es le mamelouk de la petite dame, fille d'El-Aqwâssi, et, sans elle, tu dormirais dans les cafés et les caravansérails." A ces mots, Baïbars s'emporta et cria à ses hommes : "Saisissez-vous de ce traître." Ils fondirent sur le paysan, l'étendirent au sol et lui administrèrent cent bons coups de bâton. Il se releva et revint en boitillant au village. Il y entra en criant au meurtre et à l'assassin et en proférant des imprécations abominables, et raconta sa mésaventure aux anciens du village.

Ils se dirent entre eux : "Il est venu nous chercher noise et nous ne pouvons rien contre lui. Tout ce qu'il nous reste à faire, c'est d'envoyer quelqu'un prévenir le sire Sarjawîl El-Mahri pour qu'il nous en débarrasse, sinon il risque de prendre toute la récolte et de nous faire la nique. – Voilà qui est parler ! il n'y a rien à reprendre", dirent-ils. Sur quoi ils partirent se coucher. Le lendemain, ils firent venir le maître d'école du village, écrivirent une lettre à Sarjawîl pour le mettre au courant et la lui firent porter par un de leurs hommes.

Sarjawîl tenait conseil quand le paysan se présenta devant lui. Il se prosterna et lui remit la lettre. Sarjawîl l'ouvrit et lut ce qui suit : "Les habitants d'El-Sanamên au sire Sarjawîl El-Mahri. Voici l'objet de cette lettre. Est arrivé chez nous, venant de Damas, de la part de Dame Fâtmeh fille d'El-Aqwâssi, un jeune homme du nom de Baïbars, accompagné de deux cents cavaliers ; il s'apprête à piller les grains et les récoltes. Nous demandons à Votre Excellence de nous envoyer une troupe qui sauve notre bien et le sien des mains de cet oppresseur. Hier nous lui avons à peine adressé la parole qu'il a battu comme plâtre l'un des nôtres. Nous t'avons envoyé ce message pour te mettre au courant. Salut !"

[Le transmetteur a dit :] Quand Sarjawîl eut pris connaissance de cette lettre, il demanda : "Quel est ce maraud de Baïbars pour prendre mon bien à moi, le seigneur Sarjawîl El-Mahri ? Par ma foi, si c'était le *rey*[90] des Musulmans, le roi El-Sâleh Ayyoub, il ne me ferait pas peur, ce *kufurti kanâyes*[91]."

Il cria aussitôt à son fils Aksibo : "*Figlione*[92], prends avec toi trois cents patrices[93] et ton cousin Aznito comme mesureur de grains et va faire le partage pour les gens d'El-Sanamên. Si quelqu'un vous résiste, brisez-le, quel qu'il soit. – Bien", dit Aksibo. Il monta aussitôt en selle avec les patrices et son cousin Aznito comme mesureur. Ils se dirigèrent vers El-Sanamên. A leur approche, tous les paysans sortirent à leur rencontre. Ils les accueillirent triomphalement. Ils égorgèrent pour eux moutons et agneaux, qu'ils firent griller et rôtir dans du beurre fondu de première qualité, leur réservant la meilleure hospitalité. Le lendemain les anciens d'El-Sanamên envoyèrent dire à Baïbars de venir sur l'aire près du pavillon d'Aksibo, fils du sire Sarjawîl, pour le partage de la récolte. "Bien", dit Baïbars. Il partit sur-le-champ, accompagné de sa troupe, et se dirigea vers le pavillon d'Aksibo. Ils entrèrent, on les salua et on les fit asseoir face aux tas de blé.

Le fils du sire s'adressa à Baïbars : "*Efendi*, nous voulons répartir équitablement les tas de blé afin que chacun soit content de son lot. – Fort bien, il n'y a rien à redire." Aksibo dit à son cousin Aznito : "*Figlione*, prends ton boisseau et va mesurer la récolte, moitié pour nous et moitié pour Baïbars." L'autre prit le boisseau, s'attaqua au premier tas et se mit à mesurer pendant que Baïbars le surveillait. Il compta avec lui et s'aperçut que lorsqu'il arrivait à dix, il annonçait cinq, tant et si bien qu'il prit la plus grande partie des grains : il ne restait par terre que le rebut. Les paysans avaient apporté des sacs neufs qu'ils remplirent et cousirent, il ne restait plus qu'à les emporter. Ils dirent alors à Baïbars : "Viens prendre ta part."

[Le transmetteur a dit :] Pendant tout ce temps-là Baïbars était resté silencieux et impassible mais il était à bout de patience et sur le point d'éclater. Quand ils lui dirent : "Amène tes sacs et ordonne à tes gens de venir prendre la récolte", il répondit :

— Où voulez-vous que je trouve des sacs ? donnez-m'en.

— Nous n'en avons plus un seul car tous sont remplis de la récolte du fils de Sarjawîl.

— Curieux, dit Baïbars, pour lui vous avez des sacs et pour moi vous n'en avez pas, ne craignez-vous donc pas Dieu le Très-Haut ? Et moi qui suis gentil avec vous !

— Tu t'imagines qu'on a peur de toi ? répondirent les paysans qui, à la vue du fils de Sarjawîl et de l'armée de Safad, avaient repris du cœur au ventre.

— Trouvez-moi des sacs, dit Baïbars, et si vous voulez les louer, d'accord, je vous paie.

Quelques-uns partirent puis revinrent avec des sacs qui avaient déjà été utilisés par trois tribus de Bédouins : les Béni-rape-tout, les Béni-salit-tout et les Béni-crève-tout ; les gens appellent ça des sacs, mais les anges du Miséricordieux disent : "Dieu nous en préserve ! Ils sont tout juste bons pour la paille hachée ou le coton."

Ils se mirent à les ravauder de leur mieux et les lui lancèrent. Le mesureur se mit à sa besogne et lorsqu'il arrivait à cinq il annonçait dix. Le petit malin comptait dans la langue des Francs.

— Qu'est-ce que c'est que cette manière de mesurer, s'écria Baïbars, c'est bizarre que tu ne mesures pas ma part comme la vôtre.

— Maraud, dit Aznito, si cette façon de mesurer ne te plaît pas, tu n'as qu'à le faire toi-même.

Il jeta le boisseau à terre et se tint à l'écart comme un singe à qui son maître a infligé une raclée. Sur ce, Baïbars ramassa le boisseau, le brandit et en frappa si violemment la tête du mesureur qu'elle se fracassa et se répandit sur son cou, telle la malédiction de Dieu sur les infidèles.

[Le transmetteur a dit :] Il en resta assis par terre pour ne plus se relever et on l'emmena mort. Dieu se hâta de jeter son âme au feu – triste séjour !

Quand le fils du sire vit que son cousin Aznito le Mesureur avait crevé, la lumière à ses yeux devint ténèbres, il râla, gronda, grinça des dents et cria à Baïbars : "Maraud, tu t'es bien pressé de frapper", puis, dégainant son sabre, se jeta sur Baïbars pour le tuer. Les compagnons de Baïbars s'interposèrent et le ceinturèrent. Quand les patrices virent le fils de leur roi aux mains des musulmans, ils crurent qu'ils allaient le tuer. Ils dégainèrent et passèrent à l'attaque en invoquant Jean, Marie et la Croix vénérée. La troupe de Baïbars contre-attaqua. L'épée tranchante s'abattit sur les tendres nuques et l'on frappa à tort et à travers. Les troupes que Baïbars avait recrutées à Damas tournèrent les talons et cherchèrent leur salut dans la fuite. Mais Ahmad, fils d'El-Aqwâssi, et ses cinq compagnons crièrent : "Nous voilà, Baïbars, t'en fais pas." Ils fondirent sur la troupe d'Aksibo et les sabres se mirent à chanter sur les cous des Francs ; mais ceux-ci étaient nombreux et, de plus, les habitants du village se rangèrent à leurs côtés : même les femmes leur lançaient des pierres. Baïbars et sa troupe étaient en mauvaise posture et allaient succomber quand, soudain, un nuage de poussière s'éleva, obscurcissant l'horizon. La poussière se dissipa et laissa paraître l'éclat des cottes de mailles et le scintillement des casques de cavaliers innombrables. Ils étaient précédés de deux étendards qui palpitaient au vent. C'étaient mille cavaliers bardés de fer, commandés par deux lions féroces ; le premier était Hasan El-Horâni et le second Dibl El-Baysâni. Quand ils s'approchèrent de la mêlée, ils crièrent à leurs hommes : "Quelle aubaine, ô lions des bois !" Leur aubaine, c'était le poison de la mort.

Ils fondirent sur l'aile droite et rabattirent sur l'aile gauche, submergèrent le centre et les ailes : en une heure ou deux il ne resta plus âme qui vive du côté des Francs. Ne réchappèrent des mécréants que ceux pour qui Dieu avait décrété longue vie et qui avaient pris la fuite à temps.

Les musulmans rassemblèrent les chevaux abandonnés et les armes éparpillées puis ils revinrent au pavillon de Baïbars. Quand ils voulurent mettre pied à terre, Hasan El-Horâni demanda à Ahmad fils d'El-Aqwâssi : "Où est le *khawand* Baïbars ? – Je n'en sais rien, capitaine, et je ne l'ai plus vu depuis votre arrivée. – Partons à la recherche du *khawand*, les gars", dit Hasan à Dibl.

Pendant qu'ils parlaient, Baïbars arriva amenant Aksibo, fils du sire Sarjawîl, garrotté, la tête et les pieds nus. C'est que, au moment où les *fidaouis* étaient intervenus pour mettre en déroute l'armée franque, le premier à s'enfuir fut Aksibo.

Baïbars, qui s'en était aperçu, l'avait poursuivi en criant : "Où vas-tu, minable ?" Et il avait fondu sur lui comme un épervier, l'avait frappé de son *lett* et étendu à terre. Il l'avait solidement garrotté et conduit en ce piteux état jusqu'au pavillon. Quand Hasan et Dibl le virent, ils l'accueillirent comme la terre assoiffée accueille un orage. Ils crièrent : "Bienvenue, bienvenue, quelle est cette bagarre, *khawand* ?" Il leur raconta ce qui s'était passé et comment les gens d'El-Sanamên avaient agi à son égard, puis il leur dit : "Dieu vous fasse prospérer, mais dites-moi ce qui vous a amené ici à cette heure ?

— Eh par Dieu, *khawand*, répondit Hasan El-Horâni, j'étais chez mon frère Dibl pour quelque affaire et nous sommes partis ensemble à El-Kisweh. En chemin, nous avons aperçu la bataille et nous avons interrogé quelqu'un qui nous a dit : C'est le *khawand* Baïbars qui se bat avec Aksibo fils de Sarjawîl. Nous avons craint que les infidèles adorateurs de la Croix ne te fassent du mal et nous t'avons rejoint. Auparavant nous avions demandé de tes nouvelles et on nous avait appris que tu étais à Damas, chez Dame Fâtmeh, fille d'El-Aqwâssi. Nous avons pour toi une bonne nouvelle : tu seras roi d'Egypte et de Syrie et de tous les pays d'Islam. Sous ton règne, nous aurons gloire et haut rang, c'est ce que nous a clairement indiqué la prédiction. Moi on m'appelle Hasan El-Horâni et je te présente mon frère Dibl El-Baysâni, capitaine du Ghôr et de Baysan." Alors

Baïbars leur souhaita la bienvenue, les salua de la meilleure manière après les avoir remerciés pour ce qu'ils avaient fait. La nourriture était prête, ils disposèrent les nattes, mangèrent à satiété, louèrent le Créateur, le Très-Haut, et burent le café. Hasan El-Horâni se tourna alors vers Baïbars et lui dit : "C'est étrange, *khawand*, tu t'es affréré à tout le monde sauf à moi. Concluons donc un pacte devant Dieu ! – Ta proposition est la bienvenue et j'en serai très heureux."

Sur-le-champ Hasan El-Horâni appela l'un de ses hommes et lui dit : "Amène-moi quatre anciens du village d'El-Sanamên. – Sur ma tête et mon œil, capitaine !"

Un instant plus tard, il revint avec les quatre anciens et les fit comparaître devant Hasan El-Horâni. Ils avaient si peur de lui qu'ils tremblaient comme des feuilles. Il leur dit : "Malheureux, maudits traîtres, qu'est-ce qui vous a poussés à conspirer contre le *khawand* Baïbars et à pactiser avec les chrétiens, ennemis de la religion !" [...]

[Sarjawîl, furieux de la mort de son fils, réclame la tête de Baïbars à Charaf El-Dîn ; celui-ci ne demanderait évidemment pas mieux, mais il craint de se compromettre en livrant ouvertement un coreligionnaire à l'ennemi. Les deux compères conviennent donc d'une ruse : Sarjawîl ira mettre le siège devant Damas, et Charaf El-Dîn, sous couvert d'organiser une sortie, lui enverra

Baïbars et ses compagnons, puis il fera fermer les portes. Le stratagème réussit : Baïbars est isolé, en compagnie d'une poignée d'hommes, en face de l'armée ennemie. Mais, grâce aux tours que lui a enseignés Asef, il réussit à rentrer dans la ville en perçant la muraille, puis, le soir venu, à pénétrer dans le camp ennemi et à enlever Sarjawîl après l'avoir drogué. Le lendemain, l'armée ennemie est vaincue à plates coutures par Sulaymân le Buffle qui, justement, passait par là. Se voyant en mauvaise posture, le roi franc négocie sa libération, donnant en échange sa tente royale, un chef-d'œuvre célèbre dans toute la région ; puis il lève le camp et s'enfuit sans demander son reste. Baïbars, après être entré en triomphe dans la ville, inflige un outrage public à Charaf El-Dîn, lui reprochant amèrement sa duplicité. Furieux, le gouverneur le fait enlever secrètement par un homme de main et le tient emprisonné dans son palais. Mais Dame Fâtmeh, qui se doute de la chose, fait avertir Sulaymân le Buffle et les fidaouis *de Maarra, qui s'introduisent dans le palais de Charaf El-Dîn et l'obligent à délivrer Baïbars. Entre-temps le vizir Najm El-Dîn, beau-frère de la Dame Fâtmeh, arrive à Damas, envoyé en mission officielle par le roi El-Sâleh. D'abord prévenu contre Baïbars par l'effet des calomnies de Charaf El-Dîn, il est rapidement charmé par les qualités du jeune homme, et, découvrant qu'il n'est autre que le mamelouk destiné au service personnel du roi, il décide de le ramener avec lui au Caire.]*

Dame Fâtmeh fit apporter dix caisses pleines de pièces d'argent et dix charges de tissus précieux de Damas, lui disant : “Emmène tout cela avec toi.” Puis, se tournant vers le vizir Najm El-Dîn, elle lui dit : “Mon cher, je n'ai rien d'autre à te confier que l'émir Baïbars ; il est mon œil droit, comme ton épouse Aïcheh est mon œil gauche. Tout ce que tu lui feras, c'est comme si tu me le faisais à moi ! – Mais comment donc ! Il m'est plus cher que mon propre fils.”

La Dame Fâtmeh offrit au vizir Najm El-Dîn un somptueux présent : c'était un coffre à bijoux clouté en forme de boîte. “O puissant vizir, ajouta-t-elle, je te charge de remettre cet écrin à ma sœur, la Dame Aïcheh. Prends-en bien soin et ne l'ouvre qu'en sa présence, une fois arrivé au Caire.”

[Le transmetteur a dit :] Voilà pour ce qui est de la Dame Fâtmeh et du vizir Najm El-Dîn. Quant à Baïbars, il se mit à expédier ses derniers préparatifs, car il était tout joyeux de partir.

Ses trois compagnons, Moussa El-Sindi, Abou Bakr Al-Jardaqâni et Ibrahim de Jannîn, eurent vent de la chose, et vinrent lui rendre visite : “Alors, champion, lui dirent-ils, tu veux t'en aller et nous laisser avec Charaf El-Dîn qui va nous en faire voir de toutes les couleurs, lui qui ne peut pas nous voir ! Nous ne serons plus sûrs de rester en vie. – Ne vous faites donc pas de soucis, répondit Baïbars. Je vais à l'instant voir Charaf El-Dîn et lui recommander de ne pas se mêler de vos affaires."

Il se leva sur-le-champ et se rendit auprès de Charaf El-Dîn. Celui-ci lui souhaita la bienvenue, se leva pour le recevoir et le fit asseoir à la place d'honneur. Quand ils furent bien assis, Baïbars dit d'une voix forte :

— Ecoute un peu, Charaf El-Dîn : je pars pour Le Caire, mais attention ! Si tu cherches des histoires à mes frères et à mes compagnons, tu n'auras de reproches à faire qu'à toi-même. J'ai agi correctement avec toi, fais-en de même avec moi.

— Pourquoi parler sur ce ton, mon fils ? Tu vas nous manquer. Si Dieu a décrété ton salut, et si tu pars, tes compagnons me seront plus chers que mon âme, et ils n'ont rien à redouter. Si tu le désires, je puis les prendre à mon service au siège du gouvernement, et les faire officiers de la troupe.

[Le transmetteur a dit :] Et certains d'entre eux prirent du service au palais du gouvernorat ; d'autres déclinèrent la proposition. Quant à Baïbars, il s'en revint vers la maison de la Dame Fâtmeh, à qui il fit mille caresses, lui baisant les mains et lui disant :

— O ma mère, invoque Dieu pour moi et n'oublie jamais de le faire.

— Va mon fils, répondit-elle. Que Dieu guide tes pas, que de ton ennemi Il fasse un ami. Que dans tes mains la poussière se change en or. Qu'Il fasse fléchir vers toi les cœurs impitoyables de Ses serviteurs désobéissants. Qu'Il te donne la victoire sur tous tes ennemis, qu'Il te réconforte le cœur et qu'Il te rende aisée toute chose difficile, pour la gloire de l'Annonciateur", et, en guise de complainte, elle récita ces vers :

A quoi bon souhaiter le luxe et la richesse
ou être l'héritier du trône de la Perse ?
Ce bonheur n'est qu'un songe, une plume emportée
quand mes yeux ne voient plus ta personne adorée.

Puis elle fit ses adieux et l'embrassa au front. Pendant ce temps, les muletiers avaient chargé les ballots d'étoffes et le pavillon ; ils lui avancèrent son cheval, qu'il enfourcha aussitôt.

Les habitants de Damas l'escortèrent jusqu'au dehors de la ville pour lui faire leurs adieux, ainsi qu'au vizir Najm El-Dîn. Il prit congé de ses compagnons et de ses amis, et la caravane sortit de Damas, prenant la direction du Caire. Ils marchèrent sans répit jusqu'au soir ; ils s'arrêtèrent alors pour bivouaquer. On était au printemps, et la terre était somptueusement parée de fleurs fraîchement écloses. Baïbars ordonna que l'on dresse le pavillon de Sarjawîl pour en faire étalage et les serviteurs le dressèrent sur un tertre élevé, en laissant un pan relevé pour faire entrer la brise. Baïbars et le vizir Najm El-Dîn s'assirent ; ce dernier le trouva d'une facture admirable. Pendant ce temps, les cuisiniers avaient commencé de préparer le repas. On amena les plateaux, ils mangèrent à satiété, louèrent le Créateur, burent le café, firent leurs ablutions, prièrent, terminèrent par les invocations, puis ils s'assirent et se livrèrent aux plaisirs de la conversation.

— Baïbars, mon fils, dit Najm El-Dîn, dorénavant, ne donne plus l'ordre de dresser le pavillon ; il pourrait bien exciter la convoitise de quelqu'un ; et puis, il risquerait d'être gâté par la poussière de ces régions désertes et inhabitées.

— Fort bien, répondit Baïbars.

Ils passèrent donc là cette nuit ; le lendemain matin, ils firent leur prière à l'aube, terminèrent par les invocations sur Celui qui est à l'abri de toute honte et de toute souillure, et Baïbars ordonna de charger le pavillon et les ballots ; l'ordre fut exécuté, le chargement fait, et ils se mirent en route. Ce jour-là, ils arrivèrent en vue d'une forêt proche du Horân, qui se nomme la forêt d'El-Achnahiyyeh. Ils dressèrent les tentes ; on était à la fin de l'après-midi. L'un des muletiers interpella son compagnon :

— Hé, Mohieddîn !

— Qu'est-ce que tu veux, Abou Râgheb ?

— Vise un peu, ce coinceteau est rempli de perdrix ! Prends ton arc et arrive ! On va se faire un bon plat de gibier.

— Par Dieu, voilà qui est parlé, frère ! allons-y.

Sur quoi ils descendirent ensemble vers le fond de la vallée. L'émir Baïbars avait entendu la conversation et il fut pris du désir d'aller chasser ; il avait emporté son arc. Il s'en empara et descendit vers le vallon, glissant plus légèrement qu'un fantôme, comme dit la chanson :

Mon aimé est parti à la chasse à la fin de l'après-midi.

Il descendit ainsi jusqu'au fond du vallon quand, soudain, il aperçut un homme, au loin, qui creusait un trou dans le sol, en rejetant la terre sur le côté. Baïbars en fut intrigué : "Qui peut bien être cet homme, se disait-il, et pourquoi creuse-t-il un trou, dans cette région déserte et inhabitée ?" Il s'approcha et, lorsqu'il se trouva au-dessus de lui, l'interpella : "Que la paix soit sur vous !" Mais l'homme était courbé vers le sol, il était occupé à creuser et à remplir son couffin : il n'entendait ni salutations ni imprécations. Lorsqu'il eut rempli son couffin de terre, il se redressa et s'apprêta à le vider hors du trou ; c'est alors qu'accommodant son regard, il aperçut l'émir Baïbars.

Or, cet homme qui creusait n'était autre que Hasan El-Horâni ; ils se reconnurent ; le capitaine Hasan planta là son couffin et sa pelle et se précipita vers Baïbars, en le saluant comme se saluent de vieux amis après une séparation. En regardant mieux, Baïbars vit, à côté de l'excavation, un jeune garçon au teint basané, avec un visage qui respirait la santé. Il pouvait avoir une quinzaine d'années, mais était solidement bâti. Il portait un bonnet rouge entouré d'un bandeau blanc et était vêtu d'un vêtement bleu serré à la taille par une ceinture de cuir. Il était garrotté, si étroitement qu'il ne pouvait bouger ; il était silencieux, sans rien dire ni rien manifester.

— Frère Hasan, dit Baïbars, puis-je te demander ce qu'a ce garçon, et pourquoi tu creuses ainsi ce tombeau ?

— O *khawand*, s'écria Hasan, ne me pose pas de questions sur ce réprouvé, ce malheureux, ce lâche qui est mon fils Ibrahim ; mais, que Dieu me pardonne, je le renie ! Car il a fait à mon honneur une tache que rien n'effacera. Aussi, je veux l'enterrer vif !

— Sans vouloir t'offenser, capitaine Hasan, s'écria Baïbars intrigué, je voudrais bien savoir quelle faute ce garçon a pu commettre.

— Ne pose pas de questions, ô *khawand* ! Car, par la vie de mon père, cette faute est si grave que personne n'a jamais rien entendu de semblable.

— Est-ce qu'il a volé ?

— Eh, plaise au ciel qu'il ait volé !

— Il a tué celui que Dieu a interdit de tuer ?

— Pis que cela, homme, pis que cela !

— Est-ce qu'il a attenté à l'honneur d'une vierge ?

— Eh, si ce n'était que cela !

— Eh, par ma vie, s'écria Baïbars à bout de conjectures, dis-moi, capitaine, quel est le crime de ce garçon ? Par le pacte qui est entre toi et moi !

— Sache, ô *khawand*, que ce lâche qui est mon fils était hier à garder les bêtes ; il a été attaqué par un lion, une malheureuse bête de rien du tout ; chez nous on l'appelle le chaton sauvage. Il s'est jeté sur les moutons qui se sont égaillés ; alors ce lâche s'est approché pour chasser le chaton sauvage et il s'est fait déchirer sa manche ! Me voilà humilié pour la vie, et jusqu'à la fin des temps.

— Mazette ! s'écria Baïbars. Mais, dis-moi un peu, combien vaut une tunique sur le marché ?

— Eh que me chantes-tu là, *khawand*, s'écria l'autre. Est-ce que je me fâcherais pour une tunique ?

— Alors de quoi te fâches-tu ?

— Mais enfin, je suis, moi Hasan El-Horâni, son père, et Aïcheh aux Cheveux Gris est sa mère, et il se laisse déchirer sa manche par un chaton sauvage !!!

Baïbars fut stupéfait d'entendre ces propos, et se dit en lui-même : "Peste ! ce sont vraiment des gens de la montagne ; le voilà qui va enterrer son fils vivant pour une tunique. Et pourtant, il a l'air d'être un garçon de valeur. Tant de violence est contraire à la religion. Il a bien raison celui qui a dit : La fréquentation des gens grossiers mène à l'impiété." Il se tourna vers le capitaine Hasan et lui dit : "Frère, accorde-moi la vie de ce garçon ; je me porte garant pour lui. S'il lui arrive de se montrer à nouveau négligent dans son travail, alors, cette fois-ci, tu feras de lui ce que tu voudras. Mais, aujourd'hui, il est sous ma protection.
– Par la vie de mon père, dit Hasan, si c'était un autre que toi qui me demandait de lui faire grâce, quand bien même ce serait le Sâleh Ayyoub, je le refuserais. Mais j'ai pour toi tant d'estime que je t'accorde sa vie, par égard pour toi." Et aussitôt il

libéra le jeune garçon. “Lève-toi, mille tonnerres, espèce de lâche, et va embrasser la main du *khawand* Baïbars.”

Le garçon s’approcha et se mit à lui baiser les mains, invoquant Dieu pour son salut. “Va, ô *khawand*, dit-il, je te revaudrai cela un jour qui sera compté dans la chronique des Arabes.”

Ibrahim se retourna, vit la terre que son père avait entassée et se dit : “C’est Dieu qui m’a sauvé. Si le *khawand* Baïbars n’était pas arrivé pour me libérer, mon père m’aurait enfoui sous toute cette terre et je n’aurais pu en sortir avant la Résurrection.” Il se leva d’un bond et s’enfuit comme s’il avait le diable à ses trousses, tout étonné d’être encore en vie.

[Le transmetteur a dit :] Celui-là ira maintenant chez sa mère Aïcheh aux Cheveux Gris et lui racontera ce qui s’est passé ; elle se mettra en colère et prendra l’aiguillon à buffles pour le frapper. Alors il s’enfuira et errera de château en château et de forteresse en forteresse ; il s’éprendra de Nâfileh la Pucelle. Nous reparlerons de lui au moment du couronnement de Baïbars.

[Le transmetteur a dit :] Le capitaine Hasan se tourna vers Baïbars et lui dit : “O *khawand*, qu’est-ce qui t’amène en ce lieu ? Et quels sont tous ces pavillons ?” Baïbars lui apprit tout ce qui s'était passé du commencement à la fin ; il lui dit comment Charaf El-Dîn s'était plaint au roi El-Sâleh Ayyoub. "Et maintenant, dit-il en conclusion, je suis en route pour Le Caire. – Eh, pourquoi ne m'as-tu pas prévenu, frère ? Je serais venu avec mes hommes, et nous aurions mis Damas à feu et à sang ! – Que Dieu te bénisse, capitaine, tu es trop aimable."

Sur quoi il le prit avec lui et l'emmena au campement. Il le fit entrer dans son pavillon et le pria de s'asseoir. On apporta le dîner, ils se restaurèrent, louèrent le Créateur. Après quoi Hasan El-Horâni se leva, prit congé de Baïbars, en lui recommandant d'envoyer souvent de ses nouvelles, puis s'en fut. Najm El-Dîn et Baïbars passèrent la nuit en cet endroit ; le lendemain, ils se mirent en route et s'arrêtèrent à une journée de marche d'El-Arich. Ils bivouaquèrent cette nuit-là dans une vaste prairie. On apporta le dîner, ils se restaurèrent, firent la prière du coucher de soleil puis celle de la nuit close, et Baïbars alla s'asseoir avec Najm El-Dîn à l'entrée du pavillon ; c'était la pleine lune.

Or, il y avait parmi les muletiers un bon compagnon, aimant à rire et à plaisanter, un boute-en-train sachant chanter et jouer du tambourin. Ils le nommaient Hasan El-Khal'i, à cause de sa manière de rouler les hanches en dansant. Or, ce soir-là il se sentait particulièrement en verve et d'humeur folâtre. Il rassembla les muletiers et se mit à jouer du tambour de basque et du pipeau, pendant que les autres dansaient ; car un homme de l'art ne se déplace jamais sans son tambour et son hautbois.

Cette vue réjouit le cœur de l'émir Baïbars ; quand il eut fini de jouer, Hasan El-Khal'i prit son tambour de basque et s'approcha de Baïbars en s'écriant : "A votre bon cœur, à votre bon cœur ! Celui qui est généreux l'est toujours, qui ne donne rien est un vaurien !" Baïbars s'avança et lui donna un bon pourboire, de même que le vizir.

Le défilé d'El-Arich

Le lendemain ils levèrent le camp et se mirent en route sous la protection du Seigneur de miséricorde ; au coucher du soleil, ils s'arrêtèrent et montèrent les tentes. On apporta le dîner, ils se restaurèrent, firent la prière du coucher du soleil puis celle de la nuit tombée, après quoi Baïbars et le vizir Najm El-Dîn s'en allèrent s'asseoir à l'entrée du pavillon. Ils hélèrent les muletiers et leur dirent de demander à Hasan El-Khal'i de jouer pour eux, afin que tous s'amusent comme ils l'avaient fait la nuit précédente.

— Aujourd'hui, on ne peut pas, dirent-ils. Il y a un temps pour chaque chose.

— Et pourquoi donc, les gars ? Qu'est-ce qui vous empêche de vous amuser et de prendre votre plaisir ?

— Sache que cette région n'est pas sûre, ô émir, répondit Hasan El-Khal'i.

— Eh frère Hasan, dit Baïbars, prends donc ton tambour et fais-nous passer un bon moment. Allez, je t'en prie ! Pourquoi cet air renfrogné ? Eh, Celui qui connaît les choses secrètes arrangera tout !

— Bien sûr, répondit Hasan El-Khal'i, toi, tu t'en moques ! Demain, tu seras bien confortablement sur ton cheval et tu marcheras sans te fatiguer, pendant que nous, toute la peine sera pour nous : demain, nous ferons un chemin tout en montées et descentes et en passages dangereux, de quoi renier la vraie foi. Ce qui met les muletiers de si méchante humeur, c'est de penser à leur peine de demain ; ils veulent dormir et se reposer.

— D'accord, frère, dit Baïbars, mais est-ce qu'il n'y aurait pas un chemin par la plaine ? Même s'il était plus long, ce n'est pas grave.

— Qu'est-ce que tu me chantes, ô mon père ? Par monseigneur Yahya, oui, il y a bien un chemin tout près d'ici qui passe par la plaine, sauf qu'il y a là, comme dit le proverbe, "un bol de *knâfeh* et une vipère à côté". C'est un infidèle, mari de dix mille pouffiasses ; il tient le défilé et ne laisse pas passer un oiseau dans le ciel sans lui faire payer le droit de passage fixé à la tête du client. Et nous, frère, nous sommes de pauvres gens qui vivons à la merci de Dieu. Si nous passons par là, il nous arrêtera et nous prendra une somme astronomique. Il se nomme Kafrin fils du sieur Frenhîj, seigneur d'El-Arich. C'est bien dur pour nous de payer le droit de passage à un infidèle, un fils de pute ; d'un autre côté, si nous prenons le chemin des montagnes, nous risquons nos bêtes : si l'une tombe, seul Celui qui l'a créée peut la relever. C'est pour cela que nous sommes de mauvaise humeur. Tu as posé la question : voilà la réponse.

Baïbars, étonné de ce qu'il avait entendu, reprit :

"Frère, ne te fais plus aucun souci sur ce compte. Allez, jouez du tambourin, chantez, amusez-vous, demain nous prendrons par la route de plaine ; et quand nous arriverons au défilé d'El-Arich, c'est moi qui irai parler à Kafrin et je l'embobinerai. S'il est d'accord, tant mieux, et s'il refuse, eh bien, c'est moi qui paierai le droit de passage de ma poche et vous ne perdrez rien, ni écu ni liard."

Hasan El-Khal'i fut rempli de joie ; et retrouva tout son entrain. Il prit son turban, l'envoya en l'air à bras tendu et s'écria : "*Châbâch*, ô Baïbars ! Que le Seigneur nous fasse durer ta gloire !" Et il s'en fut aussitôt avertir les muletiers et les guides, qui, tout réjouis, se mirent à jouer, tandis que Hasan El-Khal'i battait du tambour : on eût dit qu'ils enterraient leur vie de garçon. La fête dura jusqu'à quatre heures de la nuit, après quoi tout le monde rentra dans sa tente et s'endormit. Le lendemain matin, ils chargèrent leur fourniment. Baïbars et le vizir se mirent en tête et prirent la route d'El-Arich, suivis des guides. Ils traversèrent une vaste plaine puis arrivèrent en vue de l'entrée du défilé d'El-Arich ; c'est alors qu'ils entendirent une clameur s'élever du côté des Francs : "*Ghandars*[94], criaient-ils, arrêtez-vous où vous êtes, pour payer le droit de passage !"

Baïbars piqua dans leur direction ; il arriva près de Kafrin, fils du sieur Frenhîj, qui était entouré de cinq cents patrices : des costauds qui semblaient capables de briser du fer entre leurs mains. "Sa mère a eu envie d'un ours des montagnes : elle a enfanté d'un vieux cochon."

— Pourquoi nous arrêtes-tu ?

— O *khawâja*, demanda Baïbars. Que nous veux-tu ?

— Tu n'es pas d'ici, *ghandar*, dirait-on. Ne sais-tu pas que c'est ici El-Arich et que tous ceux qui passent doivent verser le droit de passage et celui qui ne paie pas, nous lui coupons la *cabeza*[95].

— Je ne demande pas mieux que de payer, si vous êtes les gouverneurs de la ville, il est normal que vous preniez un droit de passage. Laisse seulement les bêtes de somme aller devant ; pendant ce temps-là, je resterai près de toi. Toi, prends un registre, compte bien et vois ce qui te revient ; je te verserai le tout en une seule fois.

— Oui, par l'honneur de ma religion, c'est *bono beyrem, ghandar*, répondit Kafrin ; viens t'asseoir.

On leur apporta deux sièges ; Baïbars et Kafrin s'assirent à l'entrée du défilé et ce dernier dit aux patrices d'ordonner à la caravane d'avancer. Le vizir Najm El-Dîn prit la tête, suivi par les muletiers et les guides. Kafrin avait pris une feuille et se mit en devoir de compter et d'écrire jusqu'à ce que tout soit passé. Baïbars s'approcha et vit que la feuille était remplie d'écriture, comme la gazette sur laquelle on imprime les nouvelles[96].

— Vois maintenant, ô sieur, à combien s'élève ce que je te dois pour le droit de passage. L'autre se mit à calculer, tant par voyageur, tant par bête de somme, puis il additionna le tout, de tête et à vue de nez, puis il déclara :

— *Ghandar*, tu me dois trente-trois ducats trois quarts.

— Très bien, répondit Baïbars, donne-moi une feuille que je te fasse un billet, le temps que j'aille au Caire et que je revienne, car j'ai encore des marchandises à faire passer par cette route.

— Que me chantes-tu là, maraud ! beugla Kafrin. Tu es fou, sans doute. Quand as-tu entendu dire que l'on fasse crédit sur un droit de passage ? Par ma religion, tu seras à peine passé que tu ne reviendras plus me rendre mon argent. Et si je te vois, je ne te reconnaîtrai pas. Paie ton droit de passage où je te coupe la *cabeza* !

— Eh, pourquoi te mettre en colère, puissant seigneur ? Attends un peu, je vais te donner tout ce que je te dois, ne t'en fais pas. Mais, s'il te plaît, tu ne pourrais pas me faire un rabais ?

— Mais bien sûr, *ghandar*, répondit Kafrin. Mettons trois ducats ?

— Ce n'est pas beaucoup.

— Eh bien alors dix.

— C'est toujours peu.

— Par l'honneur de ma religion, s'exclama Kafrin, de ma vie je n'ai vu un *ghandar* musulman aussi rapace ! si ça ne te plaît pas, comme je te l'ai dit, je prends toute la somme, pas un sou de moins !

— Bon, écoute, voilà mon dernier mot, dit Baïbars. Tiens, prends ces dix piastres et restons bons amis.

— Maraud ! *koufourti kanâyis !* hurla Kafrin. Qu'est-ce que tu me racontes ? Par l'honneur de ma religion et de ma foi, je ne te fais pas rabais d'un demi-liard et je veux tous les ducats jusqu'au dernier ! Et si tu ne me les donnes pas, je te les prends de force. Et, sans plus attendre, il se leva, se mit à cheval et posa la main sur sa rapière. "Je crache sur les impies, ceux qui font maigre en carême et qui sont plus vils que des chiens ! s'écria alors Baïbars. Par Dieu, tu n'auras rien de moi qu'un seul coup de ce sabre !" Sur quoi il bondit en selle, mit sabre en main et chargea Kafrin.

— Tout doux. Par l'honneur de ma religion, je n'ai jamais vu plus sot que toi. Tu veux vraiment perdre la vie et être *morto* ? Malheureux, tu es tout seul !

— Crois-tu que j'ai peur de tes patrices, ordure ! cria Baïbars. Tout en parlant, ils avaient dégainé, et Baïbars, levant le bras, porta à son adversaire un coup terrible qui lui fit voler la tête de sur les épaules et son âme s'en fut en enfer.

Voyant cela, les patrices s'écrièrent : "Par saint Jean, Marie et la Croix glorieuse !" et fondirent sur Baïbars, qui soutint le choc d'un cœur plus ferme que la pierre et le roc ; il les roua de coups et les éparpilla de droite à gauche, après quoi ils tournèrent les talons et cherchèrent leur salut dans la fuite. Seuls les plus chanceux eurent la vie sauve. Quant à Baïbars, lorsqu'il se vit privé d'adversaires, il poussa son cheval vers la caravane et s'en fut annoncer au vizir Najm El-Dîn ce qui s'était passé. L'autre s'en réjouit et le remercia de ce haut fait ; les muletiers furent remplis de crainte et de respect envers lui, de même que le malade craint la mort.

[Le transmetteur a dit :] Quant aux soldats de la bande de Kafrin que Baïbars avait mis en déroute, ils continuèrent à fuir jusqu'à ce qu'ils arrivent devant le sieur Frenhîj. Là, ils se mirent à déchirer leurs vêtements et à se frapper le visage, se répandant en pleurs et en lamentations et proférant des malédictions abominables.

"Marauds, que se passe-t-il ? leur demanda le sieur.

— O sieur, ton fils Kafrin est mort", s'écrièrent-ils. Ils lui rapportèrent tout ce qui leur était arrivé ; l'autre ne se tenait plus de rage : il se relevait et s'asseyait, la bouche écumante ; il avait ôté l'une de ses sandales et s'en donnait de grands coups sur la tête, et il pleurait et se lamentait, disant : "Dors en paix, *figlione* !"

"Il ne sert à rien de pleurer, ô sieur, lui dirent ses conseillers. Le plus sensé est de nous mettre en campagne, dès demain, avec nos troupes et de venger ton *figlione* Kafrin sur ce maraud qui l'a mis à mort." (Car il faut vous dire, ô nobles seigneurs, que les fuyards n'étaient pas arrivés avant le coucher du soleil.) Le sieur passa cette nuit dans les affres et le jour était à peine levé qu'il se mit en selle avec une troupe de soldats et se lança à la poursuite de Baïbars, le cherchant partout ; mais il n'en trouva pas la moindre trace et s'en revint bredouille, les entrailles déchirées par la mort de son fils.

Et la cause en était que la route du Caire, une fois passé le défilé d'El-Arich, se ramifie en une multitude de pistes qui vont dans toutes les directions. C'est ainsi que Baïbars avait pu s'échapper et rejoindre le vizir Najm El-Dîn.

Au palais de Najm El-Dîn

Le conte parle maintenant de l'entrée de Baïbars et du vizir au Caire.

C'était le soir lorsqu'il arriva à la *khaniqah* ; il s'y installa pour la nuit et fit dresser les tentes. La nouvelle de son arrivée parvint au roi El-Sâleh, qui ordonna aux membres du Conseil de se porter à sa rencontre, à l'exception du grand vizir. Les notables, le cadi, Aïbak s'occupèrent d'organiser le cortège et le défilé des troupes ; le lendemain matin, les bataillons et les fanfares sortirent de la ville. Le peuple, averti, sortit également pour participer aux réjouissances, même les filles cachées et les jeunes épousées.

Dès le milieu de la matinée, Najm El-Dîn avait donné l'ordre de se mettre en selle et avait pris la direction de la ville. A ce moment, les notables arrivèrent pour l'accueillir. Lorsqu'ils furent face à face, ils se saluèrent ; Najm El-Dîn ne leur laissa pas mettre pied à terre, car ils étaient tout près de la ville. Alors Najm El-Dîn ordonna de se remettre en route et ils se dirigèrent vers la porte de la ville. La foule s'étendait partout, remplissant la plaine en long et en large. Lorsque les gens virent Baïbars s'avancer à cheval, plus lumineux que la lune quand elle est en son plein, vêtu d'un habit somptueux tout broché d'or, coiffé d'un turban couleur gris perle, brillant de tous ses charmes et de tous ses attraits, séduisant les cœurs des femmes et des hommes, ils se dirent les uns aux autres : "Qu'est-ce qui nous vient là, bonnes gens ! Par le secret de la Dame, voilà l'astre nocturne qui s'élève, l'étoile qui scintille. Que la prière soit sur le Prophète ! Quel phénix ! Il veut entrer au Caire et faire soupirer tous les cœurs. Quel dommage ! pour l'honneur du Prophète, que notre seigneur le protège du mauvais œil." Et les cœurs épris de chanter ses louanges à voix basse, et les plus beaux parleurs d'énumérer ses qualités, et tout le monde de se pousser en masse vers Baïbars ; il n'y avait plus personne pour regarder le cortège, le défilé des troupes, et les grands du royaume. Aïbak, qui chevauchait à côté du cadi, dit à ce dernier : "Par

Dieu, ça drôle ! Regarde, cadi, défilé et armée, aujourd'hui, pas amusant. Tout le monde parti et il nous pas regardé. Moi il retourner derrière quoi c'est regardé pourquoi c'est comme ça. – O Aïbak, répondit le cadi, par aventure advint-il de Damas quelque objet étrange, quelque curiosité merveilleuse, qui attira à tel point l'attention de ces bonnes gens qu'ils cessèrent de contempler le cortège. Il nous faut aller en chercher la cause."

Le cortège entra dans la ville. Aux yeux de Baïbars, elle parut vaste et habitée d'une foule qui semblait jaillir de sources d'eau vive. Il en eut la tête tournée, et des pensées confuses s'emparèrent de son esprit. Damas lui semblait bien petite à côté de ce lieu qui avait vu l'errance des fils d'Israël. "Et, sans doute, se dit-il, il n'y a rien là de mal ni d'étonnant, car c'est le siège du califat, le trône du pouvoir suprême." Lorsqu'ils s'avancèrent dans les ruelles, les gens se mirent aux fenêtres pour le regarder ; ils contemplaient sa rayonnante beauté, en glorifiant Celui qui l'avait façonnée ; ils le montraient du doigt, et cela dura ainsi jusqu'à ce qu'ils arrivent dans le quartier de la Husseiniyyeh, où demeurait Najm El-Dîn El-Boundouqdâri. Le palais où il vivait existe encore à l'heure actuelle. Les grands mirent pied à terre et confièrent leurs montures aux valets d'étriers. Ils se mirent en rang à l'intérieur du corps de bâtiment extérieur pour la cérémonie de bienvenue. Najm El-Dîn mit pied à terre à son tour, confia son cheval à son palefrenier Oqereb ; Baïbars fit de même. Le vizir le prit par la main et le fit entrer ; sa beauté, ses attraits éblouissaient les grands.

— *Mâ Châ'a Allah !* Sont prières sur Prophète, s'exclama Aïbak. *Amân*, vizir Najm El-Dîn où toi trouver ce garçon ?

— C'est le fils de la Dame de Damas, Fâtmeh Haneum, fille d'El-Aqwâssi, répondit Najm El-Dîn ; je l'ai adopté.

— *Mâ Châ'a Allah !* Qu'est-ce que c'est ça ? La gloire à Créateur ! par Dieu, toi pas trompé, toi faire lui fils !

Mais le cadi Salâh El-Dîn, dès qu'il posa les yeux sur Baïbars, sentit son cœur tressaillir violemment et il le prit en haine ; d'autant plus qu'il aperçut les marques et les signes qu'il portait sur son visage et sut alors que ce qu'il attendait depuis bien longtemps s'était réalisé. "Te voilà, enfin, canaille ! se dit-il en lui-même. Un jour, je me débarrasserai de toi. Tu n'es pas plus immortel que les autres." Et il se mit à tramer de sombres machinations.

L'assemblée se rendit dans la salle de réception et tous s'assirent, chacun selon son rang et son grade. Les hommes de peine et les muletiers avaient déchargé les bagages de Baïbars et les présents. Les échansons passèrent et présentèrent des rafraîchissements à l'assemblée. Ils burent et passèrent une heure en bonne compagnie, puis ils prirent congé de Najm El-Dîn, se mirent en selle et se séparèrent, chacun allant de son côté.

Najm El-Dîn se leva, et, appelant les eunuques, leur ordonna de porter les présents que la Dame de Damas avait envoyés à sa sœur, son épouse à lui, la Dame Aïcheh Haneum. Il se chargea lui-même de l'écrin d'argent, qu'il glissa sous son vêtement de dessus, et se rendit vers le harem. Son épouse vint à sa rencontre et accourut baiser le sol devant lui, disant : "Bienvenue à celui qui est parti en nous laissant dans l'affliction et qui est revenu en nous remplissant de joie. Loué soit Dieu, mon cher, de t'avoir laissé rentrer sain et sauf." Il la salua de son côté ; pendant ce temps, les eunuques avaient posé les présents devant elle.

— D'où viennent toutes ces choses splendides ? demanda-t-elle.

— Elles viennent de ta sœur, qui te transmet son tendre salut et s'enquiert de ta chère santé.

— Avant toute chose, tranquillise-moi : as-tu observé ses mœurs ?

— Oui, certes.

— Est-il vrai, comme l'ont dit les ennemis et les envieux, qu'elle ait manifesté des actions douteuses et dépravées, et qu'elle soit amoureuse de Baïbars ? Ou bien ont-ils menti et colporté sur son compte des calomnies sans fondement ?

— A Dieu ne plaise qu'une telle humiliation soit infligée à ce joyau si bien celé, à une dame aussi pénétrée des devoirs de son rang, s'écria le vizir. Non, en vérité, elle a l'âme pure et ses mœurs sont irréprochables ; elle mérite pleinement son titre de Dame de Damas. Je n'ai trouvé en elle qu'œuvres pies, crainte de Dieu, et un extrême souci de préserver son honneur, de la générosité envers les pauvres et un grand zèle pour les actions charitables.

— Loué soit Dieu ! répondit son épouse. Car, par Dieu, si ces bruits étaient vrais, je l'eusse reniée et n'eusse accepté d'elle le moindre présent !

Le vizir sortit alors l'écrin et le déposa devant elle.

— Qu'est-ce que cela ? demanda-t-elle.

— Eh, par Dieu, répondit-il, c'est là le seul souci que m'ait donné la Dame de Damas ! Elle me l'a confié au moment des adieux en me disant : "Voici un dépôt sacré que je confie à tes soins. Ne le remets à personne, ne le confie à personne, ne le fais voir à personne, et ne regarde pas ce qu'il contient avant d'être arrivé auprès d'elle à qui tu le remettras en mains propres." Et moi, je n'ai cessé d'en prendre soin tout le long du voyage, à tel point que je le posais sous ma tête avant de m'endormir ! Je me suis dit qu'il devait contenir de bien précieux secrets ; j'aimerais bien que tu délivres mon cœur de ce tourment et que tu soulèves son couvercle afin que je voie les trésors qu'il contient. S'agit-il de pierres fines, d'émeraudes, de diamants, de topazes de grand prix ? Il faut que ce soit quelque chose de très précieux pour qu'elle m'ait fait toutes ces recommandations et qu'elle ait une bien piètre opinion de moi pour croire qu'un seul regard exciterait ma convoitise.

— Non pas, mon époux, répondit-elle en souriant, je te l'assure par ta vie, ce n'est pas ce que tu crois ; il doit y avoir une autre raison.

Sur ce, elle ouvrit l'écrin et regarda à l'intérieur ; il s'y trouvait un morceau de papier enveloppant un voile de mousseline de soie brochée d'or, une *zarmouzeh*, une pantoufle brodée comme en portaient les dames en ce temps-là, une pièce d'or d'un dinar, qui brillait plus qu'une escarboucle, et un petit sou de cuivre rouge. Najm El-Dîn éclata de rire : "En voilà un trésor ! s'écria-t-il. C'était bien la peine de me faire toutes ces recommandations. Qu'est-ce qui a pu lui passer par la tête ?"

Son épouse le regarda fixement et eut un sourire.

— Il semble que tu as emmené Baïbars avec toi, dit-elle.

— Oui certes, mais comment le sais-tu ?

— Par ces signes et ces symboles. En connais-tu le sens, mon époux ?

— Non, par Dieu ; sur ce point tu en sais plus que moi. En ce qui me concerne, je n'ai pas suffisamment étudié les mœurs des femmes et je ne connais pas la clé des symboles.

— Sache que ce morceau de mousseline et cette pantoufle signifient son fils Baïbars ; et elle dit : "O ma sœur, ne porte pas l'oreille aux on-dit et ne prends pas mauvaise opinion de moi ; car ce Baïbars est mon fils, il est un voile de mousseline brochée que l'on porte sur la tête et une *zarmouzeh* que l'on se met au pied : ce qui indique qu'il occupe un haut rang parmi son peuple et qu'il est innocent des mauvaises actions qu'on lui attribue." Quant au sou et à la pièce d'or, ils indiquent qu'il est jeune par son âge, mais qu'il a une grande valeur et qu'il faut le mettre à la meilleure place ; il n'est pas comme un sou de cuivre que l'on jette à terre sans que personne n'y prête attention, et que l'on envoie au diable. Et ce que tout cela veut dire, c'est qu'elle me conseille d'en prendre bien soin. Est-il vraiment comme elle le dit ?

— Oui, certes, répondit Najm El-Dîn, ta sœur a dit vrai. C'est un jeune homme accompli, bien élevé, courageux, vertueux, de bon lignage ; et ses actions témoignent de ses nobles origines. Ta sœur a pour lui tant d'affection qu'elle l'a adopté et en a fait son fils.

— Amène-le-moi, afin que je le voie de mes yeux, demanda-t-elle.

— Comme tu veux, dit Najm El-Dîn El-Boundouqdâri.

Il se rendit au corps de bâtiment extérieur et vit Baïbars qui se morfondait à l'étage inférieur du palais et qui faisait les cent pas du côté des bagages. "Mon fils Baïbars, lui dit-il, viens, ta tante, la sœur de ta mère, te demande." Baïbars traversa le harem en baissant les yeux avec beaucoup de discrétion et de pudeur, il entra dans le salon de la Dame Aïcheh ; elle était assise sur un fauteuil, elle avait revêtu ses voiles, s'était couvert le visage, comme le prescrit la Loi.

Il s'approcha d'elle et fit de loin le geste de prendre sa main et de la baiser ; il fit sa révérence et garda la tête baissée vers le sol. Il était trempé de sueur et brillait comme une perle. Elle le regarda longuement et trouva sur sa personne les signes de la noblesse d'âme ; elle vit bien qu'il était issu d'une grande famille et d'un noble lignage. La Dame Aïcheh était une dame particulièrement perspicace. “Par Dieu, dit-elle, ma sœur ne s'est pas trompée en recueillant ce jeune homme ; il est certainement issu de quelque race noble et glorieuse. Mais, à le voir, il semble qu'il ait subi les malheurs du destin et les revers de la fortune.” Et les larmes se remirent à couler sur ses joues ; elle se souvint de sa sœur et des recommandations qu'elle lui avait faites, et reprit : “Sois le bienvenu, mon enfant. Ta venue est une bénédiction pour nous. Et, pour l'amour de ma sœur, si notre cœur n'est pas assez grand pour te recevoir, nous te mettrons dans la prunelle de nos yeux.” Elle lui dit de s'asseoir, ce qu'il fit après avoir baisé le sol. Il vivait dans ce quartier de la Husseiniyyeh un cheikh, fort pieux, homme de science et membre d'une confrérie, qui fréquentait chez Najm El-Dîn.

— Je souhaite que tu envoies chercher le cheikh Mohammad El-Mawâhibi, demanda-t-elle à son époux.

— Pour quelle raison ? Tout va bien, j'espère.

— Ce jeune homme est notre hôte, reprit-elle ; il est comme notre fils, et “à qui est l'hôte d'un homme d'honneur, onques ne doit arriver malheur”. Je voudrais donc établir le pacte de Dieu entre lui et moi, et en faire mon fils, comme l'a fait ma sœur, en prenant pour témoin le Roi de tous les royaumes. Ainsi, les jours où je me languirai de ma sœur et où je désirerai la voir, j'enverrai chercher Baïbars afin qu'il me parle d'elle. Mais je crains dans ce cas que ces allées et venues ne te rendent accessible aux mauvaises pensées venues du Démon, et que tu te mettes à parler à tort et à travers. Si, par contre, nous agissons ainsi et que nous concluons le pacte, lui et moi, ton cœur sera tranquillisé et tu n'auras pas de mauvaises pensées.

— Je le veux bien ; en vérité, le pacte de Dieu n'est pas une petite affaire. Que Dieu te bénisse pour ta perspicacité.

Il envoya chercher le cheikh. Lorsqu'il se présenta, ils lui exposèrent de quoi il s'agissait et il établit le pacte de Dieu entre Baïbars et la Dame Aïcheh qui l'adopta pour son fils et lui devint son fils par le pacte de Dieu. Après quoi le vizir Najm El-Dîn lui dit : "Baïbars, de même qu'elle est devenue ta mère, de même, moi, je suis maintenant ton père. Je veux dire par là que tu ne dois pas te considérer comme un étranger, la maison et tout ce qu'elle contient est à toi ; considère-moi plutôt comme ton invité, comme quelqu'un que tu as installé chez toi. Va, visite le harem, regarde partout et installe-toi à l'endroit qui te plaira."

En disant cela, Najm El-Dîn avait une idée derrière la tête : il voulait voir comment répondrait Baïbars. "Mon père, dit-il, si tu me dis cela pour me faire honneur, c'est là une chose qui ne saurait être. Il m'est impossible de m'installer dans le harem : ce serait exposer mon honneur aux calomnies, car c'est sur les apparences qu'on est jugé, et Dieu se montre miséricordieux à celui qui ne laisse pas prise à la médisance. Je te prie, seigneur, de me laisser habiter le corps de bâtiment extérieur, et tu m'auras comblé de ta générosité, de ta bonté et de ta bienveillance. – Il en sera comme tu voudras", répondit l'autre. Et ils s'en furent ensemble vers le corps de bâtiment extérieur. Baïbars y aperçut une chambre à laquelle on accédait par un escalier, et dont les fenêtres donnaient sur la rue du Sultan. C'était un lieu plaisant, bien propre à faire oublier son chagrin à un cœur affligé.

— C'est ici que je veux habiter, dit-il.

— Fort bien, répondit Najm El-Dîn.

Il installa ses pénates dans ce grenier et mit ailleurs ses bagages et les marchandises qu'il avait apportés. Le soir, il dîna avec Najm El-Dîn. Quand ils furent rassasiés, ils se lavèrent les mains et s'assirent dans la salle de réception. Ils firent la prière du coucher du soleil de même que celle de la nuit tombée, se tinrent compagnie quelques instants, puis le vizir s'apprêta à entrer dans le harem. Il appela un mamelouk, lui disant : "Conduis ton maître à sa chambre." L'autre prit une lanterne et passa devant l'émir Baïbars pour le conduire jusqu'à sa chambre. Il lui étendit son matelas et lui apporta tout ce dont il avait besoin, puis il le laissa et descendit.

Or, il y avait dans le palais du vizir deux portiers, l'un de jour, l'autre de nuit, car celui qui gardait la porte de nuit dormait le jour, ne prenant son service qu'après la nuit tombée. Najm El-Dîn l'avait fait venir (il se nommait Salîm) et lui avait dit : "Fais attention à Baïbars, s'il se présente à la porte du palais." Il voulait dire par là : fais attention, s'il sort du palais, demande-lui où il va : peut-être aura-t-il envie d'aller à la mosquée de bonne heure, ou au hammam. En ce cas tu enverras un mamelouk avec lui, pour lui indiquer le chemin, car il n'est pas d'ici et ne sait pas se diriger dans les rues du Caire. C'était cela qu'il voulait dire ; mais le portier comprit : "ne le laisse pas passer la porte du palais", et il supposa que c'était un mamelouk de Najm El-Dîn et que ce dernier le commettait à sa garde, de peur qu'il ne s'échappe. Après quoi Najm El-Dîn le quitta et s'en fut dans le harem, pendant que le portier prenait son poste. Quant à Baïbars, il se déshabilla, enfila ses vêtements de nuit, s'étendit et s'endormit. Il se réveilla lorsque le premier tiers de la nuit fut passé, et s'aperçut que le sommeil avait définitivement déserté ses paupières. En effet, il venait d'arriver dans la ville, et, comme dit le proverbe : "Tout beau, tout nouveau." Naturellement, il pensait à Damas et à sa mère Fâtmeh et à ses amis, et il n'avait pas l'esprit tranquille.

Il se leva du lit, descendit au rez-de-chaussée et remplit un pot d'eau ; il fit ses ablutions, remonta, se tourna vers La Mecque et pria quelque temps, une prière surérogatoire, pour l'amour de Dieu. Puis il ouvrit le Livre, s'assit près de la fenêtre qui donnait sur la rue du Sultan et se mit à psalmodier les paroles de Celui qui rend la vie aux ossements lorsqu'ils sont réduits en poudre, cela dans les ténèbres de la nuit obscure.

Nous avons dit que Baïbars avait une belle voix, qu'il récitait selon les sept lectures et qu'il avait acquis toutes les connaissances relatives au Coran. Il se mit à réciter, donnant chaque verset selon les sept transmissions, et sa voix résonnait comme la corde basse du luth. Dans cette nuit calme, c'était une chose merveilleuse à entendre…

Ecoutez maintenant ce qui arriva dans une mosquée qui se trouvait à proximité du palais de Najm El-Dîn, à un imâm et à un muezzin. L'imâm se nommait le cheikh Mohammad, et on le surnommait Toqetiq ; le muezzin se nommait le cheikh Ahmad et on le nommait Taqtaq. On les avait surnommés ainsi à cause de leur goût pour la plaisanterie et leur esprit vif et mordant ; c'était tous les deux de fieffés pique-assiette. Toutes les nuits, le muezzin se rendait à la mosquée et montait au minaret à la moitié de la nuit pour lancer la *murâsaleh*, qui est le premier appel, afin que les gens se réveillent et proclament l'unicité de Dieu, acquérant ainsi des mérites. Après cela, il descendait du minaret et récitait quelques portions du Coran qu'on lui avait commandées – car il était de ceux qui ont appris tout le Coran par cœur. Une heure avant l'aube, il remontait au minaret et faisait la prière de glorification. "Gloire au Vivant, Qui ne meurt pas, Gloire au Puissant, au Terrible ! Gloire à Celui qui fend l'aurore ! Gloire à Celui qui fixe le cours des vents ! Gloire à Celui qui connaît la nuit et où elle va et le jour et d'où il vient !" Et ainsi de suite jusqu'au moment où le jour était sur le point de se lever. Il descendait alors, allait frapper à la porte de l'imâm et s'en revenait à la mosquée. A ce moment, l'aube venait de poindre, et il lançait l'appel à la prière de l'étage inférieur du minaret, afin d'être entendu des gens qui se trouvaient là et à qui notre seigneur avait inspiré cette action méritoire. Il descendait et priait avant l'aurore, très tôt, comme le font les châfi'ites (car, au Caire, la plupart des gens sont châfi'ites).

Mais cette nuit-là, le muezzin arriva, monta au sommet du minaret, et à peine eut-il commencé à proclamer l'unité de Dieu qu'il entendit une voix si chaude et si vibrante qu'elle semblait monter d'un luth, et qui psalmodiait la parole de Dieu selon les sept transmissions. C'était quelque chose d'extraordinaire, une voix, une diction, une connaissance des règles de la récitation ! Le muezzin faillit en perdre la raison, et en resta coi. "Par le Prophète, se dit-il, voilà une voix bien meilleure que la mienne !" Et il ne savait plus comment terminer son appel à la prière.

Il descendit en courant et alla frapper à la porte du cheikh Mohammad.

— Qui est là ?

— Lève-toi et habille-toi, cheikh Mohammad. Viens vite !

— Et qu'est-ce qui se passe ? Qu'est-ce que tu as à me réveiller de si bonne heure ? L'heure de la prière n'est pas encore arrivée.

— Eh, viens donc, que la peste t'empoisonne ! Viens, mon vieux, viens écouter quelque chose que tu n'as jamais entendu de ta vie ! Glorifie Dieu et prie sur le Prophète !

Ils s'en furent tous les deux monter au sommet du minaret. "Ecoute !" dit le muezzin. L'autre tendit l'oreille et entendit une psalmodie si belle et si conforme aux règles qu'elle en donnait le frisson, une voix si vibrante qu'elle dissipait le sommeil. "Une voix d'or, par le Prophète, dit-il. Ce que Dieu a voulu s'est accompli. Puisse-t-Il protéger cette belle voix du mauvais œil ! Par la vie de notre seigneur, puisse-t-Il donner à cet homme ce qu'il désire. Eh, l'ami, qui est cet homme qui récite le Coran ? – Par le Prophète, je ne sais pas ; je ne l'ai jamais entendu avant cette nuit." Sur quoi, il commença la prière de glorification, mais l'autre l'interrompit : "Baisse un peu ta vilaine voix, l'ami, par le Prophète, si tu n'étais pas en train de chanter la gloire de Dieu, celui qui entendrait cette voix réciter le Coran et la tienne à côté te lapiderait à coups de pierres. Quel rossignol ! *Mâ Châ'a Allah !* Que la prière soit sur le Prophète !"

Or, il y avait dormant dans la mosquée huit pieux cheikhs, docteurs de la Loi et récitateurs du Coran ; comme l'imâm et le muezzin étaient également récitateurs, cela faisait dix. Tous étaient de joyeux drilles, le cheikh Mohammad Toqetiq, l'imâm, qui les dirigeait dans la récitation, était aussi le plus déluré. Le premier se nommait Taqtouqa, le second

Taqtaqa, le troisième Taqâtiq, le quatrième Taqtaqân, le cinquième Taqâtoq, le sixième Taqtaqatah, le septième Taqtîqah et le huitième Taqatân ; ils se réveillèrent eux aussi et se mirent à écouter la récitation du Coran ; leur émotion ne fit que croître. “Allons l’écouter de près, dirent-ils. L’homme doit psalmodier dans le corps de bâtiment extérieur de l’hôtel du vizir Najm El-Dîn.” Ils sortirent donc de la mosquée et se dirigèrent vers le palais, devant lequel ils trouvèrent une foule énorme.

En effet, tous ceux qui passaient par là, pour aller à leur travail, ou à la mosquée pour prier ou au hammam, s’arrêtaient en entendant la voix de Baïbars et restaient pour écouter, sans plus bouger, plongés dans la stupeur et la crainte. Les dix cheikhs arrivèrent et se mêlèrent à la foule.

— Il n’y a pas à dire, fit l’un, sa récitation est parfaite.

— Je ne pense pas qu’on trouverait ici, au Caire, un récitateur de sa classe, ajouta un second.

— Le fait est que sa voix est absolument conforme aux règles, et que sa prononciation est parfaite, fit un troisième. *Mâ Châ’a Allah !* Gloire à Celui qui lui a donné cette voix.

Et ils se mirent à faire son éloge.

— *Aywa*, collègues, qu’en dites-vous ? Croyez-vous que son visage soit aussi beau que sa voix, demanda le cheikh Ahmad le muezzin (c’est-à-dire Taqtaq).

— S’il en était ainsi, par le Prophète, ce serait une lumière sur une lumière, répondirent-ils.

— Hé, les amis, que diriez-vous si je vous permettais de voir son visage ? Ça vous plairait ? demanda l'imâm, le cheikh Mohammad Toqetiq.

— Que Dieu t'accorde une longue vie, si nous le voyons, répondirent les autres.

— Et qu'est-ce que vous me donnerez ?

— Un demi-*feddah* chacun.

— Très bien, attendez un peu.

Pendant ce temps, l'émir Baïbars était plongé dans sa récitation. Au bout de quelques instants, il termina et récita la *Fâtiha*. “Que Dieu protège ton souffle, seigneur, s'écria le cheikh Toqetiq, et que le Seigneur agrée tes prières ! Par Dieu, tu es un vrai diamant.”

Cette fois, Baïbars entendit sa voix, on était au point du jour et on pouvait distinguer les visages. Il mit la tête à la fenêtre et ils aperçurent un jeune homme imberbe, aux joues fraîches, au visage plein. “Heureuse matinée à toi, petit soldat ! s'écria le cheikh ; ah ! ah ! que le Prophète te vienne en aide !” et il récita ces vers :

La beauté me ravit et son aspect m'enivre
la frôler du regard et m'en aller, heureux,
c'est là tout mon souhait ; au mal je ne me livre
mais contemple éperdu le chef-d'œuvre de Dieu.

— Seigneur, que Dieu préserve ton souffle. Petit soldat, sois gentil, descends nous rejoindre. Tu es là à nous regarder par la fenêtre : descends, afin de nous permettre d'acquérir du mérite en faisant la prière de l'aurore avec toi !

— Eh, cela se doit, répondit Baïbars. Et, sur-le-champ, il se leva, s'habilla, descendit l'escalier et s'apprêta à sortir ; mais le portier se leva pour s'interposer :

— Où vas-tu, mon garçon ? demanda-t-il. Il est encore tôt, à cette heure.

— Je vais à la mosquée.

— Ah ouais ? Abou Jîjo[97] n'a pas commencé sa tournée, le mendiant et sa fille sont toujours à la maison !

Or, Baïbars, nous l'avons dit, était turc d'origine, bien qu'il parlât l'arabe avec beaucoup de pureté ; mais lorsqu'il était obligé de parler turc, pour en imposer aux gens, il le mêlait de mauvais arabe, pour des raisons que nous dirons plus loin.

Il voulut intimider le portier et lui cria : "*Hôlane, quabi âj*[98] *!*

— Allons bon, voilà un turco maintenant, que la peste t'empoisonne. Espèce de petite frappe, tu as envie de te faire bourriquer ? Tu veux me faire croire que tu as déjà rencontré un miché, quand tu n'es arrivé que d'hier, imbécile ? Comment est-ce que tu connaîtrais quelqu'un ici ?" Il leva son bâton pour frapper Baïbars ; mais celui-ci avait son *lett* sur lui, dissimulé sous son manteau : il ne s'en séparait jamais, où qu'il aille. Il le brandit et l'abattit sur le dos du portier qui alla mordre la poussière. "Ah ! Au secours, bonnes gens, il m'a tué !" Il perdait son sang par les narines, la bouche et les oreilles.

Baïbars le laissa aller et sortit rejoindre les cheikhs. “Mille bonjours, petit soldat, s’écrièrent-ils en le voyant.

— Où est la mosquée ?” demanda Baïbars. Ils entrèrent dans la mosquée, suivis de toute la foule qui vint prier là. Habituellement, il ne venait qu’une quarantaine de personnes, tout au plus ; ce jour-là on n’arrivait plus à se frayer un chemin dans la salle de prières, tant il y avait de monde. Mais la plupart des gens n’étaient venus que pour regarder Baïbars.

Une fois la prière terminée, les oraisons récitées et les invocations faites, l’assistance se dispersa et il ne resta autour de Baïbars que les dix cheikhs qui lui firent passer un examen, sur les principes de la récitation coranique ; ils trouvèrent en lui un véritable puits de science, et ils l’en aimèrent davantage.

— Mon petit soldat, demanda le cheikh Mohammad Toqetiq, c’est bien toi qui es arrivé hier avec le vizir Najm El-Dîn ?

— Oui, répondit Baïbars.

— Mais tu n’as pas encore visité Le Caire, et tu ne sais pas encore y trouver ton chemin.

— Je connais la *khaniqah* et le palais du vizir Najm El-Dîn.

— Mon petit soldat, s’écria l’autre, cette ville du Caire est la mère du monde et sa poussière c’est de l’or ! Son fleuve est une merveille, ses femmes aiment à s’amuser et elle est à celui qui la prend ! N’aimerais-tu pas faire un tour avec nous ?

Nous te montrerons la ville et cela te distraira, car l'œil aime à voir ce qu'il ne connaît pas.

— Je veux bien, répondit Baïbars. En son for intérieur, il se disait : "Eh, par Dieu, la compagnie de ces cheikhs ne peut être mauvaise : ce sont des récitateurs du Coran." Sur quoi, tous se levèrent et se mirent en route. Nous en reparlerons.

Pendant ce temps, le vizir Najm El-Dîn avait fait la prière du matin et récité ses oraisons ; il sortit voir ce que faisait Baïbars et se trouva nez à nez avec le portier qui était en bien piteux état et se traînait à peine.

— Eh, que t'arrive-t-il, malheureux ? s'écria Najm El-Dîn.

— Seigneur, c'est ton mamelouk Baïbars, que la peste l'empoisonne, cette brute ! Il s'est réveillé de bonne heure et il a voulu que je lui ouvre la porte de l'hôtel, pour aller prier à la mosquée, soi-disant. J'ai voulu le repousser, ah ben ouiche ! ce maudit turco m'a injurié en turc et m'a cogné avec sa boulette, je n'ai pas eu le temps de faire ouf. Regarde un peu, notre maître, dans quel état il m'a mis ; il m'a tué, et puis il a ouvert la porte et s'est enfui.

— Quel méchant portier tu fais ! C'est ça que je t'avais ordonné ? C'est déjà bien beau qu'il ne t'ait pas tué tout de bon. Un mamelouk lui ? C'est mon fils, oui ! Gare à toi si tu te mets encore dans son chemin ; surtout qu'il est pieux et qu'il est sorti pour aller à la mosquée. Mais qu'est-ce qui t'est arrivé ? tu es devenu sourd ? tu ne l'as pas entendu réciter le Coran ?

— Eh ! par le Prophète, je ne savais pas tout ça ; “O pleine lune, celui qui ne te connaît pas ne te reconnaît pas !”

— Fais attention, dit Najm El-Dîn, ça va pour cette fois-ci mais la prochaine fois je te tue si tu lui casses à nouveau les oreilles !

Voilà pour Najm El-Dîn et le portier. Quant à Baïbars et aux cheikhs, ils se promenèrent dans la ville ; le cheikh Toqetiq plaisantait et badinait, disant : “Eh, c’est vraiment une journée bénie pour nous, aujourd’hui, grâce à ce gentil petit soldat qui récite si bien la parole de notre seigneur ! Quelle merveille ! Quel prodige bouleversant !” Il jetait son grand turban et l’attrapait au vol, tout en distrayant Baïbars par des propos animés et élégants, qui coulaient de sa bouche comme une douce pluie. Baïbars se plaisait en compagnie de cet homme qui lui semblait si bon compagnon ; il en oublia son exil loin des siens.

L’épreuve et la fortune du cadi Yahya

Chemin faisant, ils arrivèrent à l’un des souks de la ville. Au centre de ce souk, Baïbars aperçut une échoppe dotée d’un banc de pierre sur lequel était aménagé un foyer où bouillaient des chaudrons ; devant il y avait une table basse chargée de verres. Un jeune homme imberbe s’affairait auprès des chaudrons ; il avait à peu près le même âge que Baïbars. A côté de lui se trouvait un homme âgé, avec une barbe blanche qui lui descendait jusqu'à la ceinture ; la marque de la prière apparaissait sur son front, signe indubitable qu'il était homme de bien. Baïbars se prit de sympathie pour lui dès qu'il l'aperçut.

— Mon père, dit-il à Toqetiq, qui sont ces gens ? Et à quoi servent ces chaudrons ?

— Mon petit soldat, ce vieillard c'est le cadi Yahya Ibn El-Chammâ'. C'est un homme respectable et versé dans les sciences de la religion. Ce jeune homme imberbe est son fils Karîm El-Dîn et il est en train de fabriquer du jus de réglisse. Le cadi Yahya avait de l'argent autrefois ; il était chargé de fabriquer les chandelles pour les Villes saintes comme son père et son grand-père avant lui. Lorsque Aïbak le Turkmène est arrivé au Caire et qu'il est devenu *seri askar*[99] du roi, il lui a ôté sa charge ; il s'est appauvri et a subi bien des revers ; il a dû vendre tout ce qu'il possédait, à l'exception de cette échoppe. Le malheur l'a forcé à y ouvrir un commerce ; en compagnie de son fils, dès le matin, ils se mettent à fabriquer le jus de réglisse, et ils le vendent aux passants, pour ne pas être obligés de tendre la main, et tout cela pour gagner une bouchée de pain. Que Dieu épargne l'humiliation à tous les hommes de bien de la communauté de Muhammad !

— Bien, dit Baïbars. Venez, entrons chez lui pour lui faire une faveur. Sur quoi il s'avança vers l'échoppe.

— Sois mille fois le bienvenu ! s'écria le jeune Karîm El-Dîn. Entre, soldat. Par le Prophète, ta venue est pour nous un honneur et une bénédiction !

Baïbars entra dans l'échoppe : il s'y trouvait un bout de natte par terre. Baïbars s'assit, sans façon, pendant que les récitateurs et le cheikh Toqetiq s'alignaient à la porte.

— Mon père, dit Baïbars, donne-moi à boire.

— Tout de suite, petit soldat, répondit l'autre avec empressement. Il bondit sur ses pieds en interpellant le jeune homme : "Attends un instant, mon fils." Sur quoi, il sortit de l'échoppe et se dirigea vers celle d'un droguiste qui se trouvait en face.

— Hé, Hâjj Ismaïl, tu es un bon voisin. Je m'en remets à ton honneur : ne me fais pas perdre la face. Je viens aujourd'hui te demander un service.

— Mais bien sûr ! vois ce qu'il te faut.

— Il y a un soldat qui est venu chez moi ; je ne puis pas lui donner du jus de réglisse sans sucre. Donne-moi pour un *otmani* de sucre ; dès qu'il m'aura payé son demi-*feddah*, je te le rembourserai. L'autre lui donna son sucre ; il revint à son échoppe, fit fondre le sucre et remplit un bol qu'il tendit à Baïbars. Celui-ci but, loua le Seigneur et dit : "Donne *tchâba*[100] aux *fiqis*[101]." Le patron s'exécuta ; ils burent à leur tour et Baïbars leur donna à chacun une pièce d'or en leur disant : "Récitez la *Fâtiha* et partez ; je saurai bien retrouver le chemin du palais." Les autres se réjouirent de l'aubaine et le remercièrent de ces largesses.

Après leur départ, Baïbars dit au cadi Yahya : “Donne à boire *tchâba* aux gens du souk.” Il versa à boire à tout le monde en s’écriant : “C’est la tournée du soldat !”

Chaque fois qu’il passait quelqu’un, Baïbars disait au cadi Yahya : “Verse-lui à boire *tchâba*”, et il s’exécutait. Le chaudron fut rapidement vidé.

— Petit soldat, dit le cadi Yahya, le Seigneur a eu pitié de nous : toute notre marchandise s’est écoulée.

— Eh oui, par Dieu, mon père, répondit Baïbars en se levant.

— Va à la garde de Dieu, petit soldat.

Et Baïbars s’en fut sans lui donner un sou. Il voulait lui jouer un tour et mettre son caractère à l’épreuve pour voir s’il était vraiment de noble origine, ou s’il n’était qu’un vilain happe-deniers. Il s’en fut d’une traite au palais de Najm El-Dîn ; nous en reparlerons.

Le texte parle maintenant du cadi Yahya. Quand Baïbars s’en alla sans rien lui donner, il en fut évidemment très mécontent, car c’était un homme qui vivait à la grâce de Dieu et n’avait pas dix piastres devant lui : si un jour il ne gagnait rien, le lendemain il ne pouvait même pas réparer ses pertes.

— Hé, fils, dit-il.

— Oui, mon père, répondit le jeune homme.

— Ce jeune élégant, on dirait que son père a placé de l’argent chez nous ! Il est venu plastronner, il a bu, il a régalé les autres, et puis, il est parti sans rien nous donner.

— Je sais bien ce que c'est, répondit-il d'un air entendu.

— Comment, dévergondé, fils de pute ! Tout ça, c'est ta faute ! c'est toi qui l'as aguiché et qui l'as fait entrer dans l'échoppe pour qu'il emporte tout, bénéfice et capital ! Avec quoi est-ce que je vais vous donner à manger ce soir, à toi et à ta mère, dis un peu voir ? Sur ce, il prit son bâton et se jeta sur son fils, afin de le battre ; ce dernier prit la fuite, s'en fut tout droit à la maison et se présenta en larmes devant sa mère. Celle-ci se leva en le voyant entrer :

— Qu'as-tu ? demanda-t-elle.

— Maman, mon père veut me battre !

— Qu'est-ce que tu as fait pour qu'il se mette en colère ?

Il lui raconta toute l'affaire. Sur ces entrefaites, le cadi Yahya avait fermé son échoppe et était rentré chez lui. Lorsqu'il l'entendit entrer, le jeune homme alla se cacher, tant il avait peur de son père.

— Où est-il, ce dévergondé, cette vilaine tapette ! cria-t-il à sa femme en entrant.

— Et que vas-tu lui faire ?

— Je veux le tuer !

— Repousse le Démon, mon homme, et prie sur le Prophète ! Eh ! admettons que le soldat ne t'ait rien donné, que ce soit un pouilleux, quelle est la faute de ton fils dans tout ça ?

— Bien sûr, espèce de garce, tu prends sa défense ! c'est lui qui l'a fait entrer dans l'échoppe !

— S'il avait su qu'il ne paierait pas, il ne lui aurait pas dit d'entrer, c'est ce qu'on fait habituellement.

— Très bien, dit l'homme. En tout cas, ce soir vous vous passerez de dîner, par le Prophète, il ne me reste plus rien, rien, rien.

— Eh, mon homme, le Seigneur y pourvoira ; il n'a pas créé de bouche sans lui assurer sa subsistance.

La femme du cadi Yahya était issue d'une grande famille. Elle ôta une de ses boucles d'oreilles et la tendit à son mari. "Prends-la, dit-elle, vends-la, et achète-nous de quoi dîner. Avec ce qui restera tu pourras racheter les fournitures pour demain." Sa colère se calma, il descendit au souk des bijoutiers, vendit la boucle d'oreille et rapporta du pain et du fromage à sa famille. Le reste lui servit à acheter du jus de réglisse pour remonter son commerce. Le lendemain matin, il ouvrit son échoppe, mit le chaudron au feu et se mit à faire ces invocations : "O Toi qui ouvres la porte du gain ! O Toi qui assures la subsistance ! O Toi qui ouvres sans clé ! O Toi qui envoies à chacun sa subsistance ! O Toi qui nourris toutes les créatures ! O Toi dont la bonté est une porte jamais close, mais jusqu'à la fin des temps ouverte et accessible !

Cet horizon étroit où tu es prisonnière,
chamelle dont ma main tient fermement la bride
derrière lui s'étend, immense, l'univers.

Du rameau desséché par la saison aride
les feuilles jailliront. Prie sur le Glorieux,
Muhammad notre Aimé, du Tihâma le Guide,
élu du Créateur de la terre et des cieux."

Voilà pour lui. Quant à Baïbars, le lendemain matin, il se leva, fit ses ablutions, pria la prière de l'aurore et sortit de l'hôtel. "Eh bien, mon gars, tu ne m'empêches pas de sortir, aujourd'hui ? lança-t-il au portier.

— Je t'en supplie, petit soldat, ne m'en veuille pas ; je ne savais pas. «Celui qui n'a jamais vu la pleine lune, comment la reconnaîtrait-il ?»"

Sur quoi Baïbars lui donna une pièce d'or en lui disant :

— Désormais, évite de dire des injures, à moi et à tout le monde.

— Seigneur, le repentir efface la faute.

Baïbars, en sortant, trouva les cheikhs Toqetiq et Taqtaq qui l'attendaient. "Matinée de bonheur, petit soldat ! s'écrièrent-ils en l'apercevant.

— Que Dieu vous fasse vivre cette matinée dans la lumière du Prophète.

— Petit soldat, demanda Toqetiq, ne veux-tu pas aller chez le cadi Yahya boire du jus de réglisse ?

— Eh, bonne idée, allons-y !"

Sur ce, ils se mirent en route et allèrent tout droit jusqu'à l'échoppe. "Que la paix soit sur vous, mon père ! fit Baïbars avec un grand sourire.

— Et que sur vous soit la paix, répondit l'autre. Sois le bienvenu, petit soldat, ainsi que ces messieurs les *fiqis*."

Baïbars entra et alla s'asseoir à sa place habituelle, pendant que le cheikh Toqetiq et les autres restaient debout devant l'échoppe. Le cadi Yahya se leva et se rendit chez son voisin le droguiste.

— Hâjj Ismaïl, donne-moi pour un *otmani* de sucre.

— Donne-moi d'abord un *otmani* pour hier et un pour aujourd'hui, répondit l'autre.

— Eh, l'ami, c'est pour le soldat ; il est revenu aujourd'hui et il va me payer, alors je te paierai.

L'autre lui donna du sucre, et le cadi s'en revint vers son échoppe ; il fit fondre le sucre, remplit un bol et donna à boire à Baïbars. Celui-ci, après avoir bu, lui dit : "Mon père, donne un verre au cheikh Toqetiq et aux *fiqis*." Il s'exécuta, et fit de même pour tous les gens du souk, comme la fois précédente. Lorsque le chaudron fut vide, Baïbars se leva, donna une pièce d'or au cheikh Toqetiq qui récita la *Fâtiha* avec les autres *fiqis*. "Petit soldat, que le Seigneur te récompense, dit-il, quand il eut terminé. Avec ta permission…

— Allez à la garde de Dieu", dit Baïbars. Les autres s'en furent, après quoi Baïbars sortit de l'échoppe, disant : "avec ta permission, mon père". Et il s'éloigna sans rien leur donner ; le cadi Yahya eut honte de lui réclamer de l'argent, car, comme nous l'avons dit, il était d'une grande famille et ne voulait pas être pris pour un homme intéressé et âpre au gain. Mais il passa sa colère sur son fils : "Eh, toi, fils de chien ! Tout ça, c'est ta faute. C'est toi qui as attiré l'attention de ce soldat turco sur nous. Maintenant, il va venir tous les jours boire gratis, et moi je ne pourrai jamais rien lui dire." Il se jeta sur lui pour le battre, mais l'autre s'enfuit à la maison et raconta tout à sa mère. Son père rentra, écumant de rage ; avant qu'il ait pu dire un mot, elle ôta sa seconde boucle d'oreille. "Prends, mon homme, lui dit-elle, voici le remède ; mais ne te fâche pas contre le petit."

Il prit la boucle, la vendit, et, le lendemain matin, il ouvrit son échoppe et mit le chaudron sur le feu. Baïbars arriva, suivi des *fiqis.*

— Mon père que la paix soit sur vous !

— Sur toi aussi, soldat, répondit l'autre d'un air revêche. Baïbars entra dans l'échoppe, et s'assit, pendant que le cadi Yahya disait à voix basse à son fils : "Ah, effronté, par le Prophète, tout ce malheur vient de toi ! Mais qu'est-ce qu'il a, ce soldat ? Il nous a vendu l'huile de première qualité et il n'en a pas touché le prix ? Ils nous l'ont donné comme émir de pèlerinage ? Il s'imagine que cette échoppe appartient à son père ? Ou bien veut-il couler notre boutique ? Par le Prophète, au début je l'ai pris pour un jeune élégant ! Que la peste étouffe tous les butors de pieds-plats qui n'ont pas le moindre souci de leur réputation.

— Mon père, prends patience et ne dis rien, lui répondit son fils. Je pense qu'aujourd'hui il te paiera.

— Très bien ; mais s'il ne me paie pas aujourd'hui, par le secret de la Dame, je te massacre ! car il ne vient que pour toi, vilain dévergondé !" Sur quoi le cadi s'en fut chez le droguiste : "Hâjj Ismaïl, mon ami, donne-moi aujourd'hui encore pour un *otmani* de sucre, cela fera un demi-*feddah* en tout ; aujourd'hui, si Dieu le veut, le soldat me paiera et je te rembourserai le tout." L'autre lui donna le sucre, il s'en revint à son échoppe, prépara la boisson pour Baïbars, lui versa à boire. Baïbars lui dit de donner à boire aux *fiqis*, il s'exécuta, et ainsi de suite jusqu'à ce que le chaudron soit vide. Baïbars se leva, donna une pièce d'or au cheikh Toqetiq, qui la prit, récita la *Fâtiha* en compagnie des *fiqis*, dit : "Que le Seigneur te récompense" et s'en alla. "C'est vraiment bizarre, dit le cadi Yahya à son fils. Tous les jours, le soldat donne une pièce jaune au cheikh Toqetiq, et à nous, il ne donne rien."

Baïbars, pendant ce temps, était dans l'échoppe ; il sortit de sa poche une bourse qui contenait trois cents pièces d'or et la vida dans la jatte, qu'il remplit à ras bord. Après quoi, il se leva, sortit de l'échoppe et s'en alla. Le cadi Yahya ne savait rien des pièces d'or ; lorsqu'il vit que Baïbars s'en allait sans rien lui donner, il perdit toute notion des choses et se jeta sur son fils, qui s'enfuit en courant. Fou de rage, il se mit alors à briser le chaudron, à fracasser les bols, à renverser les jattes ; après quoi il laissa l'échoppe ouverte et, se sentant hors de lui, entra dans la mosquée (elle se trouvait à l'intérieur du souk) ; il fit ses ablutions afin de reprendre courage, de se calmer et de faire partir sa colère : car la source de la colère et de toutes les passions mauvaises, c'est le Démon, et celui qui fait ses ablutions se met à l'abri de Satan ; celui-ci n'ose plus l'approcher, car l'ablution est l'arme du croyant. Il récita alors ces vers :

Remets-t'en au Seigneur : déçu point ne seras
aie courage et patience, et ton heure viendra

puis il se tourna vers la *qibla* et se mit à prier une prière surérogatoire, pour l'amour de Dieu (qu'Il soit exalté et glorifié).

Quant à son fils Karîm El-Dîn, qui se tenait à distance, à l'entrée du souk, il vit son père entrer à la mosquée en laissant l'échoppe ouverte ; il s'approcha pour la fermer et entra dans le compartiment intérieur afin d'arranger les jattes. C'est alors qu'il en trouva une remplie de pièces d'or. Tout étonné, il en vida le contenu dans le pan de sa tunique et alla rejoindre son père dans la mosquée. Lorsque celui-ci eut terminé sa prière, il l'interpella : "Mon père, regarde, le soldat, tout ce qu'il nous a donné de pièces jaunes !" Il lui raconta toute l'histoire et lui montra l'or.

— Il n'est de force et de puissance qu'en Dieu, le Très-Haut, le Terrible ! s'écria le cadi. Et qu'as-tu fait pour cela, dévergondé ? Dieu me vengera de toi, au jour d'aujourd'hui !

— Qu'est-ce qu'il y a encore ? demanda le jeune homme.

— Eh, tu ne sais rien faire correctement, tu es pire qu'un âne ! Où veux-tu qu'un mamelouk comme celui-là ait trouvé tant de pièces jaunes pour les distribuer ainsi ? Il les aura volées dans la maison de son maître, l'officier. Un de ces jours, il fera ses comptes, et s'apercevra que l'argent a disparu, il arrêtera son mamelouk et lui donnera la bastonnade ; alors il dira : "Oui, je les ai volées et je les ai données au cadi Yahya et à son fils." Du coup, tu nous auras ruinés et tu nous auras fait une réputation de gens malhonnêtes ! Allez, file lui porter ses pièces jaunes, je n'en veux pas, maintenant ma colère est passée : le Seigneur nous sortira de ce mauvais pas. Car notre Prophète, dans toute situation difficile, nous vient en aide : après le malheur, tout ce qui vient est une délivrance.

— Mais, papa, il est parti, répondit Karîm El-Dîn.

— Très bien, c'est moi qui irai, trancha le cadi Yahya, et, sur-le-champ, il prit l'or, le glissa dans le pli de son manteau et partit en courant à la poursuite de Baïbars, qu'il rattrapa à mi-chemin. "Arrête, soldat, arrête, lui cria-t-il, reprends tes pièces jaunes !" Baïbars s'arrêta pour le laisser parvenir jusqu'à lui. "*Ichté*, mon père, je donne, comment je prends ? C'est *tchâba* de moi à toi !

— Non, mon ami, j'ai trop peur.

— Tu as peur de quoi ? s'écria Baïbars.

— J'ai peur que ce soit quelque chose que tu aies volé chez ton maître. Est-ce que je tiens à l'argent ? Et puis tout ça ne me donnera en fin de compte que des tracas. Je n'en veux pas ! Et il récita ces vers :

Contente-toi de peu et tu vivras en roi
même si ton seul luxe est d'ignorer la faim.
Vois-les, ceux qui courbaient l'univers sous leur loi :
Un linceul de coton est aujourd'hui leur bien.

— *Iôq, iôq*[102], mon père, s'exclama Baïbars, je suis mon propre maître et mon argent, *ichté*, c'est moi qui l'ai gagné !

— Mon gars, allez, prends ton argent, je n'en veux pas !"

Baïbars essayait de lui mettre dans la main de force, l'autre résistait, les gens s'attroupèrent autour d'eux, demandant ce qui se passait. "Bonnes gens, dit Baïbars, soyez témoins que j'ai donné au cadi Yahya une somme d'argent qui m'appartient.

— Eh, prends-les donc, l'ami ! dirent les gens, par le Prophète, le soldat t'aime bien, il veut t'aider, il te fait un cadeau, où est le mal ? Eh oui, prends-les et va-t'en !

— Bon, dit le cadi, si c'est comme ça, je veux bien. Que le Seigneur te donne ce que ton cœur désire, petit soldat. Par le Prophète, tu es un brave garçon, né de parents généreux." Et il récita ces vers :

Recherche l'homme généreux
il est le fils du généreux
car généreux toujours engendra généreux

éloigne-toi du marmiteux
il est le fils du marmiteux
car marmiteux toujours engendra marmiteux.

Puis il prit l'argent, alla retrouver son fils Karîm El-Dîn qui, pendant ce temps, avait fermé l'échoppe et lui annonça la chose. Puis, tout joyeux et riant, il alla chez le boucher :

— Découpe, l'ami, découpe, lui lança-t-il.

— Tu veux du premier choix ou bien des bas morceaux ? demanda le boucher.

— Eh ! que la peste empoisonne les bas morceaux, aujourd'hui je ne mange que du premier choix, l'ami !

— Très bien, et tu en veux combien ?

— Coupe-m'en cinq *ratls* (le *ratl* d'Egypte vaut deux onces et demi d'Alep). L'autre s'exécuta, le cadi acheta du riz, du beurre, du miel, du sucre, et il remboursa ce qu'il devait à son voisin le droguiste.

— Il t'a payé ? lui demanda celui-ci.

— Et comment qu'il m'a payé, le Seigneur le récompense !

Ce jour-là, donc, il dévalisa le souk et s'en revint chez lui chargé comme un mulet. Il frappa à la porte à grands coups de pied.

— Qu'est-ce que c'est ? demanda sa femme.

— Ouvre donc, sale bête ! ouvre, salope ! que Dieu te maudisse ! Quoi, tu n'ouvres pas quand je frappe à la porte ! Allez, vite !

— Ma parole, tu es plus mal embouché qu'une potée de têtes de moutons, aujourd'hui !

Ce disant, elle ouvrit la porte et le vit avec sa cargaison. “Salut, mon époux, s’écria-t-elle.

— Tiens, tu me salues au jour d’aujourd’hui ?

— Eh, aujourd’hui tu mérites qu’on te salue, mon homme. Le soldat t’a payé ?

— Et comment qu’il m’a payé ! Tu verrais toutes ces pièces jaunes !” Et il lui raconta toute l’affaire. “Est-ce que je ne t’avais pas dit d’être patient ? lui dit-elle. Mais, mon homme, maintenant, il faut que tu lui prépares un dîner et que tu l’invites, car il a l’air d’un garçon de bonne famille. – Fort bien, répondit-il, j’irai dès demain.”

Ils allèrent se coucher, heureux et contents, après avoir bien mangé et bien bu, et, dès potron-minet, le cadi se réveilla et se rendit au hammam, puis il alla prier la prière de l’aurore et ouvrit son échoppe. A peine avaient-ils mis le jus de réglisse à bouillir que Baïbars arriva, accompagné des *fiqis* et du cheikh Toqetiq. Aussitôt le cadi se leva et vint à sa rencontre jusqu’au milieu du souk, s’écriant : “Sois mille fois bienvenu ! Salut, petit soldat, ta visite est une bénédiction pour nous ! Que ta journée soit heureuse ! Que la prière soit sur le Prophète, c’est pour nous un matin de lumière !” Et il récita ces vers :

Quand l’univers entier pleure sur ton absence,
cher objet de mes vœux, de ton doux entretien

je jouis en mon cœur où tu as résidence ;
car il n'est pas absent qui en tel lieu se tient.

Puis il ajouta :

Joli garçon à la joue lisse
la joliesse
est mon délice
si cent mouraient me serait liesse.

Joli garçon à la joue tendre
sans plus attendre
fais-moi don de ta beauté
je donnerai petits pâtés
je dirai à mon œil ému :
"Après les jours vient la gaieté,
l'amour est un chasseur d'ému[103]*."*

Sur quoi il le prit par le bras, le conduisit à son échoppe et le fit asseoir, pendant que les *fiqis* et le cheikh Toqetiq restaient debout. Vif comme la brise, le cadi Yahya s'éloigna et prépara à Baïbars une coupe de sorbet ; il offrit ensuite du jus de réglisse au cheikh Toqetiq et à ses compagnons, et leur donna une pièce d'or ; ils récitèrent la *Fâtiha* et s'en furent. Le cadi Yahya vint alors auprès de Baïbars, et lui dit :

— Petit soldat, par le Prophète, je t'aime beaucoup, autant que mon fils Karîm El-Dîn ! Tu es la prunelle de mes yeux et le fruit de mon cœur, aussi je voudrais te demander une chose. Ne la refuse pas, par égard pour moi !

— Bien sûr, mon père, dis-moi ce que tu veux ; si c'est une chose qui est en mon pouvoir, tu n'as qu'à ordonner.

— Dieu te bénisse, petit soldat ! Je voudrais que tu me fasses l'honneur, demain, de venir chez moi ; nous dînerons ensemble, afin qu'il y ait entre nous le partage du pain et du sel.

— Mon père, ce n'est pas la peine que tu te donnes du mal pour moi ; il n'est pas besoin de faire des façons entre nous.

— Mon ami, n'oublie pas que je suis comme ton père. Sur ta vie, sur ces cheveux blancs, accorde cette réparation à mon honneur.

— Très bien, répondit Baïbars, sur ma tête et mon œil.

Sur ce, Baïbars se leva et rentra chez lui. Quant au cadi Yahya, il ferma son échoppe et se rendit au Balestan[104], où il acheta des tapis, des coussins et des matelas. Il meubla sa maison et la garnit selon ses moyens. Le lendemain, il fixa l'ordonnance du repas, sa femme se mit à faire la cuisine et commença à préparer les plats. Il prit avec lui son fils Karîm El-Dîn et s'en fut à son échoppe pour attendre Baïbars. Il arriva, ils l'accueillirent, ainsi que les *fiqis* et le cheikh Toqetiq qui étaient arrivés avec lui ; il leur offrit à boire, puis Baïbars leur donna une pièce d'or et les congédia. Le jus de réglisse fut bientôt vendu ; le cadi Yahya se leva, ferma l'échoppe et invita Baïbars à le suivre. Ils prirent la route de la maison du cadi.

Lorsqu'ils arrivèrent, Baïbars vit un logement exigu, composé d'une chambre et d'une petite pièce à l'étage. Ce fut là qu'ils s'installèrent et qu'ils passèrent quelque temps à converser en attendant que le repas soit prêt. Bientôt on posa les plateaux et on apporta les mets, ils mangèrent à satiété, puis on emporta les plats ; ils se lavèrent les mains, burent le café tout en bavardant. Soudain, la femme du cadi Yahya entra dans la pièce. Elle était tout enveloppée dans ses voiles et on ne voyait que ses prunelles, ou, disons, le tour de ses yeux.

— Mille saluts au généreux seigneur, au petit soldat.

En ces lieux votre venue
est une rosée bienvenue
tiges verdoient
pour notre joie
rossignol chante
et nous enchante
douce est la nuit de notre réunion
joie pour nous, honneur pour notre maison.

Bonne journée, petit soldat !

— La plus belle des journées pour la plus grande des dames du Caire, répondit Baïbars.

— Dis-moi, mon fils, tu es bien l'émir Baïbars ?

— Oui certes.

— Par le Prophète, petit soldat, soulève ton turban que je voie ton front ! demanda-t-elle.

Baïbars s'exécuta ; elle le regarda avec attention et s'exclama : "*Mâ châ'a Allah !* Que la prière soit sur le Prophète ! Petit soldat, écoute la nouvelle : tu seras roi d'Egypte et de Syrie et de tous les pays d'Islam.

— Cela sera, s'il plaît à Dieu, répondit Baïbars. Mais, ma mère, de qui tiens-tu cela ?

— La première fois que tu es venu chez mon mari boire du jus de réglisse, il est rentré et je lui ai donné une de mes boucles d'oreilles. Ce soir-là j'ai vu en songe la Dame, Sitt Nafîsseh (Que Dieu l'agrée !). «Aujourd'hui, m'a-t-elle dit, un jeune homme nommé Baïbars est venu chez ton mari ; fais-lui connaître sa valeur, car un jour, avec la permission de Dieu, il deviendra roi d'Egypte, de Syrie et de tous les pays d'Islam. Ton mari et ton fils en tireront de grands avantages, et il fera leur fortune ; car c'est un jeune homme de bonne famille et de haut lignage.» Sur ce, je me suis réveillée ; peu de temps après, je me suis rendormie et j'ai fait le même rêve une seconde fois, puis une troisième. Et elle m'a décrit les signes par lesquels je te reconnaîtrais. Et ces marques de petite vérole qui sont sur ton front. C'est moi qui ai souhaité que tu viennes chez nous, afin de te voir de mes yeux et de t'annoncer la bonne nouvelle. Et maintenant, petit soldat, à cause de la Protectrice, je voudrais établir le pacte de Dieu entre toi et mon fils Karîm El-Dîn, afin que tu sois son frère ; ainsi, lorsque tu seras roi, il pourra avoir recours à toi, en cas de besoin.

— Très volontiers, répondit Baïbars, avec très grand plaisir."

Et c'est ainsi que lui et Karîm El-Dîn conclurent le pacte et qu'ils devinrent frères ; à partir de ce jour, il appela Karîm El-Dîn “mon frère” et le cadi Yahya “mon père” à cause du pacte de Dieu.

Après cela, ils se mirent à échanger des propos plaisants.

— Mon père, dit Baïbars, on dirait que l'échoppe où tu travailles ne t'appartient pas, que tu n'en es que locataire ?

— Qui t'a dit cela, petit soldat ? Par l'affection que je te dois, c'est un bien de mainmorte qui est dans la famille depuis tant de générations que Dieu seul en sait le compte !

— Et pourtant elle est toute décrépite et à moitié démolie ! Pourquoi ne la reconstruis-tu pas à neuf, en la décorant ?

— Eh, mon ami, c'est que je n'en avais pas les moyens ! (Puisse Dieu n'ôter ses moyens à aucune créature !) Mais aujourd'hui, grâce à ta bienveillance, à ton aide et à ta générosité, je vais la faire reconstruire, que Dieu t'accorde une longue vie.

— Très bien, dit Baïbars, mais à la condition que tu sois toujours sur place pour surveiller les ouvriers et que la dépense, quelle qu'elle soit, reste à ma charge.

— Non, non, mon petit soldat ! se récria le cadi. “L'excès dans la définition entraîne un défaut dans la chose définie.” Nous n'allons quand même pas te prendre l'argent dans la main. “La rapacité gâte les meilleures choses.” Non, je couvrirai les dépenses avec l'or que tu m'as donné.

— *Ichté*, pas possible, dit Baïbars. Non, par le Dieu terrible ! Ce que je t'ai donné, mon père, sers-t'en pour te vêtir, ainsi que ma mère et mon frère Karîm El-Dîn, et pour meubler ta maison.

— Très bien, comme tu voudras.

Baïbars s'en fut à la demeure de Najm El-Dîn ; le lendemain matin, il se rendit à l'échoppe du cadi Yahya ; celui-ci l'avait vidée et avait envoyé chercher des ouvriers. Il leur ordonna de démolir la bâtisse et de la reconstruire plus belle, en ajoutant une petite pièce sur le toit. Ils se mirent au travail, démolirent la vieille échoppe et se mirent à recreuser les fondations, sous l'œil vigilant de Baïbars. Soudain, alors que le soir approchait, ils découvrirent une grosse pierre ronde, munie d'un anneau de fer. Les ouvriers se mirent à la faire bouger pour la soulever, mais Baïbars les arrêta. "Il n'y a plus le temps, à cette heure, leur dit-il. Laissez cela et occupez-vous d'autre chose. Ce sera pour demain." Ils laissèrent la pierre où elle était et s'occupèrent à d'autres travaux jusqu'à la tombée du soir. Baïbars leur paya leur journée et les renvoya chez eux.

— Mon père, dit-il ensuite au cadi Yahya, je crois bien qu'il y a là une cache !

— Le ciel t'entende, petit soldat !

— Cette nuit, à la quatrième heure, nous irons voir ce que c'est.

Ici, le transmetteur rapporte que Baïbars rentra au palais de Najm El-Dîn. Celui-ci avait l'habitude de passer la soirée dans son salon jusqu'à la quatrième heure de la nuit, moment auquel il se levait et entrait dans le harem, et Baïbars montait dans sa chambre. Cette nuit-là, après la veillée, il prit une lanterne et sortit de l'hôtel ; naturellement, le portier ne put rien lui dire. Il alla droit à l'échoppe où il trouva le cadi Yahya et son fils Karîm El-Dîn qui l'attendaient. Au milieu de la nuit, quand tous les passants furent rentrés chez eux, Baïbars descendit dans la tranchée, ébranla la pierre et la souleva dans un grand effort ; un escalier apparut. Ils descendirent quatre degrés et se trouvèrent dans un caveau souterrain aux parois maçonnées. Au fond du caveau se trouvaient trois grosses jarres remplies de pièces d'or rouge, du meilleur aloi ; il y en avait bien deux *chembels*.

"Vite, dit Baïbars, allez chercher des sacs !" Ils s'en allèrent sous le couvert de la nuit, et revinrent avec de quoi transporter le trésor. Ils emmenèrent tout l'or, ainsi que les jarres, à la maison du cadi, et ne laissèrent rien de suspect, puis ils remirent la pierre en place et tassèrent la terre tout autour.

— Petit soldat, dit le cadi, viens que nous partagions.

— Partager quoi ?

— Je garde le quart, le reste à toi, parce que c'est uniquement grâce à ta venue que j'ai pu les retrouver, et grâce à la protection divine dont tu jouis que j'ai pu m'enrichir.

— Non, mon père, répondit Baïbars, tout cela te revient. Fais-en usage à ta convenance. Quant à moi, grâce à Dieu, je n'ai besoin de rien.

Bref, Baïbars ne voulut pas prendre un sou.

Le lendemain les ouvriers arrivèrent et Baïbars leur dit : “Otez la pierre, afin que nous voyions ce qu’il y a dessous.” Ils ôtèrent la pierre, aperçurent le souterrain, mais il n’y avait rien dedans.

“Ne le comblez pas, dit Baïbars, déblayez-le et faites les réparations nécessaires. Cette cave appartient sûrement à l’échoppe et elle sera utile.” Ils arrangèrent donc la cave, posèrent les fondations, montèrent les murs, installèrent les cloisons, lissèrent l’enduit, passèrent le crépi bleu, amenèrent un mobilier de qualité et l’installèrent. Quand tout fut terminé, le cadi dit à Baïbars :

— Mon fils, j’ai envie d’abandonner ce métier.

— Fais attention ! Si tu abandonnes ton métier, les langues vont se donner bon train sur ton compte. Les gens se diront : “Lui qui était si pauvre, d’où lui est venue cette fortune ? Sûrement, il a trouvé un trésor dans le souterrain ; et celui-ci doit revenir à l’Etat.” Non, crois-moi, fais-toi plutôt confiseur.

Le cadi suivit ce conseil ; il acheta un assortiment de bocaux en verre de Chine et de flacons de cristal, et se mit à fabriquer des sirops et des pâtes de fruits. Mais Baïbars ne lui permit pas d’abandonner la fabrication du jus de réglisse ; tous les matins, en arrivant, il en faisait bouillir un chaudron qu’il offrait aux pauvres. Tous les matins aussi, Baïbars arrivait en compagnie des *fiqis* et du cheikh Toqetiq ; ils buvaient du jus de réglisse et Baïbars donnait une pièce d’or au cheikh.

La jeune fille et l'agha de la voirie

Et puis, un beau jour que Baïbars était assis dans l'échoppe du cadi Yahya, il vit soudain tout le monde se mettre à courir et les marchands à fermer leurs boutiques. Il demanda ce qui se passait. "Petit soldat, lui dit-on, c'est l'agha de la voirie ! Il est soûl et, avec une bande de ses hommes, il a arrêté une jeune fille en pleine rue et veut l'entraîner dans sa caserne pour lui faire son affaire, et personne n'ose lui adresser la parole. C'est un misérable et un bandit qui terrifie tout le monde."

[Le transmetteur a dit :] La cause de tout cela, c'était qu'un paysan, qui vivait dans un village près du Caire, était monté en ville avec sa femme et sa fille, pour faire des emplettes. Ils avaient fait ce qu'ils avaient à faire et traversaient le souk. C'est alors qu'ils se heurtèrent à l'agha de la voirie.

En ce temps-là, c'était un fonctionnaire chargé de faire déblayer les ordures de la ville ; il donnait l'ordre d'enlever les détritus et les balayures. C'était un personnage important, qui avait des hommes sous ses ordres et une caserne qui lui était spécialement attribuée. Il se nommait Sulaymân Agha et c'était un grand scélérat, qui commettait tous les péchés et les crimes de la terre, courant aussi bien la fille que le garçon, comme la queue de la brèle qui va aussi bien à gauche qu'à droite.

En voyant cette jolie fille, soûl comme il l'était, il lui vint l'idée de l'emmener chez lui à la caserne et de la violer. Il se jeta sur elle en beuglant : "Hé, te voilà, gourgandine ! C'est comme ça que tu m'as ruiné, que tu m'as pris quatre-vingts bourses en promettant de venir à la caserne, et je t'attends toujours depuis un an. Où tu étais, sale garce, et à qui tu t'étais vendue ? Aujourd'hui en tout cas, il n'y a pas de terre pour t'avaler ni de ciel pour t'enlever, viens là-bas !"

La fille se mit à crier, le père s'interposa :

— Soldat, dit-il à l'agha, c'est ma fille, tu la prends pour une autre ; par le Prophète, c'est la première fois qu'elle vient au Caire !

— *Hayde sekter*, salopard, maquereau, gueula l'autre ; il se jeta sur lui le poignard à la main et le blessa. Il ne put riposter et recula sur le côté en criant : "Je remets mon honneur à Dieu et à son Prophète ! O communauté de Muhammad, venez à mon secours !" Et la fille se mit à pleurer, pendant que sa mère appelait : "Où êtes-vous, les braves, les défenseurs de l'honneur !" Mais tous ceux qui approchaient se faisaient blesser. En fin de compte, ils arrivèrent au souk. Là, la fille se laissa tomber à terre.

— Lève-toi, maudite, putain à deux ronds ! beugla l'agha de la voirie, ou je t'égorge tout de suite avec ce poignard, et sans remords !

— Tu peux me couper en morceaux, réponditelle, je ne bouge pas d'ici !

Pendant ce temps, le cadi Yahya disait à Baïbars :

— Viens, petit soldat, fermons la boutique et allons-nous-en. Ce que l'œil ne voit pas, le cœur n'en souffre pas.

— Pourquoi, demanda Baïbars, que se passe-t-il ?

— Eh, petit soldat, c'est un homme grossier, et ivre de surcroît ; à cette heure, s'il nous fait une sottise, ce ne sera pas agréable. J'ai peur qu'il ne te dise de vilaines choses et qu'il ne t'ennuie.

— Eh, qu'il dise ce qu'il voudra, qu'est-ce que ça fait ?

— Ecoute, petit soldat, je vais te dire la vérité : c'est un pédéraste ; j'ai peur qu'il ne te voie chez moi et qu'il ne te cherche des histoires. Et je ne voudrais pas qu'il t'arrive quelque chose.

— Il peut demander ce qu'il veut, je suis là, répondit Baïbars.

— Mais à supposer qu'il te dise de venir chez lui ?

— A celui qui demande, il faut donner selon son mérite.

— Eh, dis donc, mon petit soldat, dit le cadi à Baïbars, en guise de plaisanterie, une supposition que tu aies envie de te débaucher, "c'est à Jeha que doit revenir la viande de son taureau". Si tu veux tirer la couverture, tire-la vers moi : j'y ai plus de droits qu'un autre.

— Quand vous voudrez, et toi et lui, répondit Baïbars en riant. Mais, mon père, le vrai courage est dans la tête (puisse Dieu ne l'ôter de celle d'aucun musulman !). Nous ne pouvons pas abandonner cette pauvre fille : ce n'est pas là agir en musulman. Va parler à ce vilain bonhomme, distrais-le et dis en secret à la fille de se lever et d'avancer jusqu'à ta boutique ; là elle criera : "Je me mets sous ta protection, ô émir Baïbars !" Alors je la délivrerai.

— Mais mon fils, par le Prophète, j'ai peur que ce maquereau ne te fasse ton affaire à toi aussi.

A ces mots, les yeux de Baïbars devinrent comme des charbons ardents. "Mon père, *ichté*, je dis. Par le Dieu terrible, je vais finir par me fâcher ! – Très bien, petit soldat", répondit le cadi Yahya qui sortit aussitôt de la boutique et s'en fut rejoindre l'agha.

— Je te salue, puissant seigneur ! lui dit-il.

— Tiens, c'est le cadi ! Salut, cadi Yahya. Dis donc, l'ami, je suis Sulaymân Agha, tu es au courant ? De tous les gens du Caire, qui c'est Antar ? Qui c'est Ibn 'Amir El-Tofayl ? C'est qui Ibn Wadd El-Amiri[105] ? C'est moi, cadi, c'est moi, et le monde entier connaît ma force et ma valeur. Qu'est-ce que t'en dis, cadi ?

— Et c'est bien vrai, puissant seigneur, il n'y a personne au monde qui te vaille ! Et au jour d'aujourd'hui je t'ai mis de côté un gentil oisillon : il est chez moi, bien enfermé dans sa cage. Si ça te dit, viens le prendre et fais-en ce que tu voudras.

— Ah ouais, et il est où ton oisillon ?

— Chez moi, dans ma boutique.

Le cadi Yahya se tourna alors vers la jeune fille, et lui fit comprendre par signes qu'elle devait se lever et venir avec eux, et qu'elle n'avait rien à craindre. Après quoi, le cadi et l'agha la relevèrent sans douceur et elle marcha avec eux jusqu'à la boutique. L'agha aperçut alors Baïbars, et ses moustaches en frissonnèrent. "Matinée de bonheur, mon chéri, s'écria-t-il. O bien-aimé de mon cœur, pitié ! Laisse-moi t'approcher, laisse-moi approcher ces beaux yeux ! Je suis à ta merci ! Ah, mon ami, ah !"

Pendant ce temps-là le cadi avait glissé à l'oreille de la jeune fille les recommandations dont nous avons parlé ; elle s'assit à terre et se mit à crier : "Je me mets sous ta protection, ô émir Baïbars ! – Hé, voilà que tu es tombée amoureuse de lui, gourgandine ! s'écria l'agha des éboueurs. Par le Prophète, une partie à trois ce n'est pas mal non plus !"

A ces mots, Baïbars se leva et dit : "Mon père, par égard pour moi, laisse aller cette jeune fille." Celle-ci était entrée dans la boutique et se cachait à l'intérieur. L'autre voulut l'en arracher. Baïbars s'interposa.

— Laisse ça et fais-la sortir, bougre. Eh, tu as les joues lisses comme une fille et tu veux t'opposer à un brave poilu comme moi !

— Tu peux dire ce que tu voudras, répondit Baïbars, je ne me fâcherai pas ; tu pourrais être mon père. Mais cette jeune fille s'est mise sous ma protection et ma garde, et je ne te la livrerai pas.

— Je la prendrai à ton nez et à ta barbe ! beugla l'agha de la voirie, et je t'emmènerai avec elle. Je me chaufferai dans son machin et je me rafraîchirai dans ton cul ! Allez, ouste, à la caserne !

Il dégaina son sabre et avança sur l'émir Baïbars ; il voulait l'intimider pour qu'il le suive docilement à la caserne. Mais Baïbars prit son *lett* damasquin, son *lett* de dix *ratls* ; il en frappa l'agha de la voirie à la tête et ramena la chaîne à lui : l'autre s'effondra à terre, mort, sans souffle et sans vie. "Vilain bougre, s'écrièrent ses hommes, tu as tué notre officier sans cause ! Tu vas y passer toi aussi et pas plus tard que tout de suite ! – *Hayy*, comme ça, race de boueurs maudits !" s'écria Baïbars, et il se jeta sur eux, comme l'épervier fond sur un vol de moineaux ; il les dispersa, en laissa quatre sur le carreau ; les autres tournèrent les talons et cherchèrent leur salut dans la fuite.

Baïbars revint auprès de la jeune fille, qui tremblait de tous ses membres comme un roseau dans la tempête. "Ne crains rien, lui dit-il, je donne mon âme pour ta rançon." Il la confia à ses parents qui baisèrent le sol devant lui et implorèrent Dieu en sa faveur. "Petit soldat, dirent-ils, que le Seigneur te donne tout ce que ton cœur désire."

[Le transmetteur a dit :] Cette jeune fille était de la race du Prophète. Son père la prit avec lui et s'en fut. Baïbars revint près du cadi, qu'il trouva claquant des dents, car il avait vu les cadavres étendus à travers le souk.

— Qu'as-tu, mon père ? demanda Baïbars.

— Hélas, mon petit soldat, tu as tué l'agha des éboueurs et ses hommes sans cause ! qu'est-ce qui va arriver ?

— Il arrivera ce qu'a décidé Dieu, le Très Bon, l'Omniscient. Dis-moi, mon père, tu veux toujours que je tire la couverture de ton côté ?

— Oh non, par la Dame très noble ! s'écria le cadi, mon bon ami, j'annule la dette et je t'en tiens quitte, tu es comme mon fils Karîm El-Dîn.

Baïbars se dirigea vers l'agha de la voirie, le regarda de près et vit que son âme avait bien abandonné son corps ; il avait le milieu du visage comme du noir de fumée. Parmi les agents de la voirie que Baïbars avait tués, il y en avait un qui avait la poitrine découverte. Baïbars s'en approcha, l'examina attentivement et vit qu'il avait des croix tatouées sur la poitrine. Il le découvrit entièrement et s'aperçut qu'il avait encore son prépuce, qu'il n'était pas circoncis. Il en fit de même pour le second : lui non plus n'était pas circoncis, de même que l'agha de la voirie. Alors, il se sentit tranquillisé et son inquiétude se dissipa ; en effet, depuis le début, il craignait de mécontenter le roi El-Sâleh, mais courageux et chevaleresque comme il l'était, il avait préféré commettre un meurtre que de laisser sans défense une descendante du Prophète.

Il alla annoncer sa découverte au cadi Yahya qui lui dit : "Mon fils, si c'est ainsi, c'est un argument très solide en ta faveur. Seulement, il faut que tu fasses ceci et cela." Et il lui indiqua la démarche à suivre.

Il y avait un tribunal à proximité du souk. Baïbars fit venir un cadi enquêteur et un groupe de témoins assermentés auprès du tribunal ; ils examinèrent les corps, constatèrent qu'il s'agissait bien de chrétiens, après quoi ils rédigèrent un procès-verbal en ce sens, avec quatre *fatwas*, déclarant que son action était louable devant Dieu.

[Le transmetteur a dit :] Les agents de la voirie étaient au nombre de mille, et ils étaient tous chrétiens. C'était le cadi qui les avait constitués en corps et leur avait ordonné de commettre tous ces méfaits, afin de porter préjudice à la Communauté de Muhammad. Chaque fois que quelqu'un venait se plaindre d'eux au conseil du roi, il renvoyait le plaignant et empêchait la plainte de parvenir au roi El-Sâleh.

Baïbars prit le procès-verbal et revint au palais de Najm El-Dîn où il attendit la suite des événements.

Les machinations du cadi

Ecoutez maintenant ce qu'il advint aux agents de la voirie. Ils coururent tout droit à la maison du cadi, où ils entrèrent en se répandant en pleurs et en lamentations et en proférant des malédictions abominables. Le cadi n'était pas encore sorti pour se rendre au conseil. "Qu'est-ce que c'est que cette matinée de malheur ? s'écria-t-il. Qu'est-ce qui se passe, mes enfants ? – On a tué ton compagnon Boutros d'Acre et Hanna et Jorjos et Mitri", s'écrièrent-ils. Le cadi crut entendre les trompettes du Jugement dernier.

— Qui a eu l'audace de les tuer ? tonna-t-il.

— C'est le protégé de Najm El-Dîn El-Boundouqdâri, Baïbars.

— Que Dieu l'enlaidisse, cette canaille ! il n'y a pas un mois qu'il est au Caire : il n'a pas perdu de temps pour faire le bravache ! Ah ! il veut se frotter à moi, tuer mes protégés et massacrer mes hommes de main ! Mais ça va lui coûter cher, je le briserai ! Eh, mes enfants, les cadavres sont toujours dans le souk ?

— Oui, répondirent-ils.

— Eh bien, allez à la mosquée voisine, amenez des cercueils, mettez-les dedans et présentez-vous devant le conseil. Je vous aiderai. Partagez-vous le travail : les uns déposent la plainte, les autres font les témoins. Je serai au conseil avant vous, et je sais ce que j'ai à faire avec ce vilain bougre, cet esclave évadé de Baïbars !

Il se leva sans plus attendre, enfourcha sa mule, emmena avec lui son famulus, le Hâjj Mansour, et se dirigea vers le conseil. Il se présenta devant le roi, baisa le sol et dit :

— Que le salut soit sur le Commandeur des croyants !

— Bonjour, bonjour, cadi, répondit le roi (selon d'autres, il aurait dit "et que sur toi soit le salut !", c'est-à-dire "Je te rends ton salut, je n'en veux pas"). Puis le roi Sâleh dit : "Il est Dieu, l'Eternel, qui jugera les prévaricateurs. Il est le Seigneur des mondes, et tout vient sur l'ordre de Dieu. Pas vrai, cadi ?

— Oui, sans doute, ô puissant roi.

— Dis-moi, cadi, quelles sont les nouvelles d'aujourd'hui ?

— Je ne sais pas ; j'ai seulement entendu parler d'une dispute et je n'ai pas fait d'enquête à son propos. Nous saurons bientôt de quoi il s'agit.

— Assieds-toi, cadi, dit le roi, l'affaire est arrangée, par la gloire de Dieu."

Le cadi s'assit à sa place.

— Hâjj Châhîn, reprit le roi.

— Oui, répondit-il.

— Frère, Dieu le Très-Haut permet-Il que tu donnes aux ennemis de la religion une autorité sur les musulmans ? Dieu t'en demandera compte, Châhîn. Crois-tu que le monde est laissé à l'abandon et que tu puisses y faire ce que tu veux sans que cela se sache ? Châhîn, par la gloire de la Majesté divine, tout ce que tu as lié Dieu le déliera. Châhîn, celui qui voit une discorde assoupie et la réveille, Dieu le maudit. Il y a là un décret de la Providence, réussira qui réussira et échouera qui échouera. Par la gloire de Dieu, tu as une belle carrière devant toi – gloire à Celui qui t'a accordé sa protection.

— Oui, seigneur, faisait le vizir à chacun de ces propos ; mais aucun des membres du conseil n'en saisissait le sens caché, car le roi s'exprimait en des phrases incohérentes qui visaient tantôt le cadi et tantôt le vizir, et personne n'en avait la clé. C'est que le roi, Dieu l'ait en Sa miséricorde, avait un don de clairvoyance ; il était l'un des Initiés de haut rang qui perçoivent la réalité cachée. Il voyait certaines choses mais ne pouvait en parler, malgré tout son pouvoir ; car il fallait que le dessein de Dieu s'accomplisse. Aussi certains des grands du royaume le haïssaient et, ne reconnaissant pas sa vraie nature, le traitaient de fou. D'autres disaient qu'il s'exprimait par symboles que seuls pouvaient comprendre ceux dont le cœur a été éveillé. C'était ceux-là qui l'aimaient. Le roi El-Sâleh n'avait pas terminé ces discours que les agents de la voirie arrivèrent devant la salle du conseil portant les civières à bout de bras.

Ils entrèrent. “Dieu, ô Eternel, dit le roi El-Sâleh, gloire à Celui qui fait se succéder les dynasties, gloire à Celui qui n'a ni commencement ni fin ! O Hâjj Châhîn, je vois des gens qui amènent des cercueils dans la salle du conseil. Pourvu qu'ils n'aient pas pris ce lieu pour un mausolée ! Frère, indique-leur le chemin de la Qarâfa[106]. Mon Dieu, mon Dieu, quelle chose étrange ! que se passe-t-il ?”

Les agents de la voirie posèrent les cercueils à terre et baisèrent le sol devant le roi.

— Qu'est-ce que c'est que ces cercueils, bonnes gens ? demanda le roi.

— Seigneur, c'est l'agha de la voirie Sulaymân Agha et ses lieutenants, Moussa Agha, Issa Agha et le Hâjj Khaddour, criminellement assassinés. A toi de juger, ô puissant roi !

— Comment cela s'est-il passé et qui les a tués ? Que Dieu le Protecteur nous ait en Sa garde.

— Seigneur, ils ont été tués par un mamelouk nommé Baïbars qui est le protégé de Najm El-Dîn El-Boundouqdâri.

— O Vigilant ! quelle chose extraordinaire ! Que s'est-il passé pour qu'on les tue ?

— Il était ivre et il a aperçu une jeune fille, descendante du Prophète ; il lui a barré le passage, a voulu l'entraîner à la caserne et, dans son ivresse, la violer. Notre agha passait par là et il a vu les faits ; la jeune fille s'est mise sous sa protection et il lui a dit : "Mon fils, laisse-la tranquille, nous ne sommes pas ici à Damas mais au Caire, la capitale du sultan, où la loi de l'islam est appliquée dans toute sa vigueur." Il a injurié l'agha et t'a injurié toi, puis s'est jeté sur lui, un *lett* à la main, et lui a porté un coup à la tête avant qu'il puisse dire un mot ; puis il s'est retourné contre ses compagnons et en a tué quatre, les autres se sont enfuis.

— Bien, allez voir le cadi pour qu'il examine la plainte.

— Avez-vous des témoins, demanda le cadi.

— Oui.

— Faites-les comparaître l'un après l'autre pour qu'ils fassent leur déposition et que nous sachions ce qu'il en est de cette affaire.

[Le transmetteur a dit :] Ils avaient déguisé une vingtaine d'agents de la voirie en leur faisant porter des turbans verts à la manière des descendants du Prophète. En les voyant on aurait dit : “Ces gens sont de la maison du Prophète de Dieu.” C’était là une machination du cadi.

Il se mit à les interroger l’un après l’autre et tous firent la même déposition. Alors, il se dressa de toute sa taille, fit trembler son turban et s’écria :

— Malheur à la religion ! Malheur à l’islam ! La corruption est apparue parmi les croyants ! Ce Baïbars doit être mis à mort selon les quatre écoles attendu que, premièrement, il s’est enivré, que, deuxièmement, il a attenté à l’honneur d’une famille et que, troisièmement, il a tué quatre personnes par malice et sans cause.

— Patiente un peu, cadi, que Dieu te juge, interrompit El-Sâleh. Voyons d’abord comment l’affaire va tourner : comment veux-tu le tuer alors qu’il n’est même pas ici ! Nous le condamnerons en sa présence. Tu vas trop vite en besogne, cadi, ce n’est pas du travail de se précipiter comme ça ! Savoir se contenir est une marque d’intelligence. Avant tout, envoyons-le chercher, interrogeons-le et entendons sa déposition.

— Oui, c’est tout à fait cela, ô Commandeur des croyants, ajouta le mufti.

— Vizir, reprit le roi, en se tournant vers Najm El-Dîn, c’est vrai que ce garçon, Baïbars, est ton protégé ?

— Oui, sans doute.

— C’est vrai qu’il boit et qu’il se conduit mal ?

— Pardonne-moi, seigneur ! Sur ta tête, je le vois au contraire réciter assidûment le Coran.

C'est un garçon bien élevé, et pieux : il passe ses nuits en oraisons et ne manque aucune des cinq prières légales.

— Dieu punira les prévaricateurs. Il est le Seigneur des mondes, dit le roi. Et il se trouve maintenant chez toi ?

— Je ne sais pas.

Le roi se tourna alors vers l'un des sergents du conseil et lui dit : "Descends au palais de Najm El-Dîn et ramène-le, avec la bénédiction de Dieu." L'autre s'en fut ; il surprit Baïbars alors qu'il était tranquillement assis et l'interpella :

— Holà, mon garçon, tu es bien Baïbars ?

— Oui, certes.

— Viens avec moi, je te prie, et ne fais pas de résistance ! tu es convoqué par Sa Majesté le roi El-Sâleh.

— Sur ma tête et mon œil, répondit Baïbars, qui jeta son manteau sur ses épaules et monta vers la Citadelle. Il ne doutait pas que les agents de la voirie avaient porté plainte, mais il ne s'en inquiétait guère : sa position était solide, grâce au procès-verbal et aux *fatwas.*

Il entra donc dans la salle du conseil, baisa le sol, invoqua Dieu en faveur du roi et lui fit son compliment de la façon la plus gracieuse ; puis, après en avoir demandé la permission, s'assit par terre, ramenant ses genoux sous lui comme l'exige la politesse et récita une décade du Coran, selon les sept lectures ; tous furent subjugués par sa belle diction, sa connaissance des règles de la récitation et l'exactitude de sa prononciation. Il récita ensuite la *Fâtiha*, la dédiant, ainsi que ceux qui étaient là, au Seigneur des envoyés, puis il se releva, baisa le sol à nouveau et, les bras respectueusement croisés, attendit qu'on l'interroge. "Je suis à tes ordres, ô puissant roi !" dit-il.

— Dieu punira les oppresseurs ! Châhîn ! Un homme qui a bu serait-il capable de réciter le Coran de cette manière, en respectant toutes les règles ? Par la majesté du Seigneur, Châhîn, gloire à Celui qui lui a donné cette voix ! Dis-moi, mon garçon, tu es bien Baïbars ?

— Oui certes.

— Est-il vrai que tu as tué aujourd'hui l'agha de la voirie et quatre de ses subordonnés ?

Pendant ce temps, Najm El-Dîn El-Boundouqdâri faisait signe de tout nier et de prétendre ne rien savoir de cette affaire. Mais Baïbars répondit :

— Oui, ô roi, je les ai tués, et que la malédiction de Dieu s'abatte sur les menteurs !

— Pour l'honneur de Dieu, vengeance ! s'écria alors le cadi. "La cause est entendue dès lors qu'il y a aveu." Il doit être mis à mort !

— Tais-toi donc, cadi ! répondit le roi. Ecoutons d'abord sa version des faits. Eh bien, Baïbars, tu les as donc tués par malice et sans cause ? Ou bien avais-tu une raison pour agir ainsi ?

— Pardonne-moi, seigneur, se récria Baïbars. Comment aurais-je pu mettre à mort un groupe de musulmans par malice et sans cause, alors que je suis moi-même musulman ? A Dieu ne plaise que je contrevienne à la Loi et que je détruise ce que Dieu a construit, sans raison ni cause. Non, ô roi, je me trouvais au souk, assis chez le cadi Yahya, et j'ai aperçu l'agha de la voirie qui s'apprêtait à enlever une fille de la Maison du Prophète, dans l'intention de commettre une mauvaise action sur sa personne. Elle appelait à l'aide, mais personne ne lui portait secours contre lui. Elle est venue vers moi et m'a dit : "J'implore le secours du Prophète de Dieu, et je me mets sous ta protection." Dès lors, j'étais dans l'obligation de la défendre, en premier lieu parce qu'elle s'était mise sous ma protection au nom du Prophète de Dieu, et en second lieu parce qu'elle avait ému mon zèle et mon désir de protéger son honneur. J'ai refusé de la livrer à son persécuteur, je l'ai repoussé trois fois loin d'elle ; mais il n'a rien voulu entendre : il a levé son épée sur moi et a tenté de me tuer. Il voulait m'entraîner avec elle, car il était ivre. Je me suis défendu, et ne pouvant le faire "par les voies qui sont les meilleures[107]", je l'ai tué. Aussitôt ses compagnons se sont jetés sur moi, voulant me mettre à mort pour venger leur chef ; je me suis défendu et, si je n'avais pas versé le sang de quatre d'entre eux, ils n'auraient quitté la place qu'après m'avoir tué. Voici tout ce que j'ai fait : je n'ai rien omis et j'ai dit la vérité. Maintenant, la décision t'appartient.

— Il est Dieu, l'Eternel, dit le roi. Eh bien, cadi, il me semble que cela change tout.

— Pas du tout, seigneur ! Cette petite crapule nie les faits, mais sa plainte n'est pas recevable, dès lors que les témoins ont déposé contre lui !

Il n'avait pas fini ces mots que des cris s'élevèrent de toutes parts et qu'un grand tumulte se fit à l'entrée du palais.

— Mon Dieu, mon Dieu, que se passe-t-il encore ? demanda le roi.

— Seigneur, lui répondit-on, ce sont les gens du souk, et le cadi Yahya chez qui se trouvait Baïbars.

— Faites-les entrer. A cette heure, la vérité sera manifestée !

Ils firent entrer une délégation, composée de quelques anciens et du cadi Yahya ; ils s'avancèrent vers le roi et baisèrent le sol. C'étaient tous des gens pieux et de bonnes mœurs.

— Ce sont de bonnes nouvelles que vous amenez, s'il plaît à Dieu ? Qu'est-ce que c'est que cette équipée ? Salut, cadi Yahya ! Par Dieu, tu m'as bien manqué, cela fait bien longtemps que je ne t'ai vu ! Parle, avec la bénédiction de Dieu.

— Seigneur, dit le cadi Yahya, j'ai entendu que les agents de la voirie avaient porté plainte et qu'ils avaient lancé des accusations calomnieuses contre Baïbars. Nous étions présents au moment des faits, nous sommes venus pour soulager notre conscience et porter témoignage de ce que nous avons vu.

— Et qu'est-ce que vous avez vu ?

Ils firent leur déposition, qui concordait en tous points avec celle de Baïbars.

“Cela ne vaut pas, dit le cadi. Il est très possible que Baïbars ait suborné ces gens ; nos témoins à nous se sont présentés les premiers !” Et il se mit à faire du tapage dans le conseil : “Comment, s’écriait-il, je devrais entendre une bande de faux témoins proférer ses mensonges, sans crainte de Celui qui fait sortir les morts de leurs tombeaux ! Par la Science très sainte, si l’on n’écoute point ma parole, j’enfourcherai ma mule et je quitterai à jamais cette cité !”

Mais, à ce moment-là, un nouveau tumulte se fit soudain à l’entrée du palais ; de grands cris s’élevèrent.

— Tais-toi un peu, cadi, fit le roi, c’est vraiment la fin du monde, aujourd’hui ! Attends un peu, et voyons ce qui se passe. Ah, quels cris, quel tumulte ! Que se passe-t-il donc, Hâjj Châhîn ?

— Par ta précieuse vie, je n’en sais rien, répondit ce dernier.

— Allez donc voir ce que c’est !

[Le transmetteur a dit :] C’était le père de la jeune fille, descendante du Prophète. Il avait appris que Baïbars était sous le coup d’une accusation, s’était précipité chez les descendants du Prophète et leur avait raconté toute l’affaire. “Venez vite, leur avait-il dit, et portons secours à celui qui a sauvé mon honneur et le vôtre.” Ils se rendirent aussitôt auprès du syndic, le mirent au courant, puis en masse se dirigèrent vers la Citadelle, et entrèrent en force dans la salle du conseil.

— Vengeance, pour l'honneur de Dieu ! criaient-ils. Comment, ô roi, on voit de telles choses sous ton règne ! On enlève les filles des descendants du Prophète et l'honneur des familles est à la merci du premier venu ?

— Dieu punira les oppresseurs, répondit le roi. Que se passe-t-il ? Qui a attenté à l'honneur de vos familles ?

— C'est l'agha de la voirie ! répondirent-ils. Il était ivre et il s'est attaqué à la fille !

— Ecoute bien, cadi (que Dieu te rende sourd !). Admettons que Baïbars ait suborné les témoins ; est-ce qu'il aurait suborné aussi le plaignant et est-ce que celui-ci se serait laissé suborner ?

Et, sur-le-champ, il mit Baïbars hors de cause et fit porter l'accusation sur l'agha de la voirie : la ruse avait échoué. "Et pourtant, dit le cadi, qu'est-ce qui obligeait Baïbars à agir ainsi et à attenter à la vie d'autrui ? Nous concédons qu'il est innocent, sur la foi des témoins et du principal plaignant ; cependant, est-il gouverneur ou vizir, pour mettre à mort l'agha de la voirie ? Admettons encore qu'il l'ait tué légitimement, en punition de sa faute ; mais les quatre autres, n'étaient-ils pas musulmans ? Et ceux-ci n'étaient pas dans leur tort, ils n'avaient pas attenté à l'honneur des familles. Alors quel motif avait-il de les tuer ? Légalement, il doit être puni de mort pour avoir versé leur sang."

Et aussitôt il éleva une seconde plainte contre Baïbars et voulut l'inculper. Mais celui-ci prit alors la parole. "J'ai tué les compagnons de l'agha de la voirie, dit-il, car c'étaient des agents infiltrés parmi les musulmans. En réalité, ils sont chrétiens, comme l'établissent ce procès-verbal et ces quatre *fatwas*." Il présenta les documents, le cadi les lut ; il vit que c'était un procès-verbal en bonne et due forme accompagné de quatre *fatwas* rédigées par les imâms sur la base des dépositions des témoins assermentés, du constat des gens du tribunal et du cadi instructeur, comme quoi ils avaient examiné l'agha de la voirie et ses compagnons et avaient constaté qu'ils étaient chrétiens, incirconcis, et portaient des croix tatouées sur la poitrine ; qu'ils n'avaient cessé de porter préjudice aux habitants de la ville, car ils étaient ennemis de la religion ; et que Baïbars, en les démasquant et en les mettant à mort, avait accompli une action louable.

A cette lecture, le cadi faillit crever de male rage : il ne pouvait plus ruser avec la loi. "Eh, que Dieu les damne, ces crapules, s'écria-t-il. Puisque c'est comme ça que se présente l'affaire, Baïbars a commis une bonne action ; il les a tués en punition de leur crime. Que Dieu ne leur fasse pas miséricorde !

— Mais, dis-moi, cadi, dit El-Sâleh, cet agha de la voirie, ce n'est pas toi qui l'as mis en fonction ?

— Oui, certes, ô puissant roi, mais pouvais-je savoir que c'était un maudit chrétien ? La loi ne juge que de ce qui est manifeste. Il m'a semblé être un homme pieux et de bonne moralité ; je me suis dit : «il faut lui confier cette charge, il veillera à l'enlèvement des ordures et des débris, comme ça la ville sera purifiée des saletés et des balayures, parce que la propreté fait partie de la foi», alors je lui ai dit : «Vas-y, sois bien appliqué dans ton travail, embauche une équipe qui sera sous tes ordres et qui surveillera la ville, mais prends des gens pieux et honnêtes» ; c'est tout ce que je sais, je ne l'ai pas revu depuis, que Dieu le maudisse !

— Examinez ces corps, dit alors le roi, afin que nous voyions véritablement ce qu'il en est."

Ils les examinèrent et virent qu'ils étaient bien incirconcis, avec des croix tatouées sur la poitrine ; ils reniflèrent l'agha et s'aperçurent qu'il avait bu. Ils allèrent prévenir le roi.

— Mais au fait, fit ce dernier, et ces témoins, comment se fait-il qu'ils aient fait une telle déposition ?

— Seigneur, dit Baïbars, ceux qui ont déposé contre moi, je le jure sur ta tête, ce ne sont pas non plus des musulmans ! Car "la communauté de Muhammad (que la prière et le salut de Dieu soient sur lui) ne s'unira jamais sur un mensonge".

— Malheur à toi, coquin, s'écria le cadi. Pourquoi dis-tu une chose pareille ? Ce sont bel et bien des musulmans ! C'est déjà bien assez qu'ils soient de faux témoins ; vas-tu encore en faire des infidèles ?

— Parfaitement, ce sont des infidèles ! dit Baïbars, et j'en ai la preuve. Ce sont sûrement des imposteurs, et ils font partie de la bande de l'agha de la voirie. Ils ont témoigné contre moi dans leur intérêt.

Le roi ordonna de les faire avouer, mais ils refusèrent. On les examina, et il apparut qu'ils étaient chrétiens. Ils choisirent alors le plus chétif et lui infligèrent la bastonnade ; il avoua alors qu'ils étaient tous chrétiens. S'il avait connu la véritable identité du cadi, il l'aurait dénoncé aussi, mais seuls l'agha et le cadi étaient dans la combine et le reste de la bande ne connaissait pas ce dernier ; ils savaient simplement que c'est lui qui avait élevé l'agha à son poste.

Le roi ordonna alors à l'agha de la police d'arrêter tous les surveillants de la voirie – et ils étaient mille – et de les examiner ; on s'aperçut qu'ils étaient tous chrétiens, et on les mit à mort.

"Vizir, dit le roi à Châhîn, ce Baïbars est un sage administrateur, puisqu'en arrivant au Caire il y a fait régner la paix. Que Dieu le protège ! Il ira loin ; il a déjà débarrassé la Communauté de Muhammad des déprédations de ces maudits chrétiens. Il faut qu'il devienne agha de la voirie et qu'il en reçoive les appointements ; il le mérite plus que quiconque.
– Seigneur, il en est digne", répondit Châhîn, qui s'était pris d'une grande affection pour Baïbars.

Le roi fit donc apporter le *qafatan aghasi*[108] et le jeta sur les épaules de Baïbars, en lui confiant officiellement la fonction d'agha de la voirie. "Que Dieu t'y fasse prospère", s'écria l'assistance, et le cadi fit chorus : "Il en est digne, c'est mon fils bien-aimé, grâce à lui, au Jugement dernier, je n'aurai pas le poids de ce misérable sur la conscience."

Le sultan congédia ensuite les descendants du Prophète et leur syndic, ainsi que les gens du souk. Le cadi Yahya s'apprêtait à quitter lui aussi la salle du conseil, quand le roi l'interpella : "Eh bien, cadi Yahya, j'ai appris que Baïbars vient tous les jours passer son temps chez toi, dans ta boutique ; on m'a dit que tu trouvais sa compagnie agréable et que tu l'avais pris pour fils adoptif. Prends bien soin de lui, par égard pour moi. Et puis, je voudrais te commander de couler des cierges pour les Lieux saints." Le cadi Yahya baisa le sol et répondit : "Sur ma tête et mon œil." Il n'osait pas dire qu'Aïbak le Turkmène l'avait démis de ses fonctions : ce dernier était présent.

Pendant ce temps, Baïbars s'était vu confirmer sa charge et le scribe en chef avait inscrit son nom sur le registre des dignitaires. Il entendit les paroles du cadi Yahya ; aussitôt il alla baiser le sol et s'écria : "Seigneur, mon père n'ose rapporter à Ta Majesté ce qui lui est arrivé. Mais, moi, j'ai appris tout cela avant de le connaître et avant que le pacte de Dieu soit conclu entre lui et moi. Il était tenu de couler les cierges des Lieux saints ; c'était la charge qu'il avait héritée de son père et de ses ancêtres, mais aujourd'hui il l'a perdue. Je prie notre maître le sultan, dans sa bonté, de la lui rendre.

— Eh, bien sûr, dit le roi, cette charge est à lui, elle est dans la famille Chammâ' depuis des générations. Qui est-ce qui la lui a ôtée, Hâjj Châhîn ?

— Seigneur, c'est le commandant en chef des armées du royaume, l'émir Aïbak le Turkmène.

— Non, non, Hâjj Châhîn, rendez-lui sa charge ! Pourquoi avoir fait cela, frère ? Je crains la plainte de l'innocent ! Par la gloire du Seigneur, allons-nous spolier les gens ? Pourquoi es-tu si rapace, Aïbak ? Tu n'as pas peur qu'on se plaigne de toi à Dieu ? Et il récita ces vers :

Nos plaintes et nos cris te paraissent risibles ;
mais nos plaintes sont fortes, insensé, le sais-tu ?
Ce sont flèches de nuit qui ne manquent leur cible,
ce sont flèches de mort et fatal est leur but.
Le Seigneur à son gré peut retenir ses traits ;
Il les lâche au moment fixé par Son décret.

— Seigneur, répondit Aïbak, moi entends lui faire cierge pourri pas bonne travail. Alors je dis c'est mieux l'honneur pour moi pas à cause de rapace et pas à cause de argent-les-sous. Moi je veux honneur.

— Depuis combien de temps est-ce qu'il t'a pris ta charge ? demanda le roi. Vérifiez sur le registre des dignitaires."

On vérifia, et il apparut que cela faisait vingt ans.

— Et combien rapportait cette charge au cadi Yahya par an ? demanda encore le roi.

— Dix bourses par an, seigneur, lui répondit-on.

— Par la Majesté du Seigneur, Aïbak, tu vas à l'instant lui verser cette somme.

Aïbak faillit tomber raide devant l'énormité de la dépense. Depuis ce moment, il devint ennemi de Baïbars et le prit en haine. "Regarde avec ton zieux, dit-il au cadi, quoi c'est il t'a fait ce Baïbars.

Tfou ! Dieu maudit à lui, vilain tapette. D'où c'est lui sort ?"

Sur ces entrefaites, il fit venir son argentier au conseil et le jour même versa deux cents bourses au cadi Yahya, qui les empocha. Le roi lui fit rédiger un firman en guise d'attestation ; l'autre le prit et quitta le conseil, dansant de joie. Depuis ce jour-là, chaque fois qu'il se levait la nuit pour prier, il suppliait Dieu de faire que Baïbars accède toujours à de nouvelles dignités et que son prestige s'accroisse, car c'est à lui qu'il devait sa fortune.

Mais revenons au roi. Celui-ci dit à Baïbars : "Va maintenant t'occuper de ton travail ; embauche des aides, mais prends-les pieux et de bonnes mœurs."

Baïbars quitta donc le conseil et se rendit au palais de Najm El-Dîn El-Boundouqdâri. Celui-ci, lorsque la séance fut levée, rentra chez lui, alla trouver Baïbars et le baisa au front. "O mon fils, dit-il, que Dieu garde ce joyau précieux que tu cachais en toi et que tu as rendu aujourd'hui manifeste. S'il plaît à Dieu, tu connaîtras un grand avenir. Mais cette fonction d'agha de la voirie ne te convient pas. Je n'ai pu le dire tout à l'heure, car la chose semblait tenir à cœur à notre maître le sultan. Mais toi, cherche quelqu'un pour s'occuper de cela et prends-le comme suppléant sous tes ordres. Tu garderas la dignité et tu toucheras le traitement.
– Je m'en remets à ton avis", répondit Baïbars.

Or celui-ci avait déjà pris des renseignements sur un homme qui habitait le quartier, c'était un homme âgé, pieux et de bonnes mœurs, mais il était tombé dans la gêne, bien qu'il fût d'une famille aisée. Il l'envoya chercher et lui confia la suppléance de sa charge d'agha de la voirie. Il lui recommanda bien de ne porter tort à personne et d'embaucher un corps de surveillants de la voirie qui soient des gens honnêtes et pas enclins à commettre des exactions. L'autre promit bien volontiers ; il s'en alla à la caserne de l'ancien agha de la voirie, se prévalant de l'autorisation de Baïbars, et commença à embaucher des adjoints, sous la surveillance de Baïbars. Voilà pour lui.

La partie d'échecs

Revenons à Najm El-Dîn El-Boundouqdâri. Celui-ci se trouvait chez lui, lorsqu'un domestique se présenta devant lui, de la part du grand vizir Châhîn El-Afram, et lui remit un billet. L'autre le prit, le baisa, l'ouvrit et lut :

"Du vizir Châhîn à Najm El-Dîn,

Voici bien longtemps que nous ne nous sommes réunis. Nous désirerions que tu te rendes chez nous ce soir, afin que nous passions la soirée ensemble et que nous tenions compagnie. Mais, si tu viens, emmène avec toi l'agha de la voirie, Baïbars, car j'ai beaucoup d'affection pour lui. Salut."

— Sur ma tête et mon œil, répondit Najm El-Dîn au domestique. Retourne chez le vizir, nous partons à l'instant nous mettre à son service.

Il fit aussitôt venir Baïbars et lui dit : "Mon fils, «ne dis pas au bonheur "Donne-moi la main" si le bonheur ne t'a déjà tendu la sienne». Viens, je te prie, le vizir Châhîn, le premier dignitaire du royaume, t'invite ce soir à venir passer la soirée chez lui avec moi. Il dit qu'il t'a pris en affection ; aussi longtemps que lui, qui est la clé du royaume, sera content de toi, tu atteindras tout ce que tu désireras et tu renverseras les plans de tes ennemis et de tes envieux. – Je viendrai de grand cœur, répondit Baïbars. Tout cela est l'effet de tes bons conseils, mon père."

Ils se mirent en selle et se dirigèrent vers le lac de Balâmâ où demeurait le vizir. Ce lieu était à une heure de route du Caire. Arrivés au palais, ils mirent pied à terre, et confièrent leurs montures aux valets d'étriers. Baïbars, regardant autour de lui, aperçut les mamelouks en compagnie desquels il était venu de Brousse, Qalaoun et sa bande, Edamor et sa bande, qui résidaient au palais.

Lorsque Qalaoun aperçut Baïbars, il dit à Alay El-Dîn : "*Baq*[109], Alay El-Dîn, *echta* il est venu, mamelouk vieille femme, celui chier sur les cuisses le ventre il a mal et la tête il est prétentieux. *Allah bayyin bala versen*[110] *! Echta !* sur cheval venir avec vizir côté gauche !"

Najm El-Dîn se rendit à l'étage noble où résidait le vizir et dit à Baïbars : "Attends-moi avec les mamelouks, le temps que je rentre et que je demande la permission de te faire entrer." Baïbars se dirigea alors vers son ami Edamor, qui le salua et lui donna l'accolade. Il se réjouit de le voir et l'interrogea sur la raison de sa venue. Baïbars se mit à lui raconter tout ce qui lui était arrivé : pourquoi il était venu au Caire, comment il avait tué l'agha de la voirie et comment le roi lui avait donné sa charge. Edamor en fut fort réjoui ; mais Qalaoun et les ennemis de Baïbars faillirent en crever de dépit, tant ils le jalousaient.

Pendant ce temps, Najm El-Dîn s'était rendu auprès du vizir, qui l'accueillit à bras ouverts. Ils se saluèrent ; Châhîn se déplaça sur son siège et fit asseoir son hôte à son côté. Ils se mirent à bavarder.

— Mais où est Baïbars ? demanda Châhîn.

— Seigneur, je l'ai amené avec moi ; je l'ai laissé avec les mamelouks à l'entrée des appartements.

— Il ne fallait pas faire cela, vizir ! se récria Châhîn. Je ne voudrais pas que ce garçon s'ennuie à écouter les sottises des mamelouks ! C'est manifestement un fils de très bonne famille. Si je t'ai dit de l'amener avec toi, c'est pour jouir de sa présence, car il m'a beaucoup plu aujourd'hui, par son esprit et son courage chevaleresque. Dieu le préserve de l'œil des envieux !

Najm El-Dîn héla Baïbars et lui dit de venir. Celui-ci se leva d'un bond et entra dans la salle, après avoir glissé ses mains dans les manches de son manteau, la droite posée sur la gauche. Il s'avança poliment vers le vizir, baisa le sol et dit : "Que Dieu te maintienne dans la prospérité, mon maître. Tu es mon vizir et mon père, tu es l'astre qui éclaire notre nuit." Puis il déclama ces vers à sa louange :

Quand le corps de l'Etat n'était plus que lambeaux
tu le ressuscitas, ô prince victorieux,
ô toi qui de l'honneur ranimas le flambeau,
que ta gloire à jamais s'élève vers les cieux.

Puis il resta immobile, les bras respectueusement croisés. Châhîn lui fit signe de s'asseoir ; il s'assit à terre, ramenant ses genoux sous lui, comme le veulent les bons usages ; mais le vizir se récria et le fit asseoir à côté de lui, tout près.

Pendant ce temps, Qalaoun se tenait de l'autre côté de la fenêtre et les observait à travers la vitre ; voyant cela, il faillit en crever de dépit : "Viens voir Khatîri, viens Djavôri, viens Bektimour toi voir, *Allah bayyin bala versen !* Hâjj Châhîn chie sur cuisses il met à côté. Qalaoun joue rouge blanche zyeux noir *kozal* il fait lui serviteur. «Viens-là, hé, venir là moucher la chandelle ! Venir là Qalaoun, donner là narguilé» et si faire retard alors lui pas content lui frapper sur ta tête. Et lui mamelouk vieille femme devenu agha de voirie. Ah sale vie à moi ! Ah destin tout noir ! Monde il est à envers !"

Quant au vizir Châhîn, il conversait avec Baïbars ; ses propos lui semblaient plus doux que l'eau de rose au cœur de l'assoiffé, et Dieu fit naître pour lui en son cœur une affection toujours croissante. Or le vizir avait coutume de jouer aux échecs avec Najm El-Dîn El-Boundouqdâri ; il héla donc un domestique et lui ordonna d'amener le jeu. Ils rangèrent les fantassins, les tours, les éléphants, les cavaliers et les rois, et commencèrent la partie ; car les échecs sont le jeu des rois. Le vizir Châhîn remporta la première et la seconde partie sur Najm El-Dîn. La troisième partie s'engagea, et il ne tarda pas, une fois encore, à prendre l'avantage.

Baïbars, voyant cela, en fut attristé ; il était de première force aux échecs, car ce jeu est originaire de Perse. Lorsqu'il vit que Najm El-Dîn était en train de perdre la troisième partie, il s'en affligea ; car, quelle que soit la situation, il était son protégé. Il se mit à frétiller et à se tortiller sur place en voyant les erreurs de jeu de Najm El-Dîn. Il aurait bien voulu prendre la parole, mais il n'osait pas en présence du vizir. Mais ce dernier (que la miséricorde de Dieu soit sur lui) était l'homme le plus fin de son temps : tout en jouant, il observait de temps en temps Baïbars à la dérobée, et voyait comment il réagissait. Il comprit bien qu'il connaissait le jeu, mais il ne laissa rien paraître avant d'avoir remporté une troisième victoire sur Najm El-Dîn. “Cela suffit, vizir, lui dit-il alors. Depuis le temps que nous jouons ensemble, tu connais mon jeu et je connais le tien. Ce n'est plus amusant, car «l'œil aime à voir ce qu'oncques n'a vu».”

Puis, il se tourna vers Baïbars. “Viens, Baïbars, lui dit-il, j’ai envie de faire une partie avec toi !” L’autre baisa le sol et s’écria :

— Grâce, seigneur ! qui suis-je pour jouer avec toi ? Et puis, je ne suis pas de force contre ta Seigneurie !

— Non, Baïbars. J’ai l’œil à tout : j’ai bien remarqué, tout en jouant, comment tu te tortillais et changeais de couleur chaque fois que tu voyais un coup faible. Cela prouve que tu t’y connais, et j’ai envie de voir comment tu joues.

Baïbars voulut refuser à nouveau, mais le vizir ne voulut rien entendre. Il se leva donc poliment, s’assit en face de son partenaire, les genoux ramenés sous lui, et arrangea ses pièces. Mais il se sentait plein de confusion, car il se trouvait en face du grand vizir ; la partie s’engagea et il se mit à commettre des fautes exprès. “Attention, Baïbars, fit Châhîn ! Ce n’est pas comme cela que tu joues d’habitude. C’est aux échecs que nous jouons, et ce jeu a emprunté aux arts martiaux et aux exercices guerriers ce qu’ils ont de plus honorable. Alors, ouvre bien tes yeux, et ne te dis pas que tu affrontes le premier dignitaire du royaume. C’est au conseil, mon garçon, que je suis vizir. Maintenant nous sommes ici entre nous et nous sommes tous les créatures de Dieu. Je tiens à ce que tu me montres de quoi tu es capable.”

“Seigneur, qu’il en soit fait selon ton désir”, répondit Baïbars. Et il se mit à jouer de telle façon qu’il prit l’avantage sur le vizir et fut à deux doigts de le battre : il connaissait des ouvertures, des ruses et des coups que le vizir n'avait jamais vus et qu'il ignorait complètement. Cela fait, il donna la victoire à son adversaire et se fit battre volontairement. La seconde partie se déroula de la même manière. Le vizir comprit bien que c'était là un effet de sa politesse et de sa bonne éducation ; il voulut le récompenser et lui faire un présent, par égard pour lui et pour Najm El-Dîn. "Eh bien, Baïbars, dit-il, je t'ai battu aux deux premières manches. Reste la troisième, et c'est là que tout va se jouer. Par ma tête et la tête de notre maître le sultan, si tu me bats, je te donnerai ce poignard mais, si c'est moi qui te bats, je prendrai ton voile de tête[111] !"

En disant cela, le vizir voulait seulement encourager Baïbars et lui faire perdre sa réserve, car il s'était rendu compte que c'était un champion qui n'avait pas son égal au Caire ; seules son extrême courtoisie, sa prévenance et sa bonne éducation l'avaient poussé à lui abandonner la victoire. Baïbars, à ces mots, s'enhardit ; d'autant plus qu'il y avait un enjeu à la partie. Il eut peur de perdre et de devoir abandonner son voile de tête, car il croyait que le vizir avait parlé sérieusement ; il ne pouvait pas savoir qu'il voulait seulement l'encourager. Il donna donc toute son attention au jeu, car, comme nous l'avons dit, Châhîn avait déjà remporté les deux premières manches : il ne lui restait plus qu'une seule chance. Il se mit à jouer sérieusement, et il mit le vizir mat en un clin d'œil. Ayant l'avantage du trait, il remporta aussi les deux manches suivantes. "Bravo, émir Baïbars, s'écria Châhîn. Sur la tête de notre maître le sultan, tu mérites qu'on te salue bien bas !" Il avait sur lui un poignard orné de pierres précieuses ; le manche était serti d'émeraudes et rehaussé de rubis. Il le prit et le glissa dans la ceinture de Baïbars.

— Baïbars, dit-il, ce n'est pas réellement au jeu que tu l'as gagné[112] : c'est un cadeau que je te fais, mais je n'ai pas osé te le donner comme cela.

— Seigneur, que Dieu te donne longue vie et qu'Il fasse retentir le monde du bruit de ta gloire ! Tu m'as comblé de faveurs auxquelles je réponds par ma gratitude ; tes bienfaits sont si grands que je n'ai plus rien à demander à l'univers entier.

Sur ces mots, ils se préparèrent à quitter le vizir.

— Attends un peu, Baïbars, dit ce dernier. Najm El-Dîn est très occupé et il a rarement l'occasion de venir me voir. Mais toi, viens tous les soirs passer la soirée avec moi.

— C'est un immense honneur que tu me fais, s'écria Baïbars après avoir baisé le sol.

Pendant tout ce temps, Qalaoun se tenait derrière la fenêtre et surveillait tout ce qui se passait. Lorsqu'il vit que le vizir manifestait tant de marques d'amitié à Baïbars, qu'il le tenait comme partenaire aux échecs et qu'il lui donnait son poignard, il en eut le feu aux tripes. "*Allah bala versen !* s'écria-t-il, Agha Châhîn *echta* mamelouk vieille femme à son côté il met. «Bravo émir Baïbars» il dit. Avec lui il joue, poignard dans ceinture il met. Bien sûr Qalaoun pas quelque chose, il donne, pas il demande santé, Qalaoun toujours baffes toujours corvées !" Il bouillonnait de jalousie, lui et les ennemis de Baïbars : s'ils avaient pu l'égorger et boire son sang, ils l'auraient fait !

Au bord du lac Balâmâ

Le vizir Najm El-Dîn El-Boundouqdâri et Baïbars se mirent en selle, prirent congé du vizir Châhîn, et s'en retournèrent au palais. Le lendemain, le vizir Najm El-Dîn s'en fut assister au conseil, et Baïbars se dirigea vers la boutique du cadi Yahya Ibn El-Chammâ' ; celui-ci vint l'accueillir dès l'entrée du souk. Il lui avait aménagé un coin spécial dans sa boutique, rien que pour lui ; et, s'il l'avait pu, il l'aurait mis dans son cœur ou dans la prunelle de ses yeux, tant il l'aimait.

— Mon père, dit Baïbars, est-ce que les *fiqis* viennent toujours ?

— Ils viennent tous les jours, mon fils, et je leur verse à boire du jus de réglisse en ton nom ; je donne aussi une pièce jaune au cheikh Toqetiq.

— Tu fais bien, répondit Baïbars.

Il resta jusqu'au soir, puis revint au palais, dîna, se reposa un peu, après quoi, il se mit à cheval et se dirigea vers la demeure du vizir Châhîn. Il prit l'habitude de se rendre chez lui tous les soirs.

— Dis-moi, Baïbars, où vas-tu dans la journée ? lui demanda un jour le vizir Châhîn.

— Seigneur, tantôt je vais voir mon père le cadi Yahya dont j'ai parlé à ta Seigneurie, tantôt je fais un tour chez l'agha de la voirie, que j'ai pris comme suppléant.

— Mon fils, le conseil du sultan ne se réunit pas le vendredi ni le dimanche. Ces jours-là, viens donc me voir au champ de manœuvres du lac de Balâmâ. Tu assisteras à l'entraînement des mamelouks, tu verras les évolutions des chevaux et les exercices guerriers. Peut-être y apprendras-tu quelques secrets, car tout art a ses règles particulières, et l'homme se doit d'être au courant de toute chose.

Le vizir Châhîn s'imaginait que Baïbars ignorait tout de l'art militaire ; il ignorait que c'était un lion déchaîné, un tigre impavide. Mais Baïbars se borna à répondre : "Seigneur, c'est un honneur que tu me fais."

Par ordre du roi El-Sâleh, le vizir Châhîn avait la supervision de tous les mamelouks, et ceux-ci vivaient dans son palais. Les jours où il n'y avait pas conseil, il montait à cheval et se dirigeait vers la grande plaine qui se trouve à côté du lac de Balâmâ ; on lui dressait un dais pour qu'il se mette à l'abri du soleil, il s'asseyait et les mamelouks se mettaient à cheval et descendaient sur le terrain d'exercice. Le vizir avait sous ses ordres des cavaliers d'élite qu'il entraînait lui-même ; ceux-ci entraînaient à leur tour les mamelouks et leur enseignaient les arts martiaux : c'étaient des instructeurs. D'autres fois, le vizir leur faisait lui-même faire l'exercice, car (que la miséricorde de Dieu soit sur lui) il connaissait tous les secrets des arts martiaux et des exercices guerriers.

Donc, Baïbars venait au lac de Balâmâ tous les jours où il n'y avait pas conseil et se mettait du côté d'Edamor et de ses hommes. Le vizir Châhîn ordonna à l'un des instructeurs de lui enseigner l'art de combattre à cheval ; celui-ci s'avança vers lui, ils jouèrent, et Baïbars lui apparut comme un puits de science : il n'arrivait pas à faire évoluer son cheval contre lui. Il revint vers le vizir, baisa la terre devant lui, et lui dit : "Seigneur, par ta tête, ce Baïbars n'a pas son pareil pour tenir son cheval, et pour tous les arts martiaux. En vérité, c'est un cavalier comme on en connaît peu ; il est l'égal des plus célèbres champions." Châhîn ordonna alors à tous les instructeurs de se mesurer à lui, l'un après l'autre : il eut raison de tous, aucun ne pouvait lui résister plus de quelques minutes.

[Le transmetteur rapporte :] Alors le vizir Châhîn bondit lui-même en selle et chargea Baïbars. Celui-ci mit aussitôt pied à terre et baisa le sol devant lui.

— Grâce, seigneur ! s'écria-t-il. Que vas-tu faire ?

— Mon fils Baïbars, je tiens à me mesurer à toi.

— A Dieu ne plaise que je lève mon arme contre toi ! répondit Baïbars.

— Non, par ma tête et par la tête de notre maître le sultan ! C'est un combat sérieux, et j'ai l'intention de te mettre à l'épreuve.

Il l'obligea à monter en selle, et Baïbars affronta le vizir ; il montra des finesses incroyables, une adresse éblouissante, une maîtrise sans pareille et une telle connaissance de l'art équestre que tout ce qu'on pouvait dire en le voyant c'était : "Que Dieu le garde !" "Bravo, mon fils Baïbars, s'écria le vizir. Que la prière soit sur le Prophète ! Tu es vraiment un cavalier accompli. Il faut absolument que tu serves d'instructeur à Edamor et ses hommes, et que tu sois leur officier ! Je me porterai garant pour toi." Baïbars lui baisa la main et dit : "J'entends et j'obéis." Edamor et ses hommes se réjouirent, mais Qalaoun fut rempli de jalousie, se jura de lui tendre un piège, de le prendre par surprise et de le tuer. Nous en reparlerons plus loin.

Ainsi, donc, Baïbars prit l'habitude de venir chaque jour où il n'y avait pas conseil ; il instruisait les mamelouks et les instructeurs qui se trouvaient chez Châhîn et complétait leur formation. Il prit le pas sur eux tous et sa vie était entourée d'heureux présages, par la grâce de Celui à qui appartiennent toute bonté et toute générosité.

[Le transmetteur rapporte :] Un beau jour Baïbars s'en fut à la boutique du cadi Yahya ; il y passa quelque temps ; puis, vers le milieu de la matinée, s'en revint au palais de Najm El-Dîn. A la porte, il vit une jeune Bédouine qui pleurait et disait : "Hélas, malchanceuse que je suis ! Pauvre de moi ! Viens, ma mère, viens voir ce qui m'est arrivé !" Et ses larmes coulaient en ruisseaux sur ses joues. Baïbars en fut saisi de pitié :

— Qu'as-tu, petite ? demanda-t-il.

— Seigneur, je suis une fille orpheline, je n'ai ni père ni mère et je suis servante dans la maison de mon maître, le Hâjj Ismaïl El-Dawaydar. Au jour d'aujourd'hui, on m'a donné un plateau de pain à porter au four. En passant par ici, voilà t'y pas qu'un palefrenier est sorti par cette porte, il m'a arraché le plateau des mains et est rentré dans l'écurie. "Eh, monsieur, lui ai-je dit, par le Prophète, c'est pas à moi, c'est au patron ! – J'ai pas besoin de pain qu'y me fait, rentre dedans et reprends ton plateau, j'voulais juste rigoler un peu avec toi." Mais moi, j'ai peur que si je rentre, y m'fasse quelque chose de vilain. C'est que je suis une honnête fille, moi. Petit soldat, que Dieu te donne tout ce que tu veux, prends mon plateau des mains de ce sale type !

Le palefrenier dont se plaignait la fille se nommait Oqereb, et il était palefrenier-chef chez Najm

El-Dîn El-Boundouqdâri. C'était un fieffé coquin, un malfaisant qui n'avait jamais fait de bien à personne. Pendant longtemps, il avait fait enrager les gouverneurs du Caire par ses exactions et ses tours pendables. Ils l'avaient condamné plusieurs fois à mort et avaient mis des espions à ses trousses afin de le tuer ou de le bannir du Caire. De plus, il avait sous ses ordres une bande de quarante voyous, dont le moindre aurait été capable de se glisser au travers d'une cotte de mailles à triple épaisseur. A quatre heures de la nuit, il sortait avec sa bande et s'écriait : "O Bienfaiteur, ô Omniscient ! A cette heure, notre journée commence." Ils empêchaient tout le monde de goûter au sommeil. Voyant cela, les gouverneurs et les officiers du Caire (comme l'agha de la voirie, le chef de la police, etc.) s'acharnèrent contre eux et se mirent à les surveiller sans cesse. Alors, Oqereb était allé se présenter à Najm El-Dîn, qui l'avait pris à son service, lui et sa bande, et l'avait fait son palefrenier. Mais Oqereb n'avait agi ainsi que pour être à l'abri des poursuites, car il se savait condamné à mort. Najm El-Dîn leur avait tendu la main et avait accepté leur promesse de s'amender ; il les avait mis à l'abri de ceux qui les traquaient, qui avaient dû les laisser en paix, puisqu'ils se trouvaient dans le palais du vizir du côté gauche.

Or, ce jour-là, Oqereb était à la porte du palais lorsqu'il vit la jeune Bédouine. Elle était fort jolie et cela excita ses mauvais penchants : il décida de faire le mal avec elle. Il s'empara donc de son plateau, rentra chez lui et dit : “Viens donc le reprendre.” Voilà toute l’histoire.

Baïbars entra et appela : “Viens là, Oqereb !” L’autre se présenta devant lui. “Eh, bonjour, soldat, bonjour ! Tu me fais bien de l’honneur !

— Qu’est-ce que c’est que cette histoire ? Tu es dans la maison d’un vizir, ici ! Tu ne sais donc pas te tenir ?

— De quelle histoire tu me causes ? Dis donc, mon petit soldat, tu parles sur un drôle de ton à Oqereb ! Fais gaffe ! Demande un peu après moi aux truands, ils te diront pourquoi !

— Trêve de bavardages, dit Baïbars. Rends son plateau à la fille et laisse-la s’en aller tranquillement.

— Non mais, dis donc, tu te prends pour mon chef ? Tu crois que tu as des ordres à me donner ? Allez, soldat, occupe-toi de tes affaires ! Ça te regarde pas, cette histoire. Je lui rends pas son plateau si elle vient pas le chercher dans l’écurie, j’ai affaire avec elle.

— Traître, s’écria Baïbars, et qu’est-ce que tu as besoin d’elle ?

— Eh l’ami, que la peste t’étouffe, je veux me la taper en douce, c’te question !

— Ah, c’est comme ça, mécréant, maudit, cochon ! Tu crois qu’il n’y a plus de morale, que tu peux déshonorer une honnête fille ? Chien de palefrenier !

— Attends un peu, je vais te faire voir ! sale pédé”, s’écria Oqereb, et, se saisissant de son gourdin, il se jeta sur Baïbars. “*Allah bala versen*, maudit !”

s'écria celui-ci en esquivant le coup. Il s'empara du *lett* de Damas, le *lett* de dix *ratls*, et lui en assena un coup entre les épaules. L'autre ressentit un choc terrible et s'écroula à terre. Il se mit à faire un tapage de tous les diables : "A moi, créatures de Dieu ! Le soldat m'a tué. Que la peste emporte ton pays d'où que tu es venu, sale bête !"

Baïbars prit le plateau, le rendit à la fille, puis revint auprès d'Oqereb : "Comment, chien de palefrenier, s'écria-t-il, tu m'injuries et tu injuries mon pays !" Il s'empara d'une masse d'armes et se mit à le rouer de coups ; il ne s'arrêta que quand l'autre fut à deux doigts de la mort : le sang lui sortait par la bouche et les narines. Aucun des palefreniers n'osait s'approcher de Baïbars, tant il leur inspirait de crainte. Baïbars finit par le laisser et monta dans sa chambre. Les palefreniers s'approchèrent d'Oqereb, le firent asseoir et se relayèrent pour le faire revenir à lui ; il eut beaucoup de mal à retrouver ses esprits. Il se tâta les membres : ils étaient tout contusionnés par la force des coups.

— Le bon Dieu aurait dû le faire naître avec la tête entre les jambes, ce vilain bougre de Turco, s'écria-t-il. D'où c'est donc qu'y vient ? Par le Prophète, c'est une calamité et une vérole à complications !

— Ça c'est bien vrai, répondirent les palefreniers, par le secret de la Dame ! Il a l'air plutôt fluet, mais il est costaud et solide comme une montagne !

— Y m'le faut ce bougre ! dit Oqereb. Je vais y faire voir c'que c'est qu'un brave ! Si y me bat encore une fois, j'suis pas Oqereb.

Il attendit que la séance du conseil soit levée et que Najm El-Dîn revienne ; il sortit alors de l'écurie et se présenta devant lui en pleurant.

— C'est pas Dieu permis mon maître ! Je suis ton serviteur, pas celui du Turco. Pourquoi y me frappe, même qu'il a failli me crever ? C'est mon maître, peut-être ?

— Baïbars t'a battu ? demanda Najm El-Dîn.

— Oui-da, regarde un peu. Il se découvrit : il était d'une belle couleur indigo. A l'endroit où les coups avaient porté, il avait des bosses comme des œufs de pigeon.

— Dieu sait ce que tu as pu lui faire, dit Najm El-Dîn. Tu as dû lui parler insolemment.

— Ah ben ouiche ! Et pourquoi que je lui aurais parlé, j'ai rien à faire avec lui, j'ai rien à y dire. Je vais te dire : il a voulu jouer le petit soldat avec moi, il a voulu me donner des ordres et faire son grand seigneur. Mais moi, tout ce que j'sais, c'est que t'es mon patron et puis c'est tout !

Pendant qu'Oqereb disait ces mots, Baïbars était descendu de sa chambre, avait entendu la conversation.

— Est-ce vrai, mon fils, que tu as battu Oqereb ? demanda Najm El-Dîn ?

— Oui.

— Je ne te fais pas de reproches : je sais que tu ne t'attaques à personne injustement. Mais il doit bien y avoir une raison ?

— Oui, bien sûr. Je l'ai battu, et si je l'avais pu je l'aurais mis à mort, par crainte pour ta réputation.

Car je suis ton hôte, et puisse Dieu ne pas me laisser indifférent à ce que les gens peuvent dire sur ton compte. Voici l'affaire : ce malheureux avait pris un plateau à une jeune Bédouine, dans l'intention de l'obliger à entrer dans l'écurie afin de la déshonorer. J'ai voulu l'en empêcher, mais il ne m'a pas écouté. Je te le demande : si une telle chose s'était produite, t'aurait-elle laissé indifférent ? Et puis, sans doute quelqu'un de sa famille, ou bien son patron, serait allé porter plainte au sultan ; lorsqu'elle serait arrivée jusqu'à lui, il t'aurait dit : "Comment se fait-il qu'il y ait de tels vauriens dans ton palais, sous ta protection ?" Que pourrais-tu répondre ?

— Si la chose est bien telle que tu me la dis, alors, par Dieu, quand bien même tu l'aurais tué, tu aurais bien fait ! Et il interpella Oqereb : Allons, c'est comme ça, hypocrite, honte des palefreniers ! Après tout ce que tu as fait, tu oses encore te présenter devant moi la bouche enfarinée pour te plaindre de Baïbars ! Etendez-le ! jeta-t-il à ses pages.

On l'étendit à terre, et il reçut cent coups de bâton. "Aïe, pour l'honneur du Prophète, mes pauvres pieds !" dit-il en se relevant, et il s'en fut tout dolent à l'écurie.

Le cheval fou

Le lendemain était un jour sans conseil ; Oqereb savait que Baïbars irait sûrement au lac de Balâmâ pour jouer au *jarîd*[113] chez le vizir Châhîn. Or il y avait dans l'écurie du vizir Najm El-Dîn un cheval qu'on appelait "le fou". Il avait quatre morts sur la conscience et c'était une vraie calamité. Il avait les membres comme des poteaux, et deux yeux rouges comme braise qui lui sortaient de la tête. Personne ne le prenait jamais, personne n'osait même le monter, et il restait à l'écurie, solidement attaché par des cordes et des chaînes. Personne ne pouvait l'approcher, à l'exception d'Oqereb et de son apprenti Mohesen, à qui il était habitué.

Ce jour-là, Oqereb envoya Mohesen chez le chef sellier pour lui demander un harnachement truqué. En effet, quand les palefreniers voulaient se débarrasser de quelqu'un, ils lui donnaient un tel harnachement : les étrivières, la sangle et la bride n'étaient pas cousues, mais simplement collées avec de la glu, mêlée à certaines drogues. Lorsque l'homme montait à cheval, au début, s'il vérifiait son harnachement, il le trouvait solide. Ensuite, s'il se lançait sur le terrain de manœuvres et prenait le galop, la sueur du cheval et du cavalier dissolvait la colle ; si le cavalier était l'écuyer du siècle, il faisait une chute et restait estropié à vie, à condition d'avoir de la chance. Si en plus il était monté sur le cheval fou dont nous avons parlé, il était sûr et certain d'y laisser la vie. Donc, Oqereb, qui en voulait à mort à Baïbars et était furieux contre lui, décida de le faire périr. Il envoya chercher le harnachement trafiqué, le mit au cheval fou et dit à Mohesen : "Aujourd'hui, si Baïbars demande un cheval, amène-lui celui-là et dis-lui : Oqereb l'a sellé pour toi, et puis il est parti au souk faire une course." Puis Oqereb alla se cacher dans l'écurie.

Pendant ce temps, Baïbars s'était levé ; il fit ses ablutions, pria et récita ses invocations, puis il descendit vers l'écurie et appela : "Viens ici, Oqereb !" Mohesen sortit et dit :

— Il est parti au souk faire une course. C'est quoi que tu veux, soldat ?

— Un cheval.

— Eh, d'accord ! Il t'en a sellé un avant de partir.

Et il amena le cheval fou et le présenta à Baïbars ; celui-ci le regarda et il lui sembla tel que nul n'en avait jamais possédé de semblable. "Qu'est-ce qui lui arrive à Oqereb pour qu'il me fasse cet honneur ? Eh, comme dit le proverbe : Les bonnes raclées font les bons amis. En tout cas, quand je reviendrai, il faut que je le récompense et que je fasse ma paix avec lui." Car Baïbars pensait que l'autre voulait se raccommoder avec lui : il avait bon cœur et n'était pas méfiant ; ce n'était pas le genre à jouer de mauvais tours aux autres et il ignorait la perfidie. Il ne savait pas ce que l'avenir lui réservait...

Il monta donc sur son cheval et s'en fut vers le lac de Balâmâ. Lorsque l'animal fut hors de la ville et renifla l'air de la campagne, après être resté si longtemps attaché dans l'écurie, il se mit à renâcler et à hennir, à tel point qu'on aurait juré qu'il allait se mettre à parler, et il se mit à bondir à travers la campagne et les friches comme une créature sans pattes ni sabots qui aurait filé à travers les étoiles. Baïbars, voulant le calmer, tira sur les brides pour le faire arrêter : peine perdue, elles lui restèrent dans les mains. Il se carra sur ses étriers : ils se rompirent, ainsi que la sangle. Baïbars tomba en avant, se raccrocha à la crinière du cheval, passa ses bras autour de son encolure et parvint à se maintenir en place. S'il n'avait pas été un cavalier hors de pair, il aurait sûrement été désarçonné.

Il était arrivé à proximité du lac de Balâmâ, où le vizir Châhîn était assis sous le parasol. Une lunette à la main, il regardait de droite et de gauche pendant que les mamelouks jouaient au *jarîd* devant lui. Soudain, il aperçut le cheval emballé qui courait à travers la campagne, avec un cavalier accroché à son encolure, un cavalier qui avait perdu connaissance. De loin, Châhîn ne reconnut pas de qui il s'agissait, mais il interpella les mamelouks : "Regardez ce cheval emballé ! Allez me le chercher, que je voie ce que c'est et de quoi il s'agit !"

Les mamelouks se lancèrent aussitôt à la poursuite du cheval, poussant leurs montures à travers les friches et la campagne ; mais ils ne purent pas même rattraper le nuage de poussière qu'il soulevait. Ici, le transmetteur rappelle l'origine de ce cheval : sa mère était Kahil et son père Bahri.

Il courut ainsi dans tous les sens, jusqu'au bord du Nil ; il s'apprêtait à se jeter dans le fleuve quand soudain un mystérieux personnage apparut devant lui, marchant sur les eaux. Il poussa un cri terrible : "Hé ! O Gardien des Justes ! Par la protection de Dieu !" Il frappa alors le cheval sur le flanc ; celui-ci s'arrêta et ne bougea plus. Il posa la main sur l'épaule de Baïbars et lui dit d'une voix forte : "Il n'y a plus de danger pour toi, Baïbars." A ce moment, sa crainte se calma, et il se remit de sa frayeur. Il se redressa sur le dos du cheval et observa l'étrange personnage : c'était Sa Majesté le roi El-Sâleh. Baïbars voulut descendre de cheval, afin de lui baiser les pieds, mais, lorsqu'il s'avança vers lui, il ne le vit plus. Il comprit alors que le roi était l'un des hommes de Dieu, des Justes, et que, s'il ne l'avait pas considéré avec bienveillance et n'avait pas étendu sur lui la protection divine, il aurait péri noyé avec son cheval.

Il revint ensuite sur la route ; il aperçut soudain les mamelouks qui se dirigeaient vers lui, accompagnés du vizir Châhîn. Ce dernier, en effet, après le départ des mamelouks, avait ordonné à son palefrenier de lui seller son cheval et s'était lancé à leur poursuite. Lorsque Baïbars aperçut le vizir, l'agha Châhîn, il descendit de son cheval et fit mine de lui baiser les pieds dans les étriers.

— Non, par le Dieu terrible ! cela ne se peut pas ! se récria le vizir. Mais, dis-moi plutôt, Baïbars, quelle est cette affaire ? Qui t'a sellé ce cheval drogué ?

— Seigneur, c'est Oqereb, le palefrenier de Najm El-Dîn.

— Que Dieu l'occise, la canaille ! s'écria Châhîn. Ce cheval, Baïbars, jamais Najm El-Dîn ne le monte. Ce palefrenier a voulu te tuer ; qu'y a-t-il donc entre vous deux ?

Baïbars lui raconta alors l'affaire de la Bédouine, et celle du harnachement truqué dont nous avons déjà parlé. Mais il ne lui dit pas qu'il avait vu le roi Sâleh, de peur que le secret ne se répande.

— Seigneur, dit-il, lorsque je suis arrivé au bord de l'eau, un homme de bien s'est mis en travers du chemin, et, en poussant un cri, a fait arrêter le cheval ; sans lui, nous nous serions noyés tous les deux. Tout cela par la faute d'Oqereb.

— Oui, c'est bien lui le responsable, repartit le vizir, ce misérable visait bel et bien à te faire périr par perfidie. Mais aussi, comment as-tu pu lui faire confiance après l'avoir battu et fait battre par son maître ?

— Seigneur, cela devait arriver ainsi. Je n'avais pas pensé à cela.

— Eh, tout est bien qui finit bien, s'il plaît à Dieu. Baïbars, engage donc un palefrenier, avec la bénédiction de Dieu ; il s'occupera de tes chevaux.

— Mais seigneur, répondit Baïbars, je n'en ai pas. Et qui suis-je, pour avoir un palefrenier à moi ?

— Non, Baïbars, tu ne dois pas parler ainsi, s'écria le vizir. Ne te sous-estime pas : tu es maintenant agha de la voirie. Il y a des gens moins importants que toi qui ont des palefreniers. Et puis, si tu n'as pas de chevaux, eh bien ! je t'en donnerai.

Sur ce, emmenant Baïbars avec lui, il revint vers le terrain d'exercice. Chemin faisant, ils récupérèrent le turban de Baïbars, qu'il avait perdu, ainsi que ses autres affaires, dispersées çà et là. Le vizir ordonna à l'un des domestiques de ramener le cheval à l'écurie. “Surtout, lui recommanda Baïbars, si Oqereb te demande quelque chose, dis-lui : Nous l'avons aperçu qui courait vers nous sans cavalier, le vizir nous a ordonné de l'attraper et de le ramener chez nous, car il l'a reconnu pour être le cheval de Najm El-Dîn.”

Le domestique prit le cheval et s'en fut. Or, Châhîn avait, quelque temps auparavant, reçu plusieurs chevaux de l'émir Khaljân ; il en offrit deux à Baïbars. Le premier était noir avec une étoile blanche au front. Il était parfaitement dressé ; lorsqu'il hennissait, on eût dit qu'il parlait. Le second était un alezan qui allait l'amble ; il était richement caparaçonné. Cet étalon devait monter El-Khattafeh et engendrer El-Adham.

La mésaventure de Qalaoun

Les mamelouks se remirent à jouer au *jarîd* sous les yeux de l'agha Châhîn ; ils étaient divisés en deux équipes, l'une commandée par Qalaoun et l'autre par Edamor. Baïbars, voulant éprouver les qualités de son cheval, se dirigea vers l'émir Edamor et fit évoluer son cheval, le faisant volter à droite et à gauche ; si vif que l'on aurait dit le vent du nord. Alors Qalaoun dit à Alay El-Dîn : "Le pot à merde jamais il casse, je veux dire le *tchanaq*[114]. Moi je dis ce mamelouk tomber de dos de cheval fou, il casse la tête et cervelle il s'envole. *Echta*, celui-là il vient comme diable, il devenir chef grand patron. Mais moi, je lui joue un tour, je le tape avec *jarîd* et son âme il vole." Sur ce, il se jeta comme l'épervier sur Baïbars, qui ne prenait pas garde à lui. "Prends ça, Baïbars, de la main de grand chef Qalaoun le champion !" s'écria-t-il, et son *jarîd* s'abattit sur le dos de Baïbars, qui crut en avoir l'échine brisée, tant il avait mal. Tout autre en serait resté estropié, mais son dos avait la force de quarante Justes, hommes de Dieu, et il ne laissa rien paraître devant les autres, bien qu'il ait compris que Qalaoun avait voulu le tuer. Les émirs s'avancèrent dans l'arène, l'un après l'autre : chaque fois qu'il s'en présentait un de l'équipe d'Edamor, un autre s'avançait du côté de l'équipe de Qalaoun et ils s'affrontaient. Lorsqu'ils furent tous passés, Qalaoun descendit à son tour ; d'habitude c'était Edamor qui s'opposait à lui. Il voulut l'affronter encore cette fois, mais Baïbars lui dit : "Non, frère, celui-là est mon ennemi ; je veux lui rendre la monnaie de sa pièce, et m'amuser un peu avec lui. – Fais comme tu voudras", répondit Edamor.

Aussitôt, Baïbars fila vers Qalaoun ; arrivé à proximité, il se saisit de son *jarîd* et lança son cheval au grand galop, à tel point qu'il semblait voler sans ailes : auparavant, il s'était entravé l'avant-bras. Il prit Qalaoun en chasse, se mit debout sur ses étriers, se pencha en avant, et porta un coup léger, sans se forcer ; Qalaoun fut désarçonné et alla mordre la poussière. Si Baïbars ne s'était pas entravé l'avant-bras, il lui aurait rompu l'échine. "*Amân !* Pitié ! beugla-t-il. Le dos il a cassé, *Allah bala versen !* Viens, les mamelouks relever moi, que mon âme il va s'en aller de ma poitrine !"

"Bravo, que Dieu te garde, émir Baïbars, s'écriaient pendant ce temps Edamor et son équipe. Dieu protège ton bras ! Ta prière, ô Prophète !" Les mamelouks s'empressèrent auprès de Qalaoun, le relevèrent en bien piteux état, souffrant mille maux et se plaignant amèrement d'avoir mal. "Allez, portez-moi vous chez agha Châhîn que lui me voie. Ça vilain tapette parce que quoi il frappe moi comme ça que ça fait mal ? Il veut tuer moi. D'accord moi le premier je frappe mais pas méchant trop fort, ou alors moi craquer l'os du dos. *Echta* méchant malhonnête !"

Ils l'emmenèrent donc auprès du vizir. "*Amân* seigneur Châhîn ! dit-il. Toi pas vu agha de la voirie Baïbars quoi faire à moi ?

— Et tu l'as bien mérité ! répondit le vizir Châhîn. Tu ne connais donc pas le proverbe : «Si tu entres dans la forêt, prends garde au lion qui y rôde» ? Celui qui entre dans la forêt y perd la vie.

Est-ce que celui qui s'en prend à autrui ne s'expose pas à recevoir des coups ? J'aurais bien voulu qu'il t'assomme pour de bon. C'est toi qui as été le premier à lui faire du mal, tellement tu es jaloux et envieux. Tu t'es jeté sur lui comme le chien sur le lion."

La journée se terminait. On arrêta le jeu et le vizir Châhîn se mit en selle, prit avec lui les mamelouks et rentra dans son palais. Baïbars, de même, prit congé et revint vers le palais de Najm El-Dîn.

Les palefreniers

Le domestique avait ramené le cheval fou et l'avait remis à Oqereb, lui disant : "Nous l'avons trouvé qui divaguait dans la campagne." Oqereb, tout content, dit à sa bande : "A l'heure qu'il est, Baïbars doit être en trente-six morceaux. Que le Seigneur ne lui fasse pas miséricorde d'ici soixante ans, c'petit trou-du-cul prétentieux ! Qu'est-ce qu'il croyait, qu'Oqereb allait se laisser faire ? Y savait donc pas, ce sale bougre, qu'un palefrenier ne laisse jamais perdre sa vengeance ? Allez les gars ! En place pour la *dabkeh* ! Faites la fête, chantez, amusez-vous ! Aujourd'hui j'ai de la joie au cœur et il faut que je me remue !"

Aussitôt les palefreniers se mirent à chanter, et Oqereb à danser. Soudain, ils entendirent le bruit des sabots d'un cheval, celui de Baïbars, qui s'approchait. "Eh ! s'écria Oqereb, c'est un vrai démon ! Eh, les gars, voilà le soldat, arrêtez ! Par le Prophète, voilà la joie qui part en eau de vaisselle !"

Pendant ce temps-là, Baïbars avait mis pied à terre. "Viens là, Oqereb ! Maudit, tu as voulu me tuer, espèce de bâtard !" Oqereb voulut fuir, mais Baïbars, d'un coup de *lett* de Damas, l'étendit à terre et se mit à le rosser.

— Eh ! bonnes gens, beuglait Oqereb, venez voir le soldat qu'est là à me frapper alors que j'ai rien fait !

— Maudit, fit Baïbars, qu'est-ce que tu pouvais me faire de plus grave que de me donner un cheval fou et un harnachement truqué ?

— Et alors, soldat ? Je suis pas ton palefrenier, je sers un seul maître, moi, pas deux !

— Bon, alors dis-moi où on peut acheter un palefrenier.

— Eh, que la peste t'emporte, s'écria Oqereb. Tu crois que les palefreniers sont des *maniouks*[115] comme toi, qu'on les achète ?

A ces mots, Baïbars se mit à rire malgré sa colère. "Dis-moi alors où on en trouve, Oqereb, et que Dieu efface ce qui s'est passé." Et il lui donna quelques pièces d'or, ajoutant : "Tout ce que tu m'as fait et tout ce que je t'ai fait, c'est du passé. Nous avons fait partie nulle. Dis-moi maintenant où se trouvent les palefreniers.

— Eh, soldat, les palefreniers, c'est une espèce qui vit à la merci de Dieu, c'est des pouilleux, des crève-la-faim. Ils prennent ce qu'on leur donne et ils disent merci. Ils se mettent au service de soldats dans ton genre, qui ont le bras long, qui sont de bonne famille et bien honnêtes.

— Eh bien alors, dis-moi où ils se trouvent, dit Baïbars.

— Il n'y a que ça au Caire, soldat, répondit Oqereb. Tu as jamais vu de ta vie nulle part un palefrenier qui soit pas du Caire ? Tous les palefreniers sont du Caire, et toi, aujourd'hui, tu es au Caire. Eh bien sache, soldat, qu'en ville nous avons trois corps de palefreniers, les Khunfus à El-Radaniyyeh, les Haydab à Bab Zoueîleh et les Rihân à El-Remeîleh. Tu prends une branche verte, tu entres sous la tente, tu t'approches du cheikh de la corporation, tu lui dis bonjour, il te répond, tu lui donnes la branche et tu lui dis : «Je récite la *Fâtiha* pour toi, *osta*[116] ! Il me faut un palefrenier.»

— Aujourd'hui il est trop tard, fit Baïbars. Ce sera pour demain matin.

— Ecoute, soldat, dit Oqereb, tu m'as donné des jaunets, on a fait la paix, alors je vais te donner un bon conseil. Si tu veux un palefrenier qui soit vraiment bien, un costaud, quand tu seras devant le cheikh des palefreniers et qu'il te demandera : «Ton palefrenier, tu le veux comment ?» Tu lui répondras : «Je veux un palefrenier qui soit *tâjin khawanki.*» Rappelle-toi bien !

— C'est ce que je ferai", répondit Baïbars.

Sur ce il monta chez lui, passa la nuit dans sa chambre, et le lendemain matin, il se leva, fit ses ablutions, pria et récita ses invocations ; il s'habilla, prit avec lui une bonne somme en or et une poignée de menue monnaie et descendit vers l'écurie.

— Viens là, Oqereb ! appela-t-il.

— Voilà, soldat, bonjour mon prince, que Dieu te fasse prospérer à toute heure !

— Selle-moi un cheval, ordonna Baïbars.

— Sur ma tête !

Il entra dans l'écurie et lui sella le cheval que lui avait offert le vizir Châhîn. Baïbars vérifia bien la sangle et les étriers avant de se mettre en selle ; il vit qu'ils tenaient bien. "On dirait que tu marches droit, maintenant ! dit Baïbars, et il lui donna cinq pièces d'or.

— Que Dieu te le rende, soldat, que le Seigneur t'en fasse avoir autant ! Va en paix et que Dieu te protège !"

Puis, se retournant vers les autres palefreniers, il ajouta :

— Ah ! les gars, on a beau dire, ce soldat il est pas fils de n'importe qui, c'est un type bien. Mais quand même, ses coups sont amers comme chicotin.

— Forcément, chef ! c'est un bon fils de Turc, il donne à poignées !

Pendant ce temps, Baïbars était monté en selle, sur son beau cheval, au harnachement splendide ; il était magnifiquement vêtu et son visage resplendissait comme la lune quand elle est en son plein, avec ses joues qui ressemblaient à des escarboucles de grand prix. Et les gens du Caire s'arrêtaient et faisaient la haie pour le regarder.

— Eh bien, Hâjj Mansour, comment ça va ce matin ? demandait l'un.

— Comme de la crème sur du pain, répondait l'autre. Quel jour béni ! Que la prière soit sur le Prophète, il y a de quoi perdre la raison !

— Je n'avais encore jamais vu la lune briller en plein jour, faisait un troisième. Ah, pitié pour l'amour du Prophète !

— Ah, si je pouvais être son mouchoir ! soupirait un autre.

— Ou la bride de son cheval ! ajoutait un autre encore.

Et ils murmuraient de la sorte, chantant la beauté et le charme de Baïbars. Ce dernier posait des questions et demandait son chemin pour aller tout d'abord à El-Radaniyyeh. Tous les gens qu'il interrogeait lui répondaient :

— Eh, que vas-tu faire à El-Radaniyyeh, seigneur ?

— Je vais me chercher un palefrenier.

— Et que Dieu te protège, soldat, s'écriait l'autre. Ah, quel malheur ! Si ça dépendait de moi, je me mettrais à ton service et je m'occuperais même de tes chameaux !... Bon, mon petit cœur, le chemin c'est par là. Va, pour l'amour de la Hassîbeh[117] et que le bon Dieu te protège de l'œil des bâtards et des méchants !

Baïbars finit ainsi par arriver à sa destination. Il trouva un grand terrain vague où était dressée une tente ; les palefreniers s'y trouvaient assis. Dès qu'il arriva, l'un d'eux se leva, vint à sa rencontre, prit son cheval et lui dit : “Bienvenue à l’astre des nuits qui est enfin apparu ! Ta visite nous fait honneur, soldat. Salut ! Entre et vois ce qu’il te faut.”

Baïbars entra ; il vit le cheikh des palefreniers qui était assis à la place principale, entouré de ses gars. “Que le salut soit sur vous, dit Baïbars. – Salut, soldat”, répondirent-ils.

Il s’avança vers le cheikh des palefreniers et lui donna le rameau vert, comme le lui avait enseigné Oqereb, pour respecter la tradition des palefreniers, leur *yôl*[118] ; puis il dit : “La *Fâtiha* pour le Prophète !” Après qu’ils eurent récité la *Fâtiha*, l’autre reprit la parole : “Eh bien, soldat, ta venue est une bénédiction ! Holà ! amenez un siège !” On le lui amena. “Prends tes aises, seigneur. Eh, les gars, faites une tasse de café pour le soldat !” On lui versa le café.

— Sois le bienvenu, soldat, sois le bienvenu ! D’où viens-tu, tel que te voilà ?

— Du Caire, répondit Baïbars.

— Eh, nous le savons bien que tu viens du Caire ! Mais de quelle maison ?

— De la maison de Najm El-Dîn.

— Ah, très bien !

Pendant ce temps, Baïbars avait oublié le mot que lui avait soufflé Oqereb : *“Tâjin khawanki.”* “Parfait, reprit le cheikh. Où es-tu, Hâjj Khalaf ?” Arriva un homme borgne, démesurément long, à l’air morose, à la barbe clairsemée et irrégulière. “Regarde celui-là, soldat, et vois s’il te convient.”

Baïbars l'observa attentivement et s'aperçut que, s'il était à cheval et l'autre debout à ses côtés, il le dépasserait encore d'une tête. "Non, non, fit-il, je n'en veux pas un comme ça ! – Viens, Owayda !" Arriva un boiteux au menton glabre qui clochait jusqu'à terre. "Non, *bâba*, non ! Je ne veux pas de celui-là. – Où es-tu Toeymeh Abu Fazmeh ?" Arriva un manchot. "Ça ne va pas non plus, dit Baïbars. – Arrive, Hâjj Mustafa !" Arriva un bossu.

— Hé, soldat, fit le cheikh, celui-là c'est un bon palefrenier !

— Tu n'as que ceux-là ? demanda Baïbars.

— Pour le moment je n'ai pas autre chose.

— Ils ne me conviennent pas.

— Alors tente ta chance et va voir chez les Haydab.

Baïbars sortit sa bourse et leur donna à tous quelques pièces d'argent et une pièce d'or au cheikh. "Que le bon Dieu te le rende, soldat, et te fasse avoir ce que tu désires et ce qui réjouit ton cœur !" fit ce dernier, et il se leva en personne pour lui présenter son cheval.

Baïbars se mit en selle, les autres lui dirent adieu, et il s'en fut tout droit à Bab Zoueîleh et à Qoutb El-Metwalli. Il vit une grande tente, autour de laquelle se tenaient les gars et les "désœuvrés" (c'est-à-dire les mauvais garçons). Lorsque Baïbars s'approcha, tous se levèrent et se portèrent à sa rencontre ; il mit pied à terre et se présenta devant le cheikh des palefreniers, il le salua, l'autre lui rendit son salut ; il lui tendit le rameau vert, ils récitèrent la *Fâtiha*, conformément à l'usage.

— Salut, soldat ! Qu'est-ce que tu veux ? demanda le cheikh.

— Un palefrenier, mais un bon !

— Très bien. Assieds-toi et prends le café.

Baïbars s'assit, on lui apporta une tasse et l'autre appela : "Viens ici, Rajab !" Se présenta un homme aux yeux chassieux qui n'avaient plus de cils ; il avait le visage blafard comme celui d'un lépreux, et la bouche toute tordue. "Je ne veux pas de celui-là, dit Baïbars. – Viens, Wazwaz !" Celui-là avait une grande barbe, le nez énorme : on aurait dit un minaret ! Ses yeux, de surcroît, étaient rouges, énormes et écarquillés, une vraie vision de cauchemar. "Je ne veux pas de celui-là non plus, fit Baïbars. – Amène-toi, Abou Watfeh !" Il avait le nez tout camard, avec une tête énorme et un tout petit corps, le visage renfrogné, de couleur sombre et tout grêlé. "Celui-là ne va pas davantage", dit Baïbars. On lui présenta encore une dizaine de palefreniers mais pas un seul ne lui plut et aucun ne l'attira.

— D'où viens-tu, soldat ? demanda l'*osta.*

— De la maison de Najm El-Dîn.

— Ah bon ! il fallait le dire plus tôt, soldat. Pour chaque place, il se trouve un homme capable de l'occuper, et il n'est froment si mal venu qu'il ne trouve une mesure aussi tordue que lui ! Je t'apprendrai, soldat, que les Khunfus, chez qui tu es allé tout d'abord, ce sont les palefreniers des riches marchands et de ceux qui font le commerce à distance. Nous, les Haydab, nous sommes les palefreniers des hauts fonctionnaires et officiers de plume. Mais les palefreniers des vizirs et des soldats, on les trouve chez les Rihân, chez Abou El-Kheir, le chef palefrenier du roi El-Sâleh. Alors, sans te commander, va vite là-bas, et tu trouveras ce que tu cherches.

— Dieu te récompense mille fois, mon père, dit Baïbars. Il sortit sa bourse, distribua des pièces d'argent aux palefreniers et offrit une pièce d'or à l'*osta*. "Que Dieu te rende toujours prospère, soldat, va en paix ! s'écria l'autre. Amenez-lui son cheval, afin qu'il reparte." Les palefreniers s'élancèrent tous en courant et lui présentèrent son cheval. Il se mit en selle et s'en fut vers El-Remeîleh et Qara Mîdân. Il y avait là un grand terrain vague, sur lequel Baïbars aperçut une vaste tente. Les palefreniers étaient tous assemblés là, fort occupés à danser la *dabkeh* et à faire une noce à tout casser.

Les gars se précipitèrent vers lui, criant : "Bienvenue, soldat, que Dieu te fasse prospérer ce matin, et à toute heure. Ah ! quel visage resplendissant ! Par le Prophète, nous avons bien du bonheur, ce matin, de voir ces joues où l'on pourrait cueillir des roses !" Baïbars descendit de son cheval ; ils le lui prirent et allèrent l'attacher à l'écart. Baïbars entra dans le pavillon et vit Abou El-Kheir qui était assis au fond ; c'était un homme au teint clair et lumineux, avec une barbe qui semblait d'argent fin. Il portait une ceinture de soie splendidement décorée. On aurait dit un vizir. “La vertu est chose visible et les hommes de bien se reconnaissent à des signes qui ne trompent pas.” Le grain de la prière brillait sur son front, gros comme une datte. Baïbars le salua. “Et que sur toi aussi soit le salut, la miséricorde de Dieu et Ses bénédictions, répondit-il. Sois le bienvenu, soldat. Eh, les gars, amenez-lui un siège !”

Baïbars s’assit, l’autre demanda qu’on lui verse le café ; il but.

— Eh bien, seigneur, dit alors Abou El-Kheir, qu’est-ce que tu veux ?

— J’ai besoin d’un palefrenier de chez toi, mais un bon !

— Eh, c’est facile ! Viens ici Hâjj Awâd.

Arriva un homme âgé, qui avait dépassé la soixantaine ; il souffrait d’asthme et sa respiration sifflait et ronflait, comme s’il avait des ennemis à ses trousses.

— Je ne veux pas de celui-là, dit Baïbars.

— Viens ici, Hâjj Sultan !

Celui-là avait le visage tout pâle et l’air souffreteux, comme s’il avait gardé la chambre pendant un an. Baïbars n’en voulut pas non plus. “Viens ici, Hâjj Nôfal !” C’était un homme tout maigre et décharné, avec le cou rentré dans les épaules et le visage complètement glabre. Il allait bien sur ses soixante-dix ans et n’avait plus un cheveu sur la tête.

— Non, ça ne va pas, dit Baïbars.

On lui en présenta encore quatre ou cinq, qui ne lui convinrent pas. “Quel genre veux-tu alors, soldat ?”

demanda Abou El-Kheir. A ce moment-là, Baïbars se rappela soudain la phrase d'Oqereb, et il dit : "J'en veux un qui soit *tâjin khawanki* ! – A tes ordres !" fit Abou El-Kheir, qui, hochant la tête, glissa à son voisin : "Ça se voit bien qu'il est de ce genre-là, ce soldat. Si les poissons se mangent entre eux, que va manger le pêcheur ? Ah, le monde est bien corrompu. Enfin, il n'est de puissance et de force qu'en Dieu, le Très-Haut, le Terrible ! Hé, les gars, le garçon qui est venu ce matin, le petit vagabond, il est encore là ?

— Oui, *osta*, répondirent-ils.

— Où es-tu, mon gars, où es-tu, Mohsen ?" appela Abou El-Kheir.

Arriva un adolescent aux cheveux longs, aux yeux fardés, qui roulait des hanches en marchant et se dandinait comme une professionnelle expérimentée. Il minaudait et souriait, balançant gracieusement son buste et faisant trembloter sa croupe. "Voilà ton affaire, soldat !" dit Abou El-Kheir. A cette vue, Baïbars faillit perdre la raison.

— Qu'est-ce que c'est que ça ? s'écria-t-il.

— Ça, c'est le *tâjin khawanki* que tu as demandé !

— *Iôq, bâbâ ; iôq estmâz*[119] *!* se récria Baïbars.

— Eh bien, qu'est-ce que tu veux, alors, vraiment ? Nous ne savons plus que faire pour toi, soldat.

— Je veux un jeune homme costaud, qui soit courageux et qui ne compte pas ses ennemis quand il a son gourdin à la main. C'est ça que je veux !

— Mais tu as demandé un *tâjin khawanki* ! Mohsen, que voilà, est comme tu as dit.

— Mon père, répondit Baïbars, je croyais que *tâjin khawanki*, dans votre langue, voulait dire un homme courageux.

— Pas du tout, soldat ! Un *tâjin khawanki*, c'est un garçon qui fait la femme !

— Je ne savais pas tout ça, répondit Baïbars qui avait enfin compris. C'est le palefrenier de Najm El-Dîn qui m'a appris ce mot.

— Oqereb ?

— Oui.

— Ah, la sale bête ! s'écria Abou El-Kheir. C'est un misérable, un fléau pour la terre entière. Il t'a joué un tour, soldat : il voulait que tu lui amènes un garçon pour qu'il puisse s'amuser, à tes frais !

— Mais est-ce que vous n'avez pas un jeune homme courageux qui soit comme je l'ai dit ?

— Attends deux ou trois jours, nous en trouverons un.

NOTES

1. La dynastie des Omeyyades fondée par Moâwiya régna de 650 à 750 ; celle des Abbassides, fondée par El-Saffâh, régna ensuite, de 750 à 1258. Le nombre des califes donné ici pour chaque dynastie est très approximatif.
2. Saint homme bénéficiant d'une grâce divine particulière se manifestant par des visions, des prodiges, etc. Les *wâlis* sont l'objet de la vénération populaire.
3. La Mecque et Médine. Le souverain assurait la protection des Lieux saints et la sécurité des pèlerins qui s'y rendaient.
4. Littéralement *Daqîq el-Id* signifie : farine de la fête. (Un personnage de ce nom a réellement existé.)
5. Littéralement : le vendeur de fleur de farine pour la fête.
6. Illustre université islamique fondée au Caire par les Fatimides en 973.
7. C'est-à-dire des Persans zoroastriens confondus par le *Roman* avec les Mongols (voir la présentation).
8. C'est-à-dire des esclaves domestiques, par opposition aux esclaves militaires.
9. Titre donné aux marchands pratiquant le commerce au long cours.
10. Ancêtre légendaire des Arabes du Nord ; le personnage ainsi désigné est évidemment le prophète Muhammad.
11. L'Egypte et la Syrie.
12. Mer Rouge et Méditerranée.
13. Mosquée de Jérusalem.
14. Deux kilos et demi (à Alep).

15. Poésie populaire en général chantée.
16. Messager officiel.
17. Un des noms du prophète Muhammad.
18. Monnaie de compte équivalant à 500 piastres, soit environ 100 francs-or.
19. Dignitaire de la Cour chargé de l'administration du Trésor.
20. Le plus haut dignitaire religieux de l'Empire ottoman. Ce titre n'existait pas à l'époque mamelouke.
21. Représentant des descendants du Prophète, chargé de la gestion de leurs biens et de la défense de leurs intérêts.
22. Environ 8 km.
23. Littéralement "bourse d'Arabe". Il s'agit d'un type de transactions amicales où le vendeur accepte de recevoir la bourse en ignorant son contenu exact.
24. Koufa, en Iraq, n'était pas un marché d'esclaves, par opposition à Brousse, sur le côté ouest de l'Anatolie. Il s'agit d'une confusion (ou d'une plaisanterie).
25. Ce trait suggère que le vizir Châhîn est apparenté aux Ottomans descendants d'Othmân dont la première capitale était justement Brousse. Le petit Etat ottoman de l'époque n'était pas sous la dépendance du sultan d'Egypte.
26. En action de grâces pour sa guérison.
27. Le texte porte : trois cent soixante-dix, ce qui est une erreur, comme cela apparaîtra par la suite.
28. Cf. note précédente.
29. Le conteur s'amuse à faire parler aux mamelouks l'espèce de jargon turco-arabe utilisé par les militaires turcs de l'époque ottomane dans leurs rapports avec les populations arabes. Les "vrais" mamelouks parlaient exclusivement turc.
30. "Que Dieu te maudisse" (turc).
31. Ouste ! (turc).
32. C'est, semblerait-il, le nom que, dans le récit, porte la basilique Saint-Pierre de Rome.
33. Littéralement : "C'est à Jeha que doit revenir la viande de son taureau" (proverbe).

34. Il s'agit des Quarante Intercesseurs *(Abdâl)* qui, dans certaines croyances populaires, constituent une hiérarchie mystique secrète qui préserve l'univers de la destruction ; leur chef, le Pôle *(Qutb)*, est le roi secret du monde. Ils jouent un rôle très important dans le *Roman de Baïbars* où ils sont appelés les Justes, les Hommes de Dieu.
35. A peu près "par Dieu" !
36. Aux tempes dégarnies. Il s'agit d'Ali, fils d'Abou Tâlib, cousin et gendre du Prophète. Lui-même et ses descendants étaient l'objet d'une grande vénération de la part de tous les musulmans.
37. Cette "stèle" à laquelle il est fait allusion dans le Coran (85, 22) était censée, selon l'interprétation courante, contenir le récit de tous les événements passés et à venir.
38. Le conteur prend de grandes libertés avec l'histoire. Othmân Ibn Affân, troisième successeur du Prophète, fut assassiné au cours d'une révolte. Ali lui succéda, mais se heurta à l'opposition de Moâwiya, parent d'Othmân ; il fut finalement assassiné en 661 et ce fut Moâwiya qui prit le pouvoir. Les partisans d'Ali se regroupèrent alors autour de ses fils, Hasan et Husayn.
39. Fils d'Ali mais non de Fâtima, la fille du Prophète, mort en 700. Une secte millénariste se forma autour de son souvenir ; pour ses partisans, il n'était pas mort, mais vivait caché dans une grotte d'où il sortirait à la fin des temps et ferait régner la justice.
40. Ce "serment de fraternité", prêté devant Dieu, jouait un rôle essentiel dans les relations sociales en permettant à un étranger ou à un orphelin sans appui de se constituer un réseau de solidarités sans lequel il eût été totalement isolé ; ce système constitue un compromis entre la mobilité sociale et la fixité des structures familiales.
41. En turc : "empereur".
42. Il s'agit vraisemblablement d'un sabre ou d'une épée droite. En fait c'est surtout un objet "symbolique" qui fait partie de la panoplie des guerriers ismaéliens.

43. Historiquement, il s'agit de la secte dite des Assassins, fondée par Hasan El-Sabbâh au XIe siècle (voir la présentation).
44. C'est-à-dire : "Que Dieu te maudisse", injure très grave.
45. Hôpital, fondé par Nour El-Dîn (mort en 1174), cf. p. 99.
46. Boulettes à base de viande et de blé concassé *(kebbeh)* dans une sauce à base de lait caillé et de blé écrasé *(kechek).*
47. Ce titre désigne en général un haut fonctionnaire civil.
48. En réalité la dynastie ayyoubide a été fondée par Salâh El-Dîn (Saladin), lieutenant de Nour El-Dîn. En fait il semble que le *Roman de Baïbars* (du moins cette version) confonde les deux personnages.
49. Les descendants du Prophète, qui étaient à l'époque extrêmement nombreux, constituaient dans chaque ville un groupe organisé, représenté officiellement par un "syndic" *(naqîb).*
50. Cette grotte qui existe effectivement est consacrée aux quarante saints *(wâli)* qui, dans la croyance populaire, constituent une hiérarchie secrète à fonction cosmique.
51. Nuit du mois de Ramadân où, selon la croyance populaire, les portes du Ciel s'ouvrent et les vœux des croyants sont exaucés.
52. Première lettre de l'alphabet arabe.
53. Cette formule précède obligatoirement la récitation du Coran, dont le premier mot commence par un *alif.*
54. Dixième nuit du mois de Moharram, considérée comme particulièrement sainte par de nombreux musulmans, en particulier chiites.
55. Ce nom semble imaginaire.
56. Ville de la côte de Syrie, un peu au sud de Lattaquieh.
57. "Adorateur du feu" ; ce nom désigne un zoroastrien, c'est-à-dire, dans le contexte du roman, un païen.
58. Interrompre une chasse royale était considéré comme un crime très grave, quelles que soient les circonstances.
59. Niche pratiquée dans la muraille qui indique la direction de La Mecque.

60. Dignitaire religieux chargé d'interpréter la loi islamique sur des points difficiles ; il peut être consulté par tout croyant. Ses avis se nomment *fatwas.*
61. L'idée que les zoroastriens autorisaient l'inceste était très répandue chez les musulmans.
62. Le plus haut dignitaire religieux d'un Etat musulman.
63. Il s'agit de la fête de la fin du ramadân.
64. Il s'agit manifestement d'une vente fictive, le droit islamique ne reconnaissant pas les donations entre vifs et excluant les enfants adoptifs des successions.
65. Mesure de poids équivalant au "grain", soit environ trois grammes.
66. Un *para* valait un quarantième de piastre.
67. Roi légendaire du Yémen préislamique ; ses aventures ont elles aussi donné lieu à un roman populaire.
68. Un *ratl* de Damas vaut 1 850 grammes.
69. Une coudée de Damas vaut 66,5 cm.
70. Litt. "Il fit le serment de répudiation". C'est-à-dire que, s'il a menti, sa femme sera automatiquement répudiée ; cette forme de serment solennel était généralement admise comme faisant foi.
71. *Aqwâssi :* fabricant d'arc.
72. La formule "Au nom de Dieu le Compatissant le Miséricordieux".
73. La plus courte des sourates du Coran.
74. Zone de cultures qui entoure Damas. C'est une grande oasis, fertile et bien irriguée.
75. Sorte de jeu, moitié danse moitié escrime, qui se pratiquait avec des bâtons et des boucliers. Il donnait lieu à de véritables représentations publiques.
76. Allusion à un épisode miraculeux de la vie du Prophète.
77. Bravo ! exclamation poussée traditionnellement par le chef d'une troupe d'amuseurs, pour souligner la générosité d'un spectateur et encourager les autres à l'imiter.
78. Bouffant jusqu'aux chevilles.
79. Héros d'un roman de chevalerie bédouin célèbre par sa valeur guerrière.

80. Sortes de gâteaux secs.
81. Faubourg populaire du sud de Damas, célèbre par ses mauvais garçons.
82. Faubourgs populaires de Damas.
83. Il s'agit de Jean-Baptiste, considéré par les musulmans comme un prophète mineur. Son tombeau présumé, situé dans la mosquée des Omeyyades, est l'objet de la vénération populaire.
84. Allusion à l'histoire du prophète Sâlih, rapportée par le Coran : son peuple, rebelle, avait égorgé une chamelle miraculeuse, consacrée à Dieu.
85. Il s'agit des quatre écoles juridiques.
86. Dessert à base d'amidon et de sucre (ou de miel) saupoudré d'amandes ou de pistaches.
87. Soporifique.
88. C'est-à-dire : cinq heures après le coucher du soleil.
89. Dans l'Islam médiéval, le droit de se faire accompagner par une fanfare est un privilège réservé aux hauts dignitaires ; de la part d'un simple particulier comme Baïbars, c'est purement et simplement une usurpation, théoriquement punissable.
90. En *lingua franca*, “roi”.
91. En *lingua franca*, injure d'origine et de sens obscurs.
92. En *lingua franca*, “fils, ô mon fils”.
93. Au sens propre, les patrices sont des dignitaires de l'armée byzantine ; dans le *Roman* ce terme désigne les soldats francs en général.
94. En *lingua franca*, “messieurs”.
95. En *lingua franca*, “tête”.
96. Allusion vraisemblablement à la *Gazette ottomane* fondée à la fin du XVIIIe siècle et imprimée en français.
97. Surnom générique des colporteurs (juifs).
98. “Garçon, ouvre la porte !”
99. Commandant en chef de l'armée.
100. En turc, “cadeau”.
101. Récitateurs du Coran.
102. En turc, “non”.

103. Espèce d'autruche difficile à attraper.
104. Endroit du souk où l'on vend des meubles et des ustensiles d'occasion, sorte de marché aux puces.
105. Célèbres guerriers de l'Antiquité arabe, passés en proverbe.
106. Grande nécropole au Caire.
107. C'est-à-dire, sans recourir à la violence ; il s'agit d'une prescription coranique.
108. Habit d'apparat, symbole de l'autorité dont Baïbars est investi.
109. En turc, "Regarde".
110. En turc, "Que Dieu te maudisse".
111. Ce qui, selon les mœurs de l'époque, aurait constitué une humiliation très grave.
112. Selon la loi islamique, les gains provenant du jeu sont illicites.
113. Sorte de joute à cheval, où les cavaliers sont armés de bâtons de palmier en guise de lances.
114. En turc, "écuelle".
115. A-peu-près populaire sur "mamelouk", *maniouk* veut dire "sodomite".
116. "Chef", titre donné en général aux palefreniers.
117. Sainte protectrice du Caire.
118. Mot turc, "coutume".
119. En turc, "Non, père, pas du tout".

TABLE

BABEL

Extrait du catalogue

230. TAYEB SALIH
Saison de la migration vers le Nord

231. FÉDOR DOSTOÏEVSKI
Crime et Châtiment, vol. 1

232. FÉDOR DOSTOÏEVSKI
Crime et Châtiment, vol. 2

233. WILLIAM SHAKESPEARE
Hamlet / Macbeth

234. CLAUDE PUJADE-RENAUD
La Danse océane

235. CLAUDE PUJADE-RENAUD
Martha ou le Mensonge du mouvement

236. JEAN-MARC DUROU
L'Exploration du Sahara

237. FRÉDÉRIC H. FAJARDIE
Des lendemains enchanteurs

238. JAN VALTIN
Sans patrie ni frontières

239. BERNAL DÍAZ DEL CASTILLO
La Conquête du Mexique

240. EMMANUEL KANT
La Fin de toutes choses

241. HELLA S. HAASSE
Un goût d'amandes amères

242. THÉOPHILE GAUTIER
Les Mortes amoureuses

243. *
Contes d'Asie Mineure
recueillis par Calliopi Moussaiou-Bouyoukou

244. JEAN-LUC OUTERS
L'Ordre du jour

245. INTERNATIONALE DE L'IMAGINAIRE N° 7
Cultures, nourriture

246. CLAUDE PUJADE-RENAUD
Belle Mère

247. ISAAC BABEL
Cavalerie rouge / Journal de 1920

248. VICTOR HUGO
Lucrèce Borgia

249. MARQUIS DE SADE
Lettres à sa femme

250. JACQUES BERQUE
Les Arabes / Andalousies

251. ZOÉ VALDÉS
Le Néant quotidien

252. EILHART VON OBERG
Tristan et Iseut

253. ROLAND DORGELÈS
Route des tropiques

254. MICHEL TREMBLAY
Douze coups de théâtre

255. PAUL AUSTER
Smoke / Brooklyn Boogie

256. MOHAMMED DIB
Le Talisman

257. ASSIA DJEBAR
Les Alouettes naïves

258. VINCENT BOREL
Un ruban noir

259. RENÉ DESCARTES
La Recherche de la vérité

260. GEORGES-OLIVIER CHÂTEAUREYNAUD
Les Messagers

261. HENRY JAMES
Le Motif dans le tapis

262. JACQUES GAILLARD
Rome, le temps, les choses

263. ROBERT LOUIS STEVENSON
L'Etrange Affaire du Dr Jekyll et de Mr Hyde

264. MAURICE MAETERLINCK
La Mort de Tintagiles

265. FRANÇOISE DE GRUSON
La Clôture

266. JEAN-FRANÇOIS VILAR
C'est toujours les autres qui meurent

267. DAGORY
Maison qui pleure

268. BRAM STOKER
Dracula

269. DANIEL GUÉRIN
Front populaire, révolution manquée

270. MURIEL CERF
Le Diable vert

271. BAPSI SIDHWA
La Fiancée pakistanaise

272. JEAN-PIERRE VERHEGGEN
Le Degré Zorro de l'écriture

273. JOHN STEINBECK
Voyage avec Charley

274. NINA BERBEROVA
La Souveraine

275. JOSEPH PÉRIGOT
Le Dernier des grands romantiques

276. FRÉDÉRIC H. FAJARDIE
Gentil, Faty !

277. FÉDOR DOSTOÏEVSKI
L'Eternel Mari

278. COMTESSE DE SÉGUR
Les Malheurs de Sophie / Les Petites Filles modèles / Les Vacances

279. HENRY BAUCHAU
Diotime et les lions

280. ALICE FERNEY
L'Elégance des veuves

281. MICHÈLE LESBRE
Une simple chute

282. JEAN-PIERRE BASTID
La Tendresse du loup

283. ADRIEN DE GERLACHE DE GOMERY
Quinze mois dans l'Antarctique

284. MICHEL TREMBLAY
Des nouvelles d'Edouard

285. FRANZ KAFKA
La Métamorphose / La Sentence / Le Soutier et autres récits (vol. 1)

286. JEAN-MICHEL RIBES
Monologues, bilogues, trilogues

287. JACQUES LEENHARDT / ROBERT PICHT
Au jardin des malentendus

288. GEORGES-OLIVIER CHÂTEAUREYNAUD
Le Kiosque et le tilleul

289. JACQUES DE VITRY
Vie de Marie d'Oignies

290. ELISABETH K. PORETSKI
Les Nôtres

291. ÉDOUARD AL-KHARRAT
Alexandrie, terre de safran

292. THOMAS HOBBES
De la nature humaine

293. MIKHAÏL BOULGAKOV
Récits autobiographiques

294. RUSSELL BANKS
De beaux lendemains

295. RENÉ GOSCINNY
Tous les visiteurs à terre

296. IBRAHIMA LY
Toiles d'araignées

297. FRANÇOIS PARTANT
La Fin du développement

298. HENRI HEINE
Mais qu'est-ce que la musique ?

299. JULES VERNE
Le Château des Carpathes

300. ALPHONSE DAUDET
Les Femmes d'artistes

301. FRÉDÉRIC JACQUES TEMPLE
Les Eaux mortes

302. FRIEDRICH NIETZSCHE
Vérité et mensonge au sens extra-moral

303. INTERNATIONALE DE L'IMAGINAIRE N° 8
Le Corps tabou

304. NANCY HUSTON
Instruments des ténèbres

305. FÉDOR DOSTOÏEVSKI
L'Adolescent (vol. 1)

306. FÉDOR DOSTOÏEVSKI
L'Adolescent (vol. 2)

307. GÉRARD DELTEIL
Schizo

308. DENON / EL-GABARTI
L'Expédition de Bonaparte en Egypte

309. JEAN-JACQUES ROUSSEAU / MADAME DE LA TOUR
Correspondance

310. MAN RAY
Autoportrait

311. ROBERT BELLERET
Léo Ferré, une vie d'artiste

312. MAXIME VUILLAUME
Mes cahiers rouges

313. HELLA S. HAASSE
Les Routes de l'imaginaire

314. JEAN-CLAUDE GRUMBERG
Dreyfus… / L'Atelier / Zone libre

315. DENIS DIDEROT
Pensées philosophiques

316. LUIS MARTIN-SANTOS
Les Demeures du silence

317. HUBERT NYSSEN
La Femme du botaniste

318. JEAN-FRANÇOIS VILAR
Bastille tango

319. SÉBASTIEN LAPAQUE
Les Barricades mystérieuses

320. ALAIN GHEERBRANT
La Transversale

321. THIERRY JONQUET
Du passé faisons table rase

322. CLAUDE PUJADE-RENAUD
La Nuit la neige

323. *
Mai 68 à l'usage des moins de vingt ans

324. FITZ-JAMES O'BRIEN
Qu'était-ce ?

325. ÉLISÉE RECLUS
Histoire d'une montagne

326. *
Dame Merveille et autres contes d'Egypte

327. ROMAN DE BAÏBARS / 1
Les Enfances de Baïbars

328. ROMAN DE BAÏBARS / 2
Fleur des Truands

329. ROMAN DE BAÏBARS / 3
Les Bas-Fonds du Caire

330. ROMAN DE BAÏBARS / 4
La Chevauchée des fils d'Ismaïl

COÉDITION ACTES SUD – LEMÉAC

Ouvrage réalisé
par les Ateliers graphiques Actes Sud.
Achevé d'imprimer
en avril 1998
par Bussière Camedan Imprimeries
à Saint-Amand-Montrond (Cher)
sur papier des
Papeteries de Jeand'heurs
pour le compte
d'ACTES SUD
Le Méjan
Place Nina-Berberova
13200 Arles.

N° d'éditeur : 2878
Dépôt légal
1re édition : mai 1998
N° impr. : 982271/1